お茶と探偵⑳

アッサム・ティーと熱気球の悪夢

ローラ・チャイルズ　東野さやか 訳

Broken Bone Chine

by Laura Childs

コージーブックス

BROKEN BONE CHINA
by
Laura Childs

This edition published by arrangement with Berkley,
an imprint of Penguin Publishing Group,
a division of Penguin Random House LLC.
through Tuttle-Mori Agency,Inc.,Tokyo

挿画／後藤貴志

アッサム・ティーと熱気球の悪夢

謝辞

サム、トム、グレイス、タラ、ファリーダ、ダニエル、ＭＪ、ボブ、ジェニー、また、バークレー・プライム・クライムおよびペンギン・ランダムハウスで編集、デザイン、広報、コピーライティング、ソーシャルメディア、書店およびギフトの営業、プロデュース、配送を担当しているすばらしい面々に格別の感謝を。〈お茶と探偵〉シリーズの宣伝に協力してくださったお茶好きの方々、ティーショップの経営者、ブック・クラブ、書店関係者、図書館員、書評家、雑誌の編集者とライター、ウェブサイト、テレビとラジオの関係者、そしてブロガーのみなさんにも心の底から感謝します。本当にみなさんのおかげです！

セオドシア、ドレイトン、ヘイリー、アール・グレイなどティーショップの仲間を友人や家族のように思ってくださる大切な読者のみなさんには、これから先もずっと（ずっとです！）感謝しつづけます。本当にありがとう。まだまだたくさんの〈お茶と探偵〉シリーズをお届けするとお約束します！

主要登場人物

セオドシア・ブラウニング……インディゴ・ティーショップのオーナー
ドレイトン・コナリー……同店のティー・ブレンダー
ヘイリー・パーカー……同店のシェフ兼パティシエ
アール・グレイ……セオドシアの愛犬
ピート・ライリー……セオドシアの恋人。刑事
ドナルド（ドン）・キングズリー……ソフトウェア会社の最高経営責任者（CEO）
トーニー・キングズリー……ドンの妻
チャールズ・タウンゼンド……ドンの個人秘書
ロジャー・ベネット……ドンの会社の大口顧客
トッド・スローソン……骨董商
アール・ブリット……骨董商
ブルックリン・ヴァンス……博士。博物館関係者
アンジー・コングドン……B＆Bの経営者
ハロルド・アフォルター……アンジーの婚約者。ドンのソフトウェア会社に勤務
バート・ティドウェル……刑事

1

プロパンバーナーから赤と黄色の炎があがり、気球を大きくふくらませて空へと押しあげた。たいらな緑地がひろがるチャールストンのハンプトン公園の上空高くあがったところで、気球はほかの六基とともに穏やかな気流に乗って、超がつくほど巨大な色とりどりのシャボン玉のようにゆらゆらと移動を始めた。

「最高」セオドシアは鳶(とび)色の髪を風になびかせながらドレイトンに大声で言った。「セーリングや馬をジャンプさせるのに勝るとも劣らないわ」青い瞳が楽しさできらきら光り、生まれてはじめて気球に乗った喜びで笑顔がはじける。

色白の肌、天からあたえられた髪、人好きのする顔立ちに恵まれたセオドシア・ブラウニングはすべてにおいて理想的で、バイロン卿なら小説のなかでイギリスの美女と表現しただろう。もっとも本人は極端なほど謙虚な性格で、そんなことをちらりと思っただけで赤面するほどだ。

「いままでチャレンジしたなかで最高に楽しいと思うでしょ?」セオドシアは高揚感で胸がいっぱいになりながら尋ねた。

「とんでもない。おそろしくてたまらん」ドレイトン・コナリーが答えた。彼は籐のゴンドラの隅で歯を食いしばり、ひどく緊張した様子で必死につかまっていた。「トップ・フライト気球クラブでアフタヌーン・ティーを出そうと誘われたときは、気球に無理やり乗せられるとは思っていなかった」

「少しは冒険しなくちゃ」セオドシアは言った。チャーチ・ストリートでインディゴ・ティーショップを経営する彼女のもとには、週末のティー・パーティのケータリングをやってもらえないかという依頼がしばしば舞いこむ。サウス・カロライナ州チャールストンのど真ん中にあるハンプトン公園でおこなわれているきょうのイベントもそのひとつだ。ただし今回は、お茶を注いで、店の看板商品であるスコーンとカニサラダのサンドイッチをふるまったあと、熱気球に乗ってみないかと誘われた。それも無料で。普通の人間なら誰だって、こんな心躍る冒険を断るはずがない。少なくともセオドシアはそうだ。第三者の目には、ティーショップの店主らしく慎ましく映っているだろうけれど、実際はスリルを愛する大胆不敵な性格の持ち主だ。

「天気が変わってきたようだ」ドレイトンが言った。「早めに切りあげたほうがいいと思うが」ほんの二十分前まで水色だった空に、灰色の雲が流れはじめていた。

「風も強くなってきましたね」連邦航空局の免許を持つ気球パイロットのレイフ・メイヤーが言った。彼はブラストバルブをもう一度あけて、気球内部に向かって炎を噴出させた。

「これでほかの気球と同じ高度がたもてます。でも、あと十五分ほどしたら着陸したほうがいいでしょう。気象条件が悪くなりそうなので」

「あと五分にしてもらえると、なおのことといいのだが」ドレイトンは小声でつぶやいた。セオドシアの店でお茶のソムリエをつとめ、味の権威を自任する彼は、アドベンチャースポーツの熱狂的ファンとは言いがたい。六十を過ぎ、育ちがよく、ツイードのジャケットと蝶ネクタイをこよなく愛するドレイトンにとって、いちばんのアドベンチャーは自宅の暖炉の前で安楽椅子にすわり、ルビー色のポートワインをちびちび飲みながら、ジョゼフ・コンラッドの小説を読むことだ。

「向こうのパッチワークみたいな気球を見て。ゆっくりゆっくりおりていってる」セオドシアは言った。「不安に思うことなんかなにもないわ。地面におりるときだって、衝撃ひとつ感じないわよ、きっと」

けれどもドレイトンはゴンドラのへりごしに、なにかべつのものに目を奪われていた。

「あのいきおいよく飛んでいる物体はなんだろうな？」

上空からの景色に見とれ、プロパンバーナーのシューシューいう音に陶然としていたセオドシアは、ドレイトンの言葉がほとんど耳に入っていなかった。

「え？　いまなにか言った？」だいぶたってから彼女は訊き返した。

「こっちに向かって飛んでくるとおぼしき、小さな銀色の物体が気になってね」

セオドシアは眼下にひろがる緑豊かな風景と歴史ある古い建物というごちそうから、なかなか視線をはずせずにいた。くねくねとした狭い通り、バッテリー公園を囲むように建つ風情ある豪華なお屋敷群、チャールストン港の紺碧（こんぺき）の海、何十もの教会から天高くそびえる尖塔。こんなにも美しい町に住んでいるなんて、わたしは本当に恵まれている。

　けれども振り返ると、明るく輝く物体が飛んでくるのがセオドシアの目にも見えた。ぱっと見た感じは機械じかけのカモメのようだった。アニメ番組でよく見るあれだ。ただし、こっちのは急降下したり風に乗ったりせず、セオドシアたちのほうにものすごいいきおいで向かってきていた。

「ドローンじゃないかしら。誰かがドローンを飛ばしてるんだわ」セオドシアはぐんぐん近づいてくるその物体を興味津々でながめた。ドローンは急上昇したり急降下したり、その他さまざまな空中ショーを繰りひろげた。最後にスピードをあげて近づくと、セオドシアたちが乗ったゴンドラのそばでしばらくホバリングした。奇妙なことだが、ドローンはなにかを判断しているような様子を見せた。そして離れていった。

「なぜドローンが飛んでいるのだろう？　テレビのニュースかなにかかな？」ドレイトンが訊いた。「ほら、詳細はのちほど、十一時のニュースで、とかいうやつだ」

「商業用のドローンじゃなさそうよ。趣味で気球を撮影しているだけじゃないかしら」大西洋がある東の空をながめるうち、セオドシアの関心はしだいに天気のことに移っていった。雲がますます流れこみ、地平線がぼんやりとにじんできている。嵐にならないといいけれど。

「なんとも不可解な動きをしていたな」ドレイトンは心のなかに渦巻く不安を振り払うことができずに言った。籐のゴンドラのへりをつかんだ手にいっそう力をこめる。「まるで物騒な巨大スズメバチだ。気球のまわりをぐるぐるまわられるだけでも、胸がざわざわしたよ」

「心配するようなことはなにも……」セオドシアは言いかけたが、その言葉をのみこんだ。さっきのドローンが小型のヘリコプターかハリアー戦闘機よろしく、一直線に上昇していくのが見えたからだ。ドローンはひたすら上昇をつづけ、やがてセオドシアたちの少し前方を、いくらか高い高度でただよっている赤と白の気球と同じ高さに達した。

「今度は、あっちの気球に急接近している」ドレイトンは上をじっと見つめながら言った。「まずいのではないか」

「ええ、まずいわ」セオドシアはあわてて自分たちのパイロットの肩を軽く叩き、四十フィート上でホバリングしているドローンを無言で指差した。

パイロットは振りあおぎ、顔をしかめた。その表情が訊こうとしていたことをすべて物語っていた。「あんなものが飛ぶとは聞いていません」

「挙動がおかしくてね。気球のなかを一機ずつのぞくような動きをしているのだよ」ドレイトンは言った。「ゴンドラのなかをのぞいて、誰が乗っているのか確認しているように見える」

「カメラを搭載しているからだわ」セオドシアはゆっくりと言った。下の地面に目をやる。観客のなかの誰がドローンを操作しているんだろう。そもそも、そんなことをする理由は？単なる趣味かジョークか、あるいは大胆なプロモーション映像を撮影しているとか？しかし、セオドシアの気球はかなり高くまであがっていて、これといったものは見えなかった。

「どうやら飛び去っていくようだ」ドレイトンが言った。「やれやれ」

しかし、ドローンは飛び去らなかった。

それどころか、旋回して戻ってくると、しばらくホバリングしたのち、エンジンを噴かし、赤と白の気球目がけて正面から突っこんだ。

ビリッ！　バリッ！　ドスン！

原子爆弾かと思うほどまぶしい光がはじけ、空を照らした。

「いかん！」ドレイトンが大声をあげた。

セオドシアは片腕で目を覆い、赤と白の気球が上から下までまっぷたつに、たとえて言うなら不運な魚がさばかれるように引き裂かれるのを、ぞっとする思いで見ていた。

毒々しい赤と紫の炎が大きく波打ち、のたうちまわり、不運な乗客の悲鳴を文字どおりのみこんだ。やがて巨大な気球は大きな炎とともに爆発し、しばらくのあいだ、はぜるような音をたてながら左右に大きく揺れていた。最後には、全体がゆっくりと内側につぶれていき、同時に火の玉が小さくなった。

「なんということだ。まるでヒンデンブルグ号爆発の再現ではないか」ドレイトンが押し殺した声で言った。

暗くなりはじめた空を背景に燃えあがる気球とぶざまに揺れるゴンドラは、まるでハリウッド映画さながらだった。やがて、欠陥ロケットが軌道をはずれるように、気球全体がのろのろとした動きで落下を始めた。

悲鳴が空気を切り裂いた——声の出所は、死を目前にした乗客と、地上から愕然と見あげている野次馬だろう。

セオドシアもドレイトンも心臓が口から飛び出そうになるのを感じながら、身の毛もよだつ光景から目をそらすことができず、胸の悪くなるような惨事の一部始終をじっと見ていた。

「とんでもないことになったぞ」ドレイトンが叫んだ。「助かる人はいるだろうか？」

セオドシアは短い祈りの言葉をつぶやいた。誰も助からないだろうと思いながら。

燃えさかる気球は轟音(ごうおん)をあげながら急速に落下しつづけ、火ぶくれしたナイロンが舞い、熱くなった金属が飛び散り、プロパンガスは爆発をつづけた。いたるところに灰と火花が舞い、溶鉱炉のような音が響きわたる。やがて、最後に大きく炎を噴きあげると、気球と焦げたゴンドラはセオドシアが用意したティー・テーブルの上に落下した。骨灰磁器(ボーン・チャイナ)のティーカップが砕け、舌の形の炎が噴きあがった。ピンクとグリーンがあしらわれたティーポットが爆弾のように破裂した。

あれではもう誰も助かりっこない。

2

とどめのつもりだろうか、天の底が抜けたような、すさまじい雨が降り出した。

「しっかりつかまって。急降下します」パイロットがセオドシアとドレイトンに叫んだ。

気球はパイロットの技量と物理の法則に導かれて降下していったが、最後は制御を失ったエレベーターのように地面に激突し、骨に響くほどすさまじいドスンという大きな音があがった。

半分傾いたゴンドラを飛びおりる前から、セオドシアは待ちかまえていたおそろしい光景にすっかり動揺していた。せっかく準備したティーテーブルの上では大量の破片が燃えあがり、怯えた見物人は悲鳴をあげ、あるいは泣きわめき、何十というテーブルと椅子がひっくり返り、刺激臭のする黒々とした煙があたり一面にひろがっている。それに遺体も。まだ一体も目にしていないが、遺体があるのはわかっている。あの事故で命を落とさないなんてありえない。

「こんなの信じられない」セオドシアはドレイトンに訴えた。

「なんと理不尽な」ドレイトンはかぶりを振りながら言った。「悲劇としか言いようがな

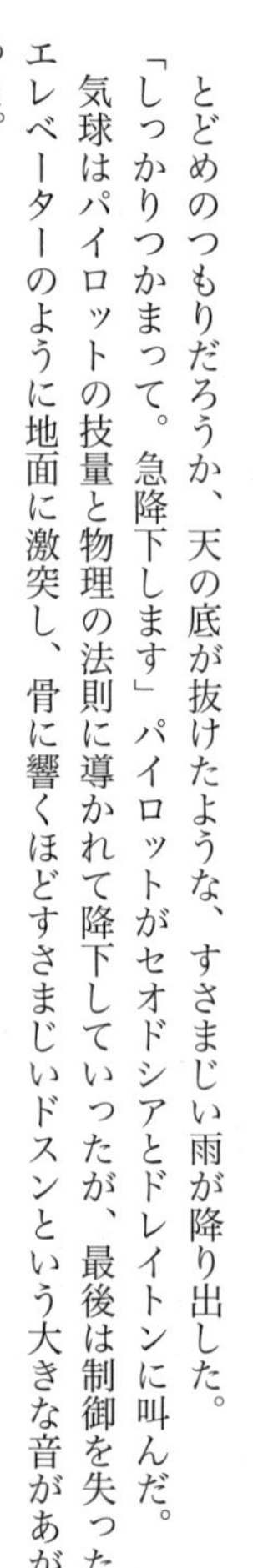

い」あたりを見まわすと、見物客も数人ほど、落ちてきた破片で怪我をしているようだ。

セオドシアのなかで激しい怒りがふつふつとわきあがった。顔を仰向け、すばやく上空に視線を走らせ、ドローンはどこかと探した。しかし、この惨劇を引き起こした原因であるドローンは、もういなくなったらしい。ステルス爆撃の任務を帯びた超音速戦闘機のように。それとも、墜落してどこかで燃えてしまったのだろうか？

それに、ドローンを操縦していた人はどこにいるのだろう。いったい誰があの事故を引き起こしたの？　しかし、いまだ炎上している破片から刺激臭があがるなか、恐怖という触手がセオドシアの心にのびてきた。もしかしてあれは計画的犯行だったの？

さらにまずいことに、低く垂れこめた雲のせいで視界がとても悪く、嵐の襲来でなにもかもが混乱のるつぼと化していた。木々がのたうち、大急ぎで降下してくる熱気球の綱がもつれ、金属の折りたたみ椅子が二脚、風に舞って危険な飛行物体に変わった。

「何人ですか？」制服警官が走ってきてセオドシアに大声で尋ねた。墜落現場に向かうのだろう、手に無線機を持っていた。「事故を目撃しましたか？　爆発に巻きこまれた人は何人ですか？」

「たしかふたりだと思う」セオドシアも大声で答えたが、針金でくくられたみたいに口が動かない。「ううん、ちがう。パイロットを入れて三人のはず」

警官はセオドシアの隣で急停止し、頬に手をやってつぶやいた。「これはひどい」彼は動揺のあまり声をうわずらせながら、無線で緊急対応要員を要請した。警察、救急車、消防隊員など、呼べるかぎりの応援を依頼した。

しかし残念なことに、最初に到着したのはＷＣＴＶ局、すなわちチャンネル８だった。ＴＶ８の真っ赤なロゴが目立つ、上に衛星用アンテナをのせた白いバンがとんでもないスピードで芝生を走ってくると、セオドシアとドレイトンの真ん前で停止した。チャンネル８の突撃レポーター、デイル・ディッカーソンが、どしゃ降りの雨にもかかわらず、一分の隙もない身だしなみとブロウした髪で決めて飛び出した。ディッカーソンはセオドシアに気づくとひとりうなずき、いきなり彼女の顔の前にマイクを突き出した。

「どんな状況だったか聞かせてください」ディッカーソンは訊いた。

「おそろしかったわ」セオドシアは、いまさっきの出来事がどれほどの被害をもたらしたのか、まだよく理解できないまま答えた。

「熱気球に火がついて墜落するのを見たときはどんな気持ちでしたか？」

セオドシアは手でマイクを押しやった。こんなのはまちがっている。人が亡くなっているのだ。「やめて。答えたくない。無理よ」

「五時か六時のニュースでこの映像を流すと、局から言われてましてね」そう言えば答える気になるだろうと言わんばかりの口調だった。

セオドシアは意に介さなかった。「お断りよ。根掘り葉掘り聞きたいならほかの人にして」

ディッカーソンはものほしそうな目をドレイトンに向けたが、彼の顔に露骨なまでの嫌悪感が浮かんでいるのを見てとった。

「けっこうです」ディッカーソンはそう言い捨て、そそくさとその場をあとにした。

パトカー、救急車、消防車が到着し、騒ぎにいっそうの拍車をかけた。幽霊のように真っ青な顔をした若い男性が、セオドシアたちの前を全速力で駆けていった。男性は数フィート行ったところで急停止し、雨でぐっしょり濡れた芝生の上ですばやくまわれ右をした。それから、すっかり理性を失った様子で、セオドシアたちがいるほうに引き返してきた。

「待って」セオドシアは手をのばし、男性のジャケットの袖をつかんだ。「そう昂奮しないで。落ち着きなさい」

「見たんですか？　ミスタ・キングズリーの気球が事故に遭ったのをあなたも見たんですか？」若い男性はセオドシアに向かってヒステリックにわめきちらした。

「その方が気球に乗っていたの？　キングズリーという名前の男性が？」セオドシアは訊いた。警察にその名前を伝えたほうがいいだろう。

「誰が同乗していたのだね？」ドレイトンが訊いた。

「ええと……ええと……」若い男性は突然膝を折り、飛行機の墜落にそなえて身がまえるように頭を低くした。

「ほら、深呼吸をして」セオドシアは腰をかがめ、若い男性の肩に手を置いた。男性はひどい過呼吸状態におちいっていて、セオドシアは発作を起こすのではないかと心配になった。

「ええ、はい」若い男性はそう言うと、どうにかこうにか立ちあがった。「でも、誰が……誰がミセス・キングズリーに伝えるんでしょう？」彼は痛ましいほど弱々しい声を出した。

セオドシアは男性の両肩をつかみ、混乱した状態から呼び覚まそうと小さく揺すった。

「あなたはどなたなの？」

「ぼくは……ぼくはチャールズ・タウンゼンドといいます」

「ミスタ・キングズリーのところで働いているのかね？」ドレイトンが訊いた。

タウンゼンドはうなずいた。「ミスタ・キングズリーの個人秘書です」

「そうか」ドレイトンは言った。

「気持ちを落ち着けて、あそこにいる警察官と話したほうがいいわ」セオドシアは言った。

「墜落した熱気球に乗っていたのが誰か、教えてあげて」

しかし、タウンゼンドはその場に根が生えたように動かず、悲しみと苦悩の入り交じった表情を浮かべていた。「例の旗はどうしたらいいんだろう」とつぶやいた。

「まともに聞いていないらしいな」ドレイトンが小声で言った。

「ええ、そうね」セオドシアは言った。「だとすると、まずは……」彼女はもっと大きくて押しの強い声を出した。「一緒に来てください、タウンゼンドさん」そう言って、タウンゼンドの腕をそっとつかんだ。「力になってくれる人のところに連れていってあげます」

セオドシアはチャールズ・タウンゼンドをともない、いちばん近くにとまっていた救急車のところへ行き、青い上着を着た救急隊員の肩を軽く叩いた。「すみません」

T・ラッセルという名札をつけたアフリカ系アメリカ人の救急隊員が振り返った。

「はい？」

「こちらの若い方は墜落を目撃されたのですが」セオドシアは言った。「パニックを起こしかけているようなんです。落ち着かせるために酸素を吸入させるか、強い薬をあたえるかしてもらえませんか？」

「まかせてください」救急隊員は応じた。

「ありがとう」セオドシアは言った。

近くにいた警官が声をかけてきた。「墜落するところを目撃されたんですか？」

「友人と一緒に気球に乗ってたんです。一部始終を見ました」

「でしたら、おふたりから話を聞かせてください。証言を取りたいので」

「ええ。もちろん」

そこに無線連絡が入り、警官は応答した。「ああ。いまちょうどやってるところだ」それからこちらを向いた。「ちょっと待っていてください」

セオドシアはドレイトンのそばに戻り、彼はどこからかおんぼろの傘を調達していた。ふたりは傘の下で体を寄せ合い、どしゃ降りの雨を一時的にでも逃れようとしたが、傘はたいして役にたたなかった。激しく叩きつける雨は傘を滑り落ち、肩やうなじにしたたり落ちた。ふたりとも寒くて、みじめでずぶ濡れだった。しかも、いまだショックから抜け出せないなか、いましがた目撃したおそろしい爆発事故を必死で理解しようとしていた。

「事情聴取を受けるまでここを動けないみたい」セオドシアはドレイトンに言った。

「まとめる荷物がないのが不幸中の幸いだな」

セオドシアはティーテーブルの残骸に目をやり、顔をくもらせた。それから、ちょうど到着した鑑識のバンをながめた。K9隊員がジャーマンシェパードにぐいぐいリードを引っ張られながら登場した。セオドシアの思いはたちまち、自分の愛犬へと飛んだ。自宅で帰りを待っているアール・グレイ。こんな中途半端な状態で長く待たされないといいのだけれど。

ようやくけたたましい音とともに車列が到着した。まずは赤と青のライトバーを点滅させ、サイレンを鳴らす三台のパトカー、つづいてウィンドウにスモークフィルムを貼ったぴかぴかの黒いサバーバン。

「誰が乗っているのかしら」セオドシアは言った。

「市長か警察署長だろう」ドレイトンが言った。「お偉いさんに決まっている」

助手席側の後部ドアが大きくあき、チャールストン警察殺人課を率いるバート・ティドウエル刑事がいささか窮屈そうに降りた。大きな体に、だぶっとしたダークスーツを着ている。いつもぎらついている一対の目が、すかさず公園を隅々まで見わたし、まだくすぶっている気球、救急車、負傷者、右往左往する緊急対応要員、そして戸惑った様子の人々を見てとった。

「どうやらティドウェル刑事には運転手がついたみたいね」セオドシアは言った。

見ていると、刑事は制服警官ふたりと話をし、あらたな指示を飛ばし、残骸をすばやく検分した。やがて、さきほどセオドシアと話した警官が、セオドシアとドレイトンがいるほうをしめした。

ティドウェル刑事はまたもあたりを見まわし、例の洞察力にすぐれたぎょろっとした目でセオドシアをまともに見つめた。彼は大男のわりには驚くほどの早足で、芝生の上を息をあえがせながらやってきた。制服警官ふたりも追いつこうと必死であとをついてくる。

「ミス・ブラウニング」ティドウェル刑事は仕方なさそうにおざなりの会釈をした。「あなたはこの件に少なからず関わっておられるそうですな。この惨事に」質問したのではなく、事実を告げただけだった。

「ええ、残念ながら。わたしたちが……わたしたちというのはドレイトンとわたしのことだけど、気球に乗って空を飛んでいたら、隣の気球が爆発したの。赤と白の柄の気球で、それがいま……そこにある」彼女はごくりと唾をのみこんだ。「というか、その残骸だけど」

「なるほど」刑事は彼女の説明に納得し、その横をすり抜けようとした。「連邦航空局にはすでに通知し、国家運輸安全委員会(NTSB)に捜査官の派遣も要請しました。このような事故の場合、人、装置、または気象条件が原因であることが多いものです。そこでわれわれは早急に……」

「そうじゃないの」セオドシアは首を振った。「あれがどのようにして起こったか、わたしが具体的に説明するわ」

ティドウェル刑事は話の腰を折られてむっとしたのだろう、唇をすぼめた。それから苛立った気持ちを抑えこんだらしい。「ちょっと失礼。いまNTSBの捜査を待つしかないと申しあげたはずですが」

「原因はドローンよ」セオドシアは言った。

「なんですと？」ティドウェル刑事は急に耳が聞こえづらくなったのか、大声を出した。

「いまなんと？」

「ドローンが現われ、熱気球から熱気球へと飛びまわっていたのです」ドレイトンが言った。

「けっこうな大きさの、銀色のドローンだった」

ティドウェル刑事はそんな話は信じられないとばかりにふたりを怖い顔でにらんだ。

「ちょっと待ってください。見たのは本当にドローンで、それが墜落の原因になった。そうおっしゃっているのですか？」

「われわれは惨劇の一部始終をこの目で見たのですよ」ドレイトンは言った。

「気球のなかからね」セオドシアは首だけうしろに向け、自分たちの熱気球がまだ半分ほど膨らんだままなのを見てとった。「あそこにある青い気球に乗っていたら、ドローンが大きな機械じかけの鳥みたいに突進してくるのが見えたの。ドローンはしばらくあたりを飛びまわって、気球のなかをひとつひとつのぞいていたわ。やがて赤と白の柄の気球にねらいをさだめて、まっすぐに突っこんでいった。その結果、大きな爆発が起こったというわけ」

「つまりこういうことですかな」刑事は言った。「ドローンが熱気球に突っこみ、墜落させたと？」

「襲いかかったというほうが正しい」ドレイトンは言った。

「そして墜落させたの！」セオドシアは発言を強調するように声を張りあげた。ティドウェル刑事ったら、わたしの話を聞いてないの？　それとも、わたしの言っていることが理解できないの？　実際、そうだったようだ。

「まさか」ティドウェル刑事の声が突然、張りのないしわがれたものになった。「では、おふたりは本当に爆発を目撃したのですな」

「ええ」セオドシアは言った。

「墜落するところも」

　セオドシアはただうなずいた。

「アンソン巡査！」ティドウェル刑事は肉づきのいい手をあげ、大声で呼んだ。

　アンソン巡査が駆けつけた。「なんでしょうか」

「ここにいるミス・ブラウニングとミスタ・コナリーの二名から目撃証言を取ってくれ」ティドウェル刑事はぶっきらぼうに命じた。「いますぐにだ。雨に濡れずにすむ場所を見つけ、そこでふたりから話を聞くように。なんだったらコーヒーも出してやってくれ」刑事はそこでセオドシアの様子をうかがった。ショックで顔が青ざめ、いつもの自信にあふれたところは微塵（みじん）もない。ティドウェル刑事の表情がしだいにやわらぎ、華奢（きゃしゃ）なドレスデンのレース磁器人形を見つめるような顔になった。「いや、それよりもお茶のほうがよさそうだ」

3

お茶からたちのぼる湯気が雲のように空中にただよい、真鍮（しんちゅう）のやかんのホイッスルが鳥のさえずりのように鳴り響く。麦芽のようなアッサム、いぶしたような平水珠茶（ガンパウダー・グリーン）、香り高いダージリンから立ちのぼった湯気がひとつに溶け合い、渦を巻く。

月曜の朝八時のインディゴ・ティーショップではセオドシアとドレイトンが素朴な木のテーブルに着き、アッサム・ティーを飲みながら、焼きたてのイチゴのスコーンを食べていた。ふたりはまた、店の若きシェフにしてパティシエのヘイリーに、きのう起こった熱気球墜落事件を説明していた。話を聞いたヘイリーは、当然のことながら正面の入り口に急ぎ、雨を吸った朝刊を取ってきた。

「たしかに《チャールストン・ポスト&クーリア》紙の一面に、三人が死亡したって書いてある」ヘイリーはセオドシアとドレイトンがいるテーブルの横でかかとを上げ下げしながら言った。「熱気球無差別殺人だって」彼女は形のいい鼻にしわを寄せ、肩までの長さのブロンドの髪をうしろに払った。二十代前半のヘイリーは感受性が豊かで、どんなことでも真剣に受けとめるたちだ。気球の墜落事件にも捨てられた子猫にも悲しい映画にも、同じように

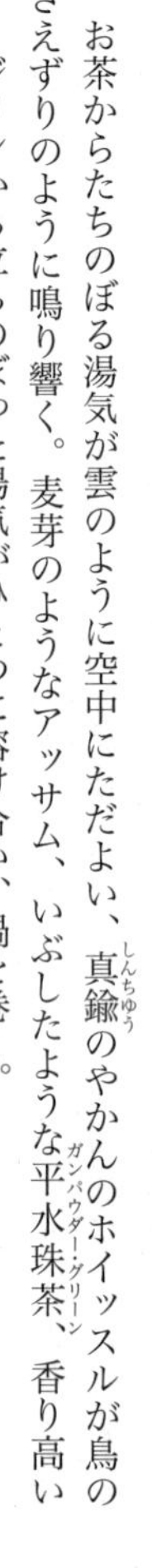

心を強く揺さぶられる。

「見ているだけでおそろしかったよ」ドレイトンが言った。「ジップラインで地獄に急降下するみたいだった」ツイードのジャケットに黄色い蝶ネクタイという恰好の彼は、落ち着いた表情をたもっていた。しかし、墜落と理不尽な死にはヘイリー同様、そうとうこたえていた。

「墜落はおそらく仕組まれたものだろうとも書いてあるけど」ヘイリーは言った。

「その記事、見せてもらってもいい？」セオドシアは手を差し出した。

ヘイリーから一面を渡されると、セオドシアは記事にざっと目をとおした。当初のショック状態はもう脱したと思っていたのに、こうして記事を読むと、あらためて悲しみ――それに若干の不安――を感じた。

「ねえ、ふたりはどう思ってるの？」ヘイリーが訊いた。「だって、その場にいたんでしょ。新聞にはふたりとも名前が出てるよ。だって、ティー・パーティのケータリングをしてたんだもの」

「まいったな」ドレイトンは言った。「そういうPRの仕方はごめんだというのに」

セオドシアは目撃者のひとりとして自分の名前が出ているのを探しあて、記事をもう一度ざっと読むと、椅子の背にぐったりともたれた。「墜落で犠牲になった人のひとりは、ドン・キングズリーといって、〈シンクソフト〉の最高経営責任者（CEO）よ。そのキングズリーという人がターゲットだったと考えられてるみたい。警察じゃなく、記者の意見だけど」

「じゃあ、悲惨な事故じゃなくて、血も涙もない殺人事件だったんだ」ヘイリーは好奇心を呼び起こされたようだ。と同時に、少し怯えてもいた。

ドレイトンはシェリーのピンク色のティーカップをかちりと小さく音をさせて受け皿に置いた。「教えてほしいのだが、〈シンクソフト〉とはいったいなんだね？」

「地元のＩＴ企業よ。しかも、ここチャールストンに本拠を置く二百五十以上ある企業のうちのひとつ」セオドシアは言った。「たしか〈シンクソフト〉はタイプの異なるソフトウェアをいくつか開発しているんじゃなかったかしら。数週間前、製品のうちのひとつ、アルゴリズムを設計するソフトについて、新聞のビジネス面に記事が出てたわ」

ドレイトンは片手で頭をひとなでした。「なんの話かさっぱりわからん」

「ねえねえ。アンジーの彼氏はどこかのソフトウェア会社に勤めてるんじゃなかった？」ヘイリーが言っているのは三人の友人で、数ブロック先で〈フェザーベッド・ハウス〉という朝食付きの宿（B&B）を経営するアンジー・コングドンのことだ。

「本当かね？」ドレイトンが訊いた。「わたしはてっきり、ええと名前はなんだったか――そうそう、ハロルドは〈フェザーベッド・ハウス〉に居候（いそうろう）して、雑用を引き受けたり、庭仕事をしているものとばかり思っていたが」

「ちがうってば。ハロルドはマーケティングという本業があるの」ヘイリーは言った。

「〈シンクソフト〉に勤めているのはたしかよ」セオドシアも言った。「以前は〈データ・メトリックス〉という会社で働いていたけど、いまは〈シンクソフト〉の社員なの。ハロルドから」

が転職したとき、アンジーはそれはもう大喜びだった。彼にとって大きなステップアップだ

　ヘイリーはシルバーのティースプーンをセオドシアのほうに突き出した。

「その記事にはほかになんて書いてあるの？」

「おそらく、墜落の様子がおぞましいくらいに生々しく描写されているのではないかな」ド

レイトンが言った。「ぞっとするような話に舌なめずりする読者に媚びへつらう内容なのだ

ろう」

「血だとか飛び出した骨とか、そういうの？」ヘイリーが訊いた。

ドレイトンは顔をしかめた。「そこまで露骨に言うことはなかろう」

「それがね、記事は墜落そのものよりも犠牲者に焦点を当てているみたい」セオドシアは言

った。「〈シンクソフト〉の大口の顧客であるロジャー・ベネットも亡くなったと書いてある。

それに、気球のパイロットのカーティス・ディーンも」

「ほかに、あたしたちが知っておいたほうがいいことは書いてある？」このときにはもうヘ

イリーはセオドシアの肩ごしにのぞきこみ、新聞の紙面に目をこらしていた。

「ええっと、ほかの記者が書いた関連記事が出ているわね。《ポスト&クーリア》の経済記

者よ。それはともかく、ちょっと漠然としているけど、会社の資金が紛失したというような

ことが書いてある」

「〈シンクソフト〉の資金がなくなっちゃったってこと？」ヘイリーは訊いた。

「記事によればそのようね」

「興味深い」ドレイトンが言った。「どうやら問題の核心に近づきつつあるようだ」

セオドシアは関連記事のつづきを読んだ。「ドン・キングズリーさんは多額の資金を失ったことで、取締役会から激しく非難されていたみたい」

「多額ってどのくらい？」ヘイリーは訊いた。

「記事によれば五百万ドルですって」

ドレイトンの眉がいきおいよくあがった。「では、気球の墜落は紛失した金に関係しているかもしれないのだな」

セオドシアはゆっくりとうなずいた。「そうね。ありうるわ」

「うわあ、ハロルドの仕事がなくならないといいね」ヘイリーが言った。「ほら、自家用機の墜落事故とか、チームの結束力をはかるためのヒマラヤ登山で要の幹部を失った会社の話をよく聞くでしょ。中心人物がいなくなると、会社全体がだめになっちゃうって言うじゃない」

「今回の場合はそういうことにはならないと思うが」ドレイトンが言った。「〈シンクソフト〉には取締役会があるようだし、副社長とかそういう人もいるわけだから」

「だったら安心ね。たぶん」ヘイリーは髪を指に巻きつけた。「あたしとしては、セオたちが無事に着陸できて本当によかった」

「わたしもそう思うわ」セオドシアは言った。ゴンドラが雨を含んだ地面に叩きつけられたときの、心臓がとまりそうで胃がよじるほどの衝撃がいまも思い出される。ふたりが乗った気球のパイロットは爆発、つづいてあがった火の玉に気が動転し、速度を落とさずに降下したのだ。

「しかもまずいことに、われわれが着陸するのと前後して大きな嵐に見舞われてね」ドレイトンは言った。彼が正面側の窓から外をうかがうと、雨はいまも激しく降りつづき、チャーチ・ストリートを行き来する車はろくに見えなかった。「気象予報士は今週いっぱいは雨と予想している」彼は蝶ネクタイに手をやった。「商売にとって大打撃だ」

「この先どうなるかなんて心配するのはやめましょう」セオドシアは言った。「いまのことに気持ちを集中させるの。だって、楽しいお茶のイベントの予定があるし、チケットの売り上げからすると、かなりの数のお客さまがいらしてくださるのよ」熱気球の墜落以来、ずっと不安と緊張を感じていた。いいかげん、そんな気持ちは捨て去らなくてはいけない。非業の死をとげた気の毒な三人のためにできることなど、なにもないのだから。

「水曜日にここで開催するナンシー・ドルーのお茶会もだが、土曜日のボザールのお茶会がとくに楽しみだ」ドレイトンはヘイリーにちらりと目をやった。「テーブルの中央に飾るびっくりするようなセンターピースはまだ検討中なのかね？」

「ナンシー・ドルーのお茶会用のでしょ。やってるよ」

「あらかじめ言っておくけど、明日はちょっと早くあがらせてもらうわね。ティーカップの生け花コンテストの審査員を打診されてるの」セオドシアは言った。

「そもそも、なんなのそれは?」ヘイリーが訊いた。

「簡単に言えば、ハートソング・キッズ・クラブの資金集めイベントよ」

「ミス・ジョゼットの甥御さんが運営しているレクリエーション・センターだな」ドレイトンは言った。「いいとも」

ミス・ジョゼットは、ティーショップの壁にかかっている見事なスイートグラスのバスケットの数々を製作したアフリカ系アメリカ人の芸術家だ。彼女がつくるバスケットはいつもたいへん人気がある。

セオドシアはうなずいた。「とにかく、ティーカップを使ったアートを競うものなの。それをわたしが審査して、小ぶりの花をもっともすてきに見せているティーカップに賞をあげるというわけ。花、苔、芝、蔓、さらには小さな木を植えたものもあるらしいわ」

「ドレイトンの盆栽みたいなやつね」ヘイリーは言った。

「聞いたところによれば、五十近くの出品があるんですって」

「出品してるのはどんな人たち？　あたしたちじゃないのはたしかだけど」

「園芸クラブ、生花店、アンティークショップ、ヴィンテージ・ジュエリーの専門店、それに、いくつかの企業も真剣に取り組んでいるようよ。でも、実際はオリジナリティあふれる作品をつくりたい人なら誰だって参加できるの。たしか何社か企業がスポンサーになっているんじゃないかしら」

「すばらしい。少なくともレクリエーション・センターにとっては」ドレイトンは言った。

セオドシアはドレイトンを見つめてからほほえんだ。「たしか、われらがドレイトンも、今週後半にビッグイベントがひかえているんだったわね」

ドレイトンは肩をすくめて、長いため息をひとつついた。「カメラマン、照明係、スタイリストの一団がわが家に押しかけてくることを言っているのだろうね」と抑揚のない口調で言った。

「うわあ、わくわくするね」ヘイリーが昂奮した声を出した。「《南部インテリアマガジン》といったら一流誌だもん。ドレイトンの自宅が記事に取りあげられるなんて、めちゃくちゃすごいと思う。ドレイトンの家の写真がのる雑誌には、セレブのお宅の写真ものってるんでしょ。カントリー歌手の家とか。あと、名前は知らないけど、すごいお金持ちの家も」

「わたしはきみのように手放しではしゃげないね。それどころか、いささか不愉快で迷惑な気さえしているよ」ドレイトンは反論した。

「ちょっと待って」セオドシアは片手をあげた。「どうしちゃったの？《南部インテリアマガジン》から最初に連絡があったときは、大喜びだったくせに」

「そうなのだが……実は、私生活を乱されるのではないかと考え出したら、熱意が冷めてしまってね」

「でもいっぱい注目されるよ」ヘイリーが言った。

「注目とな」ドレイトンはラマの糞の話をしているみたいに、その言葉を吐き捨てた。「注目なんてものをほしがるやつなどいるのかね？　そんなものを、頭をさげてもらおうとするやつなどいるのかね？」

「ドレイトンとか？」ヘイリーがかすれ声で言った。

ドレイトンは体をぶるりと震わせた。「とんでもない」

五分後、インディゴ・ティーショップは活発に動きはじめた。ヘイリーは大急ぎで厨房に引っこんで、スコーン、マフィン、クイックブレッドを焼きあげ、ランチの仕度にかかった。

ドレイトンは入り口近くのカウンターにするりと入った。床から天井までの自慢のお茶の棚があるこの場所は、いわば彼が君臨する帝国だ。ここには上質な茶葉が揃い、そのなかにはインドのグームティー茶園で採れる春摘みのダージリン、スリランカのネルワ茶園のセイロン・ティーBOP、中国産の特級祁門(キーマン)紅茶などがある。もちろん、その他の品種も何百種と取りそろえているし、彼が考案したオリジナルブレンドも並んでいる。

いっぽうセオドシアは、居心地のいいこの店をきらきら輝く宝石箱のようなティールームに変貌させようと全精力を傾けていた。木のテーブルに白いリネンのテーブルクロスをかけ、ナプキンを慎重に折った――きょうは手のこんだ司教の帽子の形だ。それが終わると、次はテーブルセッティングを考えなくてはならない。スポードのゴールデンバレー柄の磁器を出してみたが、金色の縁取りと紫と緑で描かれた桃と梨は雨の日の鬱陶(うっとう)しさを忘れさせてくれそうだ。

銀器とともに砂糖入れ、クリーム入れ、それに小さなガラスの容器に入れたティーキャンドルも並べた。

輝くほど完璧にテーブルをセットし終えると、セオドシアはうしろにさがり、自分の仕事——天職とも言えるこの仕事をほれぼれとながめた。数年前、一年三百六十五日休みなしの広告の仕事を辞め、思い切ってインディゴ・ティーショップをオープンした。資金を借り、事業計画を立て、必死の努力を重ねたあげく、かつては馬車置き場だった場所を快適で居心地のいい店舗に改装した。その結果、厚い木の床、石造りの暖炉、梁(はり)見せ天井、アンティークの波形ガラスがはまった小さな窓をそなえたティーショップが生まれ、優雅なクリーム・ティー、お昼のお茶会、ハイ・ティーを出すのにぴったりの場所になった。

お茶の達人たるドレイトンもまた掘り出し物で、この店にとってなくてはならない存在だ。料理人兼お菓子職人のヘイリーに出会えたのも幸運だった。一緒に働くようになって五、六年ほどがたち、三人は充分に油を差した機械のように機能している。

「セオ?」

ティーショップにまつわる思い出がしゃぼん玉のようにはじけた。「なあに、ヘイリー?」

「きょうのメニューが決まったから見てほしいんだけど」ヘイリーはテーブル二脚と居場所の定まらないキャプテンズチェアをよけながら近づいてくると、全体的に左に傾いた手書きの活字体でびっしり埋まったインデックスカードを差し出した。

「イチゴのスコーンとレモンのスコーン」セオドシアは声に出して読みあげた。「ランチタイムには、チェダーチーズとピメントのティーサンドイッチ、もう一種類のサンドイッチはまだ検討中、シトラスサラダ、三種のチーズのキッシュ、牛肉と大麦のスープ」

「よかったら、カップスープと半分の量のサンドイッチという組み合わせもやるけど」ヘイリーは言った。

「いいわね。寒い日には熱々のスープがいつも受けるもの」

「了解」ヘイリーは出てきたときと同じくらいすばやく引っこんだ。厨房の独裁者である彼女は、キルトのオーブンミットをはめた鉄拳をふるいながら自分の城を支配している。しおれたサラダ菜や食べ頃をわずかに過ぎたトマトをヘイリーにつかませるような、無謀な青物商などひとりもいない。そんなことをしたら、ヘイリー・パーカーの激しい怒りをまともにくらい、慎重に選び抜いた納入業者のリストから削除されてしまうからだ。

「きょうはどんなメニューが予定されているのかね？」ドレイトンがセオドシアに訊いた。「組み合わせに悩むようなものはありそうかな？」彼は片手に台湾産烏龍（ウーロン）茶の缶を、もう片方の手にプラム・デラックス・キャンドルライトというブレンド・ティーの缶を持ち、朝のお茶にはどちらがふさわしいか決めかねているようだった。

セオドシアはヘイリーに渡されたメニューをドレイトンに読んであげた。

ドレイトンはほほえんだ。「中国の平水珠茶も淹れるとするか。ヘイリーがつくるレモンのスコーンにぴったり合うだろうからね」

「ぜひお願い」

「それともうひとつ考えて……」

正面入り口から耳をつんざくような衝突音が聞こえ、ドレイトンの言葉はさえぎられた。いったいなんの音？　チャーチ・ストリートで自動車事故でもあって、車が歩道に乗りあげたの？　あるいは乗合馬車の車輪がひとつはずれちゃったとか？

そのとき、ドアがいきおいよくあいて壁に激しく叩きつけられ、雨と冷気が一気に吹きこんだ。雨で煙ったなかから、取り乱した様子の男性が猛スピードでセオドシアたちに近づいてきた。

男性はセオドシアとドレイトンを一秒ほど見つめてから叫んだ

「助けてください！」彼は店に入るとドアを乱暴に閉め、足を踏みならした。

ドレイトンは即座に気を取り直した。「怪我をしているのかね？　自動車事故で？　こんな天気に運転するのはたしかに危険だ。警察に電話しようか？　それともレッカー車を呼んだほうがいいかね？」

男性はもげそうないきおいで首を横に振り、飛べない鳥のように両腕をばたつかせた。

ドレイトンは少し緊張をゆるめた。事故ではないようだ。暴風雨に見舞われただけだろう。

「営業時間前だが、熱いお茶を一杯いかがかな？」

男性はますます切羽詰まった顔になり、大きく見ひらいた目で店内を見まわした。

「いりません」と怒鳴った。「どうしても……どうしても話が聞きたいんです……きのうの熱気球の墜落事故のことで！」

4

「どちらさま？」

　セオドシアはすっと前に進み出て、この見知らぬ男性が、この侵入者が大事な店の奥へと進むのをさえぎろうとした。ええ、たしかにわたしは縄張り意識が強いし、それを誇りに思っている。

「どうかお許しを」男性は言った。声にいくらか礼儀正しさが戻っていた。男性は雨粒が散ったベージュのトレンチコートの前に手をやった。「まずは名乗らないといけないな。トッド・スローソンという者です」

「骨董商だね」ドレイトンが即座に言った。

　スローソンはうなずいた。「そうです」少なくとも六フィート二インチはある長身で、ダークブロンドの髪をうしろになでつけ、鼻はややかぎ鼻で琥珀色の穏やかな目をせわしなくあちこちに向けていた。

　下級の爵位と崩れかかったマナーハウスを相続したイギリス人のような風貌だとセオドシアは思った。羊を飼育するかたわら詩を読むようなタイプで、やや歳がいっている。

けれども、ドレイトンはスローソンを知っていたようだ。「たしか中国の骨董品を専門にしているのではなかったかな」

「もうやめました」スローソンはコートの前を手で払った。「明朝や清朝のものはさっぱり売れなくなったので。中国骨董の市場に何千――いや何百万かもしれない――という偽物や贋作（がんさく）があふれて以降、売り上げがぱったりと落ちたものだから。まあ、そんなわけで、いまはアメリカのものに完全に軸足を移しました。有望な市場ですからね。アーリーアメリカンの家具、絵画、それに装飾品」彼はいま言ったことを消そうというように、空中で手を左右に動かした。「わたしのことはこれくらいで。きのう、おふたりがどんなことを目撃したのか、それを教えていただきたい。墜落現場で」

「なぜそんなことをお知りになりたいの？」セオドシアは訊いた。

「重要なことだからですよ。生死に関わる問題と言ってもいい」スローソンは言った。

「申し訳ありませんが、スローソンさん、あなたのことをまったく存じあげないですし」セオドシアは言った。それに、どうしてドレイトンとわたしがきのう、熱気球ラリーの会場にいたのを知っているの？　そう疑問に思ったが、その答えはすぐにわかった。ああ、新聞で読んだのね。

スローソンはそうとう傷ついたようだった。しかし、よりふさわしい切り口を考えなくてはと思ったのだろう。「わたしのなにを知りたいとおっしゃるのでしょう？」

「すでにお話しいただいたことをもう少し補足してもらえれば」セオドシアは物腰こそやわ

らかいものの、一歩も引くつもりはなかった。

スローソンは顔をしかめた。人からあれこれ訊かれるのに慣れていないらしい。

「まず、わたしはキング・ストリートでマーキス骨董店という店をやっている。チャールストンでも最古参の部類に入る骨董商で、この美しい町でも由緒ある家柄の方々が顧客です。ラヴェネル家、カルフーン家、それに……」

「ああ」セオドシアは少し驚いた顔でスローソンの話をさえぎった。「いまやっと思い出したわ」

頭の奥のほうで、友人のデレイン・ディッシュが新しい恋人のことをのろけていたのを思い出したのだ。上品でやさしくて、たまのショッピングにも文句ひとつ言わずにつき合ってくれると言っていた。名前はトッド・スローソン。目の前の男性がそのトッド・スローソンにちがいない。

「わたしの友人とつき合っている方ですね」セオドシアは言った。「デレイン・ディッシュと」

「ええ、まあ」スローソンはおざなりにほほえんだ。「さて、これでお近づきになれたということで、もうわたしの経歴は省いて、今度はそちらがいくつか質問に答えていただけますかね。きのうおふたりがなにを目撃したのか、正確に知りたいんです。三人の命が奪われた熱気球の墜落事件について、細大洩らさず、すべて話していただきたい」

「なんとなくですが、その三人のなかの特定のひとりに関心がおありのようですね」セオドシアは言った。

スローソンは降参というように両手をさっとあげ、てのひらをセオドシアに向けた。

「ええ、おっしゃるとおりです」

「当ててみせるわ」セオドシアは言った。「ドナルド・キングズリーさんでしょう？」

スローソンはセオドシアを指差した。「そのとおり。ドン・キングズリーは殺されたにちがいないからです。ドローンの出現はたまたまではない。慎重に計画されたうえでの攻撃だったに決まっています」

「攻撃という言葉をお使いだが」ドレイトンが言った。「テロリストが関わっているように聞こえますね」

「自爆テロ用ベストを着けた真に過激なテロリストによるものではないとはいえ、きのうの熱気球の爆発は事故ではありえないと考えています」

セオドシアも全面的に同意見だったが、そうは言わずにスローソンに尋ねた。

「その意見をチャールストン警察には話しましたか？」

スローソンはうなずいた。「朝いちばんに。話した相手はがたいがいい人で……いや、えらい人でもあったようだ。ティドウェルとかいう刑事さんです」

「バート・ティドウェル刑事ね。ええ、知っています」もちろん、と心のなかでつけくわえる。

「あなた方が熱気球ラリーの会場にいたことは、ティドウェル刑事に教わりました。けさの新聞にも書いてありましたが」スローソンはセオドシアに、それからドレイトンににらむような目を向けた。「ティドウェル刑事によれば、おふたりはドローンがキングズリーの熱気球にまっすぐ突っこんでいくところを目撃したとか」

「なぜティドウェル刑事はあなたにそんなことまで話したのやら」ドレイトンはぼやいた。

「わたしが訊いたからです」スローソンは言った。「なにもかも、というのは熱気球の墜落のことだが、途方もなさすぎて言葉もないからですよ。しかも、わたしもあの気球に乗ることになっていたんです！」

セオドシアの頭の奥で小さな警報音が鳴った。「どうして乗らなかったんですか？」

「はあ？」スローソンは斜視気味の目をセオドシアに向けた。

「どうしてあなたは一緒に気球に乗らなかったんですか？」セオドシアは質問を繰り返した。

「いや、家庭の事情でね」スローソンは頭が爆発しそうだとばかりに、手の甲を額にあてた。

「だが、ドン・キングズリーほか二名は命を落とした。まったくもって信じられません！」

セオドシアの好奇心がこれまで以上に刺激された。ドン・キングズリーと顧客の死を望んだのは誰だろう？　いったい誰がドローンを飛ばし、熱気球をわざと墜落させたのだろう？それに襲撃はＣＥＯのキングズリーをねらったもの？　それとも顧客のロジャー・ベネットが標的だったの？　キングズリーは単に巻き添えになっただけかもしれない。

「ドローンのことにはおくわしいでしょうか？」セオドシアはスローソンに訊いた。「なにかご存じありませんか？」

「テレビで見た程度の知識しかないですね。たとえば、あと数年もすればいろいろなものを家に直接届けてもらえるようになることは知っています。本、食料品、ワイン、なんでもござれだとか」

「そんなことが本当に実現するのかね」ドレイトンがぼそりとつぶやいた。彼は大のテクノロジー嫌いで、携帯電話、ケーブルテレビ、衛星ラジオ、オンライン・バンキング、それにインターネットと距離を置いている。彼にとっての最新テクノロジーは、三十年前からあるRCAのプレーヤーでアナログレコード――それもクラシック音楽が望ましい――をかけることだ。

「ドローンによる攻撃が計画的なものだった、非道な殺人だとそこまで確信がおありなら、犯人に心当たりがあるのでしょう？」セオドシアはスローソンの答えが聞きたくてうずうずしていた。

「殺人をおかせるような人間といったら、アール・ブリットでしょう」スローソンは間髪をいれずに答えた。

「彼も骨董商だったな」ドレイトンが言った。

「そう思われる根拠は？」セオドシアも訊いた。なんとなくだが、スローソンはなんの根拠もなく適当なライバルの骨董商の名前を出したようにしか思えなかった。「そもそも、なぜ骨董商がソフトウェア会社のＣＥＯを殺害しなくてはならないのでしょう？　両者に接点などないように思いますが」

「りっぱなつながりがあるんですよ。われわれはみな、まったく同じものを競り落とすべく虎視眈々とねらっているのですから」

「ええと、それは争奪戦になっているということかね？」ドレイトンが尋ねた。

「そんなところです」とスローソン。

「なにを競り落とそうとしているのですか？」セオドシアは訊いた。アンティークかしら？ビジネスとは無関係のようだ。〈シンクソフト〉が関係するようなことではない。

「つまり、内々のオークションがあると？」ドレイトンは訊いた。

「なにを競り落とそうとしているのですか？」セオドシアは同じ質問を繰り返した。口調はていねいながら、有無を言わせぬ響きがあった。

「どうしても知りたいのなら言いますが、旗です」スローソンは言った。

「旗、ですか」セオドシアはオウム返しに言った。そう言えば、きのうばたばた走りまわっていたチャールズ・タウンゼンドも、旗がどうのこうのと言っていたっけ。

「その旗は……要するに……」スローソンは浮かない顔になった。「どうせなんらかの形であきらかになりますよ」

「なにがあきらかになるんですか？」セオドシアは訊いた。スローソンの思わせぶりな言い方にうんざりしはじめていた。

「その旗に関する詳細です。つまりですね、ドン・キングズリーは独立戦争時代にまでさかのぼる旗のオリジナルを売ろうとしていたんです」

「まさか」とドレイトン。否定したわけではなく、唖然とするあまり、その言葉しか出てこなかったのだ。

「ねらっている者は何人かいた……いや、いる」スローソンは言った。「全員がキングズリーから連絡を受けた関係者です」

「それで……？」セオドシアは先をうながした。まだつづきがあるはずだ。

「その旗がなくなった」スローソンはつづけた。

「どういう状況で？」ドレイトンが訊いた。

「墜落事件の直後、というかそのさなかかもしれないが、とにかくドン・キングズリーの自宅から消えたのです。忽然と。あとかたもなく。キングズリーの秘書から、旗がなくなったと連絡がありました」スローソンは信じられないとばかりに額をさすった。

「その、なくなった旗ですけど」セオドシアは言った。「大切なものなんでしょうか。歴史的な意味で、ということですけど」

スローソンの表情がゆがみ、あからさまな渋面に変わった。「最初の国籍旗、すなわちネイビー・ジャック・フラッグです」

ドレイトンは驚きのあまり、カウンターを乗り越えんばかりになった。「なんと！」

セオドシアはひじょうに重要な事実があきらかになったのを察した。初期のアメリカ史のことはあまりくわしくないとわかっているので、自分よりもずっと歴史への理解が深いドレイトンをじっと見つめた。「わかりやすく解説してくれる？」

「ミスタ・スローソンが言っているのは、〝わたしを踏みつけるな〟のモットーが書かれた国籍旗のことだ」ドレイトンは声をひそめ、ほとんど敬意のこもった口調で言った。

「ええっ！」セオドシアは思わずのけぞった。〝わたしを踏みつけるな〟の旗なら、歴史の本やポスターなど、いろいろなもので目にしてきた。赤と白の縞の地にのたうつ黄色いヘビを描いた、アメリカの国籍旗だ。

「いやはや、驚いた」ドレイトンは感嘆の声を洩らした。

セオドシアはなにか言おうと口をひらきかけたが、すぐに閉じた。しばし、スローソンの言葉の意味をかみしめる。やがて、夜空に向けて飛んでいくローマ花火のように、ぱっとひらめいた。それほどの旗ならば、本物であると証明されれば、きっと……破格の値がつくだろう、と。

ナンシー・ドルーのお茶会

ナンシー・ドルーのお茶会を開催できるのは、セオドシアひとりとはかぎりません。子ども時代に読んだナンシー・ドルーの本を引っ張り出したり、図書館から何冊か借りてきましょう。ねじりキャンドル、古い時計、鐘など、ナンシー・ドルーの本の題名に関係あるものをそろえたら完璧です。ひと品めに出すのはラベンダーのスコーン、ふた品めにはハーブで風味づけしたクリームチーズとキュウリをはさんだサンドイッチと、チキンサラダをのせたブリオッシュを。用意するお茶はハーニー＆サンズ社の〈オリエント急行の殺人〉か、アダージオ社の〈ザ・ミステリ〉など、ミステリにまつわる名前のついたものを出すといいでしょう。

5

「ドン・キングズリーさんが初代のネイビー・ジャック・フラッグを持っていたのは本当だと思う？」

トッド・スローソンが帰ると、セオドシアはドレイトンに尋ねた。

「そんなものをどこで手に入れたのかしら？　ううん、それより二百年以上も昔の旗が経年劣化に耐えられるものなの？　それだけの年月がたっていたら、そんな古い旗なんかふつう、ぼろぼろになるでしょう？　でなければ、塵と化してしまうわ」

しかし、ドレイトンの意見はちがっていた。「適切な手入れをされ、きちんと保管、つまり温度と湿度が制御されたものなら、かなりいい状態を保っているかもしれんな」

「だとしたら、すごいことよね」

ドレイトンはじっと考えこむように、上の空で頬をかいた。「そう言えば、何年か前、大陸軍軽騎兵の旗がサザビーズに出品されたことがあったな」

「どのくらいで売れたか覚えてる？」

「かなり高く売れたはずだ。千八百万ドル近くしたのではなかったかな」

その途方もない金額に、セオドシアは思わず息をのんだ。それからわざとらしく咳払いをして言った。

「じゃあ、その〝わたしを踏みつけるな〟の旗はもっと高い値がつくかもしれないのね？」

「わたしの考えを言うなら……そのとおりだ。はるかにうわまわる金額になるだろう」ドレイトンは恐れ多いというように声をひそめた。「これはわかってもらいたいのだが、アンティークの旗は神聖なものなのだよ。旗を守るために多くの人が犠牲になった。犠牲者のなかには、大陸軍の陸軍や海軍に従軍していた者だけでなく、独立戦争で旗を守り、旗が象徴する主義を心から信じていた一般市民も含まれる」

「すごいのね」セオドシアは言った。「それほどの歴史を生き抜いてきた旗が現存しているなんて、びっくりだわ。古くて歴史的価値のある旗は、博物館や歴史資料館のようなところで大事に保管されているものとばかり思ってた」

「わたしはその道の専門家ではないが、独立戦争時代の旗でいまも残っているのはわずか三十ほどだろう」

「それなら、コレクターの熱意も理解できる。ネイビー・ジャック・フラッグは……そう、とても強く心に訴えてくるものだもの。聖遺物に匹敵すると言ってもいいかもしれない」

「そのとおりだ」

「ドン・キングズリーさんはどこでそんな旗を手に入れたのかしら？　それに、本人もコレクターなのに、どうして売ろうとしたのかしら？」

「なんとも言えんな。もしかしたら旗は相続したのかもしれないし、古物商の投げ売りセールでたまたま見つけたのかもしれん。すぐれた美術品のなかには、そういう形で発見されたものも多いのだよ」

「ジャクソン・ポロックの絵がたまにロング・アイランドで見つかることがあってもおかしくないわ。でも独立戦争の頃の旗なのよ」

「そんなこと、わからんだろう」

「この手の旗について話が聞ける人はいるかしら。チャールストンには旗の専門家はいないの？」

「アメリカーナ・クラブのメンバーならいいかもしれん」

「なんなの、それは？　歴史関係の団体？　あなたの口からその名前が出たことは、いままでなかったと思うけど」

「クラブの会員が目立つことを極端に嫌っているせいだ」ドレイトンは、これから暗く重大な秘密を打ち明けるとばかりに咳払いをした。「アメリカーナ・クラブは、アメリカの歴史にまつわるめずらしい品を集めている裕福な男性ばかりの小さな団体だ。収集の対象は古い書類、旗、勲章、軍事品など多岐にわたっている」

「独立戦争時代の品も？」

「もちろんだとも」

セオドシアは好奇心で胸が高鳴るのを感じた。「で、地元の人たちの集まりなのね？」

「大半はここチャールストンに住んでいる。当然のことながら、歴史地区の住人だ。バッテリー公園周辺かトラッド・ストリート沿いに居をかまえている」

「ということは、文字どおり、ここからは目と鼻の先じゃない」

「そういうことだ」

「アメリカーナ・クラブの博物館というのはあるの？」

ドレイトンはぷっと噴き出した。「いや。だが、どの会員の自宅にも秘密の部屋があるだろうね」

「その人たちはよっぽど目立たないように行動してるみたいね」

「言っておくが、セオ、そのネイビー・ジャック・フラッグとされている旗の件は、あまり入れこまないほうがいい。あらためて考えると、旗が本物ではない可能性も充分にある」

「でも、本物だったら？」

「ふむ、本物だったら、か」ドレイトンは言った。「それがなにか問題でも？」

「まずひとつには、旗の所有者が無辜のふたりとともに殺害されている。だから単なる無差別殺人じゃないってこと。事件の裏には動機がある。何者かがキングズリーさんの持っていた旗かお金を手に入れようとした。それが失敗に終わって……ドカーン！」

「たしかにそれも一理ある」

「その結果、激しい争奪戦が繰りひろげられている」

「問題の旗を誰が手にするかの宝探し」ドレイトンはゆっくりと言った。

「あるいは、誰が盗み出すか」セオドシアは言った。所在不明のお金と所在不明の旗。これはますます……おもしろいことになってきたわ。

この日、雨は降っても客足が遠のくことはなく、五分後、ティーショップは忙しくなった。入り口のドアがひんぱんにあき、チャーチ・ストリート沿いに店をかまえる店主仲間が朝の一杯とテイクアウトのスコーンを求めてやってきた。雨宿りで入ってきた観光客は軽食を楽しみ、すてきなティーショップを見つけた喜びで顔を輝かせている。

セオドシアは注文を取ってそれをヘイリーに伝えた。ドレイトンがいくつものポットにお茶を淹れていく。セオドシアはできあがった注文の品をお客のもとに届け、その途中で蒸らし中のポットを手に取った。

その間もセオドシアの頭のなかはあわただしく動いていた。きのうの死者を出した爆発を思い返し、あらたに知った行方不明の旗について考えをめぐらした。あわただしさが一段落したのを見計らい、ドレイトンにおうかがいをたてた。

「五分ほど抜けてお隣の本屋さんに行ってきてもいい？」

ドレイトンはセオドシアにちらっと目を向けた。「調べ物かね？」

「かまわないでしょ」

セオドシアは傘を手にして暴風雨のなかに出ていった。雨脚は少し弱まってきていたが、風が通りを吹き抜けていく。髪が風にあおられ、鳶(とび)色の巻き毛がメイポールに取りつけられたリボンのようになびいた。

セオドシアは歯ぎしりした。髪が濡れると——もしくは少し湿気を帯びると——まるで生き物のようになるのだ。ちりちりに縮れるのではなく、大きくひろがって、頭のまわりにりっぱな後光が射したようになる。

さいわい、〈稀覯書店〉はインディゴ・ティーショップのわずか三軒先だ。高い煉瓦のビルのなかにあるその書店は、入り口がクラシックで、窓には金色の渦巻き形の飾り文字が躍っている。セオドシアは店に駆けこむと、傘のしずくを払い、安堵のため息をついた。店内は古い紙、インク、装幀に使われた革のにおいに満ちていた。高い木の書棚には古本と地元作家の新刊本がぎっしり詰まっている。アンティークの書き物机には興味深い品が並べられ、ヴィンテージものの革のクラブチェアがそこかしこに置かれ、腰を落ち着けて本が読めるようになっている。

店主で元司書のロイス・チェンバレンはいつもの定位置、接客カウンターにかがみこんでいた。小柄な女性で、五十代後半、紫色のショールをはおり、真っ赤な半眼鏡をかけている。背中の真ん中へんまでの長さがある白髪交じりの髪を一本の編み込みにまとめている。鋭い目としわの多い笑顔を見ると、いつどこで薬草を収穫すればいいかをちゃんと知っている、地元の賢者のようだと思う。

ロイスが顔をあげ、デスクに近づくセオドシアにほほえんだ。

「外は雨なんでしょ」ロイスは言った。「商売にはあいにくの天気よね。観光客が外に出てきてくれないもの」

「この天気が今週いっぱいつづかないことを祈るわ」

「たぶんつづくわよ。だって、今度の木曜日、うちはコロンビア市で開催される屋外の書籍見本市に出店するんだもの」ロイスは皮肉っぽくそう言うと、接客カウンターをこぶしで軽く叩いた。「なにをお探しかしら？」

「あなたは旗についてくわしい？」セオドシアは訊いた。

「そうでもないけど、旗に関する本なら何冊かあるはずよ」

「独立戦争の頃の旗なの」

ロイスは椅子をぎしぎしいわせて立ちあがった。「それはなかなかむずかしいけど、とにかく見てみるわね」

セオドシアはついていった。ロイスが独立戦争時代の軍服、戦闘服、旗に関する本を二冊、見つけてくれたのだ。

「二冊とも買うわ」セオドシアは言った。

「よかったら貸してあげてもいいのよ」

「ううん、買いたいの。どうしても」

「わかった。それじゃあ、せめてビニールの袋に入れさせて。外はどしゃ降りだから」

「急ぎたまえ。これから本格的に忙しくなるぞ」正面ドアから入ったとたん、ドレイトンの声が飛んだ。

セオドシアはティーショップ全体を見まわした。いまお客がいるテーブルは四つだけで、とくにやきもき、あるいはいらいらしている人はひとりもいない。スコーンを食べ、お茶を口に運びながら、荒れ模様の天気を忘れて楽しく過ごしている。

セオドシアは人差し指を立てた。「あと一分待って」

彼女は、ティールームを奥の厨房と小さなオフィスから隔てている灰緑色のビロードのカーテンをくぐった。散らかったデスクにバッグを放り、その隣に二冊の本を置いた。仕事に戻ろうと向きを変えたが、そこで足をとめ、本を振り返った。

ちょっと見るだけ。そのくらいならいいわよね？

セオドシアは『独立戦争の標章』という題の本をめくった。旗について書かれた章が見つかると、イラストと写真をざっとながめ、説明文を丹念に読んだ。どの旗も手織りの布を手縫いしたもので、決死の覚悟が伝わってくる。しかも、旗について知れば知るほど、いま目にしているのはとてもすばらしく、精神的にとても大きな意味を持つものだという気がしてくる。

数ページ読んだだけで、セオドシアはすっかり魅せられていた。

6

「まだ検討中と言ってたティーサンドイッチだけど、なんの具にするか決めた？」

セオドシアは厨房の入り口の手前に立って、狭苦しいなかをのぞきこんでいた。こんなところであれだけの仕事ができるなんて、ヘイリーは本当にすごい。本当に窮屈だし、オーブンと食器洗い機が発する熱で頭がどうにかなってもおかしくないはずだ。けれども、ヘイリーはこの厨房に満足している。ここ以外は考えられないとまで言っている。だから改装も望んでいない。

「あとちょっとでできあがるところ」ヘイリーは銀色のボウルでクリームチーズらしきものをかき混ぜ、粗みじんにしたアーモンドをくわえて、さらにかき混ぜた。

「それで、そのフィリングはいったいなんなの？　いつまでもお昼のお客さまをじらしたくないわ」

「いつものクリームチーズにグリーンオリーブとアーモンドを混ぜてみたんだ」ヘイリーはさらに二度ほどすばやくかき混ぜ、ボウルのふちでスプーンをとんとんと叩いた。「はい、できあがり」

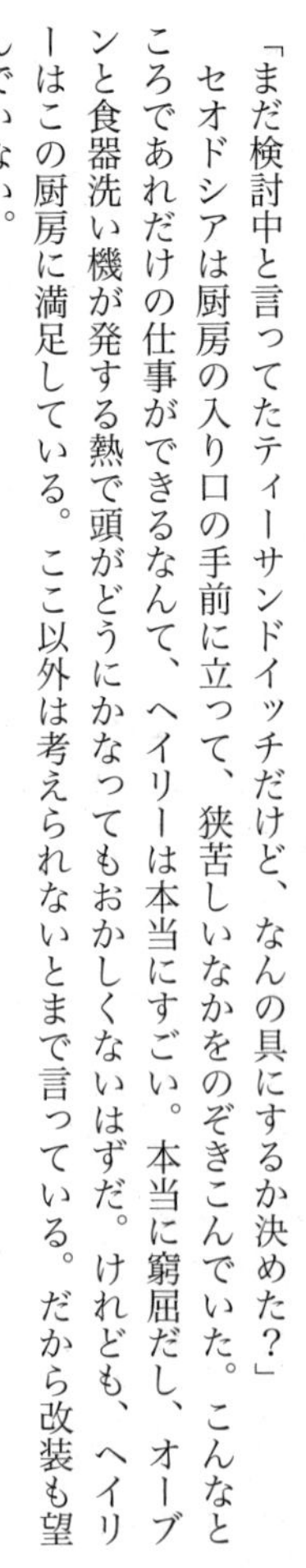

「これを塗るパンは……？」

「普通のサンドイッチ用のパン。でも、きれいに切れるように、パンを冷凍しておくのは知ってるよね」ヘイリーはフリーザーからパンを出し、トランプを配るように一枚一枚カウンターに並べた。「凍ったままのパンにフィリングを塗って、べつの一枚ではさんだら、耳を切り落とすの。パンは四、五分ほどでいい感じに解凍されるし、その間、フィリングは温まらなくてすむというわけ」ヘイリーは作業しながら秘密のテクニックを説明した。「ほら、断面がきれいでしょ？」彼女はサンドイッチを四つに切り分けながら言った。「サンドイッチを二段にするときも冷凍したパンを使ってるんだ」

「きょうは二段のサンドイッチをつくるの？」

「やろうと思えばできるわよ。三枚のパンを用意して、上の段にクリームチーズのフィリング、下の段にハムをはさむとか」

「いいわね」セオドシアは言った。

そのとき、オーブンのベルがけたたましく鳴った。

ヘイリーはなかをのぞきこんだ。「レモンのスコーンの焼きあがり」

セオドシアはティールームに出ると、あらたに来たお客をテーブルに案内し、お茶の注文を取った。

「六番テーブルの方が日本の緑茶をご希望よ」セオドシアはドレイトンに告げた。

「それはいい。玉露を淹れるチャンスをずっとうかがっていたのだよ」

ヘイリーと同じく、彼も話しながらてきぱきと手を動かした。「茶さじに一杯と、ポットのためのひとつまみ。あとは約二分、蒸らす」

「自宅を写真に撮られる緊張感はおさまった？」

「とんでもない。いまも、そのせいで激しい不安をかきたてられているよ」ドレイトンは機嫌のいい声で言った。

「最初、その話を持ちかけられたときは、あんなに喜んでいたじゃない。わたしたちみんなもそうだった。リビーおばさんなんか、撮影現場を見学したいなんて言ってたわ」

ドレイトンは大きくうなずいた。「そうなのだよ。《南部インテリアマガジン》からはじめて連絡があったときはうれしくてたまらず、大はしゃぎしたのはたしかだ。だが、いまは、自宅を他人と雑誌の読者に公開すると思うと、どうにも怖くなってしまってね」

「だったらやめたらいいのに」

「やるしかないのだよ、セオ」ドレイトンはむきになって言い返した。「約束したのだから。紳士たるもの、けっして約束を破ってはならないことはきみもよく知っているではないか」

「じゃあ、あたしは紳士をひとりも知らないってことね」ヘイリーが急ぎ足でやってきた。手にしたシルバーのトレイには、焼きたてのレモンのスコーンが山と積まれ、そのひとつひとつにクリーム状の白いフロスティングがかかっている。「だって、あたしが知ってる男の人たちときたら、約束を破ってばかりだもん」

「だったら、その連中は紳士ではありえんな」ドレイトンは言った。

ヘイリーはこぼれんばかりの笑みを浮かべた。「まったくもう……そんなのわかってるってば」

テイクアウトの注文は途切れることがなかった。お客と宿の主人——大半は地元のホテルやB&Bだ——もひっきりなしにランチの注文の電話をかけてきていた。ヘイリーはものすごいいきおいでサンドイッチをこしらえ、スコーンを包み、ドレイトンはテイクアウトのお茶を藍色(インディゴ・ブルー)の紙コップに注いで、ふたをはめた。言うまでもなく、入り口近くのカウンターには次から次へとお客が訪れていた。

午後一時、バート・ティドウェル刑事がのっそりと入ってきた。オイルクロスか帆布を切ってワックスをかけたような、奇妙な形のレインコートを着ていた。とにかく、雨が生地の上で玉となるので、本人はあまり濡れずにすんでいた。

「捜査の合間にひと休み？」セオドシアは訊いた。

ティドウェル刑事はどっちつかずにうめいただけだった。

「では、ランチのおいしい店に興味が？」セオドシアは石造りの暖炉の近くにある小さなテーブルに案内し、彼が席に着くのを待った。「厨房に行って、あるものを適当に持ってくるわ。テイクアウトの注文が殺到したから、なにが残っているかはっきりしたことが言えないの」

「あるものでけっこう」ティドウェル刑事は言った。

セオドシアは厨房に飛びこむと、ハムとチーズのサンドイッチを皿に盛り、レモンのスコーン一個ものせ、クロテッド・クリームの小さなガラスのボウルを添えた。入り口近くのカウンターに寄って雲南紅茶が入ったポットを手に取った。やや鋭く強い香りがするお茶だ。

それらすべてを刑事のテーブルに置くと、彼はいきおいよく食べはじめた。きょうのランチは店のおごりにするから――ティドウェル刑事はいつも代金をきちんと払ってくれる――二、三質問してもずうずうしいことにはならないだろう。

「熱気球が墜落して、かれこれ二十四時間になるけど」セオドシアは切り出した。「なにか証拠はあがったの？」

「これといったものはなにも。爆発によって指紋や物的証拠がほぼ消されてしまいましたのでね」

「じゃあ、容疑者はいるの？　疑わしい人物は？」

刑事はうなずき、ひとつめのサンドイッチの残りを口に押しこんだ。「ええ、何人か。しかし、あなたから墜落に関してもう少しくわしいことをうかがいたいと思いまして」

「なにを話せばいいのか」セオドシアは言った。

「いままでも、そう言って話してくれたではありませんか」

一本取られたわ。

「そうね……」セオドシアはしばらく考えこんだ。「あのときのことを思い返しても、なんだか夢を見ていたような感じなのよね。ゆらゆら揺れるゴンドラに乗って雲に向かってゆっくり上昇していたの。ほとんど音は聞こえなかった。そこへ突然、おぞましい物体が、うなりをあげながらどこからともなく現われた」

「ちがうでしょう」ティドウェル刑事は言った。「ど、ど、どこかから現われたのです。それで、最初にドローンに気づいたとき、あなたはどちらの方を向いていたのですかな？」

「ドッグパークが見えたのを覚えてるから、わたしが向いていたのは……ええと、北かしら」

「だとすると、ドローンは公園の南から飛んできたことになりますな」

「そっちにはなにがあるの？」セオドシアは訊いた。

「並木のうしろに駐車場がひろがっています」

「つまり、ドローンを飛ばしていた人物は熱気球ラリーの参加者じゃないと考えているのね。観客ではないと」

「少なくとも友好的な参加者でないのはたしかですな」

「そこにいたのは誰であってもおかしくない」セオドシアは言った。「干し草の山から針を探すようなものだわ」

「チャールストン警察なら手に負える範囲にまで容疑者リストを絞りこめます」ティドウェル刑事はふたつめのサンドイッチを手にし、大きな口をあけて食べた。

「容疑者の可能性があるのはどんな人？」セオドシアは訊いた。

「被害者ともめていた者が数人おります」

「被害者はひとりじゃないわ。三人が亡くなっているのよ」

「たしかに。ですが、現時点でわれわれが関心を寄せているのはそのうちのひとりだけです」

「ドン・キングズリーさんね」トッド・スローソンが行方不明の旗のことで大騒ぎしていたことから、ねらわれたのはキングズリーだろうと思っていた。「それで、誰に目をつけているの？　不満を抱えた仕事仲間？　仕事上のライバル？」

「おもしろいことを訊きますな。実はトーニー・キングズリーに亡くなったご主人のことで、一時間ほどそれと似たような質問をしたばかりでしてね」

「奥さんに？」朝刊はトーニーについてほとんど言及していなかったが、彼女の名前にはぴんとくるものがあった。「たしか彼女はあたらしくできるＢ＆Ｂに関係があるんじゃなかった？」

「トーニー・キングズリーはつい最近、トラッド・ストリートに建つグラハム・ロイス邸を購入しております」

「高級な界隈だわ」もっとくわしいことを聞き出そうとした。「さぞかしお嘆き（モーニング）のことでしょうね」

「それどころか、アサガオ（モーニング・グローリー）みたいに明るく元気でした」刑事は答えた。「未亡人になりたてのミセス・キングズリーは、たくさんの涙を流したようには見えませんでしたな」

「それはまた……興味深いわね」夫が殺害されたとなればなおさら。

「購入したばかりの屋敷ですが、ミセス・キングズリーはそうとうぴかぴかに磨きあげていましたな」

「たしかあそこは、かなりひどい状態だったはず」セオドシアは言った。

「いまはちがいます。あの無用の長物をまったくあたらしいものに生まれ変わらせているようですから」

「たしか、〈フェザーベッド・ハウス〉から一ブロックほどの場所にあるんじゃなかった?」

ティドウェル刑事はお茶をひとくち飲んで、口をすぼめた。「まあ、そのくらいでしょうな」

セオドシアはとても奇妙で複雑きわまりない結びつきがあるように思えてならなかった。殺害された男性はお金には換えられないほどの価値がある旗を持っていて、その男性の妻が〈フェザーベッド・ハウス〉の近くに高級なB&Bをオープンしようとしている。しかも〈フェザーベッド・ハウス〉のオーナーの恋人は、〈シンクソフト〉で働いている。なぜそれがあやしく思えるのだろう? あまりに密接に結びついていて、怖いくらいだ。

セオドシアはひとまずその情報にはふたをして、ティドウェル刑事に旗について尋ねることにした。

「キングズリーさんが所有していたという貴重なネイビー・ジャック・フラッグのことを訊いてもいい?」

ティドウェル刑事は眉根を寄せた。「行方不明になった旗のことをどこで聞きつけたんです？」

「まず第一に、きのう、若い男性がコカインでハイになったニワトリみたいに駆けずりまわって、旗がどうしたこうしたとわめいていたの。おまけにけさ、トッド・スローソンが店に荒々しく入ってきて、墜落のくわしい状況をわたしとドレイトンから無理やり聞き出そうとした。わたしたちの口が重いと見るや、その国籍旗のことを、ネイビー・ジャック・フラッグのことを持ち出したというわけ」

「なるほど。旗が行方不明だという話をわたしが最初に知ったのは、気取り屋のチャールズ・タウンゼンドに連絡を取ったときです。あの男はどうやら、ドン・キングズリーの個人的なアシスタントで、おそらくは学芸員もつとめていた……いや、つとめているようです」

「キングズリーさんは美術館を持っているの？」

「自宅にコレクションのための部屋がいくつかあるという程度ですよ。どの部屋も、絵画だとか文書だとかそういうものがところ狭しと置かれています」

「それで独立戦争のときの旗――あくまで本物だったらだけど――それは本当に行方不明なの？」

「そのようですな」ティドウェル刑事はスコーンを少しかじってから、クロテッド・クリームをこんもりのせた。

「キングズリーさんは旗が原因で殺されたのかしら？」

「わたしもまずそう考えました。問題の旗はそうとうの値がつくもののようですし。それも何百万ドルというレベルだとか」

「そうなると、これは三人が殺害された事件というだけじゃない」セオドシアは言った。「その旗の所有者であるキングズリーさんがオークションでもっとも高い値をつけた人に売るつもりでいたのに、旗の行方がわからなくなったということは、窃盗事件でもある」

「アマチュア探偵にしてはずいぶんと鋭いですな」

セオドシアは刑事にほほえんだ。「でしょう?」

7

「ティドウェル刑事からランチ代を受け取ったの？」

ちょうど厨房から出てきたヘイリーが、青いティータオルで手を拭きながら訊いた。上は白いシェフコート、下は黒いレギンスという恰好だ。足にはケッズのハイカットスニーカー。これを履いていると料理への強い意欲が維持できる、というのは本人の弁だ。

「いただかなかった」セオドシアは言った。「お返しとして」

「つまり、刑事さんからいくらか情報を引き出せたのだね？」ドレイトンが訊いた。

まだふたつのテーブルにお客が残っていたので、セオドシアは声をひそめた。「少しはね」

セオドシアとヘイリーは、ドレイトンをまじえて話をしようとカウンターに集まった。

「ティドウェル刑事は未亡人のトーニー・キングズリーから話を聞いたそうよ」セオドシアは説明した。「ご主人の死をひどく悲しんでいるようには見えなかったって」

「じゃあ、ふたりは離婚してるってこと？」ヘイリーが訊いた。

「していなかったみたい」とセオドシア。

ドレイトンは鋭く息を吸いこんだ。「では、彼女が財産を相続するわけだ」

「たぶんね」セオドシアは言った。

「つまり、有力な容疑者ってことじゃない」ヘイリーはにやっとすると、カウンターを手でぴしゃりと叩いた。「もう、そういうぐちゃぐちゃした話は大好き」

ドレイトンは右の眉をもの問いたげに震わせながらあげた。彼ならではの得意技だ。

「まさか殺人事件を楽しんでいるのではあるまいね」

ヘイリーはすぐさま発言をトーンダウンさせた。「ううん、そんなことない。調査する立場から言っただけ」

「われわれは調査などしない」ドレイトンはセオドシアのほうに警告のまなざしを向けた。

「いまのところは、でしょ」ヘイリーは低い声でぼそぼそと言った。

「ねえ、ヘイリー」セオドシアは話題を変えようと躍起になって言った。関わるべきか、関わらざるべきか、考える時間がほしかった。「ナンシー・ドルーのお茶会のメニューにはどんなものを考えてる？」

「まずはジンジャーのスコーンと……」

「それはいい」ドレイトンが言った。「だったらお茶はカルダモン・ティーを出すとするか」

「ほかにはどんなものを考えてるの？」セオドシアは訊いた。

「メインはまだ決めてない。新鮮なカニとロブスター、どっちを出せるかで変わるから。でも、デザートはビターチョコを使ったケーキポップにしようかなと思ってる」

「とりあえず半分までは決まったわけだな」ドレイトンは言った。「少なくとも甘いメニューは」

「店内の飾りつけはほとんど手配したわ」セオドシアは言った。「それと中央に飾るセンターピースはヘイリーが考えてくれている」

「そうそう、それも気になっていたのだよ。どんなものになるのだね？」ドレイトンは訊いた。

「ひ・み・つ」とヘイリー。

「ゲストの霊媒師に訊くしかなさそうね」セオドシアはドレイトンに言った。

ヘイリーは小さく体を震わせた。「霊媒師が来てくれるなんて、もうわくわくしちゃう」

「マダム・ポポロフね」この霊媒師を知ったのは、超能力やテレパシーによってではなく、昔ながらの方法、つまり本人のウェブサイト経由だった。

「マダム・ポポロフはリトアニアから追放された王族を自称してるって話だよね」ヘイリーが言った。

「もちろん、そうだろうとも」ドレイトンは苦笑いした。

「王族の血は引いていないにしても、その人、本物の霊媒師なのかな？」ヘイリーは訊いた。

「霊媒師などというものは存在しない」ドレイトンが否定した。「あんなものはすべて、うそっぱちのペテンに決まっている」

「あたしはまだ判断を保留しておく」ヘイリーは言った。

「彼女に訊きたいことがあるようだな」ドレイトンは目を輝かせた。

「まあね」

「ロマンス方面かね？」

「ちょっと、ドレイトン。それはあたしと霊媒師のあいだの秘密」

午後の営業も終わりに近づいた頃、セオドシアは厨房に顔を出した。

「スコーンはあといくつ残ってる？」

ヘイリーが振り返った。「ええっと、レモンのスコーンが六個とイチゴのスコーンが二個――あ、ちがう、あたしが食べちゃったからあと一個だわ」

「でもちょっとした手みやげにするには充分ね」

「瓶入りのジャムをひとつ添えたら完璧なんじゃないかな」

セオドシアは残ったスコーンを透明のビニール袋に入れて柳細工のバスケットに詰め、ジャムと蜂蜜をそれぞれひとつずつ添えた。この手みやげを持ってグラハム・ロイス邸を訪ね、トーニー・キングズリーとお近づきになるつもりだ。ティドウェル刑事から彼女の人となりを聞いて、興味を激しくかきたてられたのだ。それに、いくらかなりとも情報を得ようという下心もあった。

外に出ると、まだ冷たい雨が降っていた。セオドシアはレインコートを着こんだうえ、赤いペイズリー柄のスカーフがあったのでそれをロシアのおばあさんみたいに頭に巻きつけていた。この恰好で柳細工のバスケットを持っていると、午後の散歩に出かけるおばさんバージョンの赤ずきんちゃんみたいだ。

グラハム・ロイス邸まであと半ブロックのところで、目指す屋敷から女性が出てくるのに気がついた。黒髪を風で乱したその女性はかなり若そうで、ピンクのショールを上半身に巻きつけているものの、抜群のスタイルをしているのがわかる。強風が吹きつけているせいだろう、やや前かがみに歩いている。顔には困惑の表情が浮かんでいた。少し青ざめているようにも見える。

誰かしら？

セオドシアは屋敷への階段をのぼって広々としたポーチに立ち、さっきの女性が通りの先に消えていくのを見ていた。それから屋敷そのものに目を戻した。ギリシア様式とローマ様式を少しずつ組み合わせた新古典様式で建てられており、どっしりとした大きな柱が目につき、装飾用の彫像がいくつも置かれている。

ブザーを鳴らすと、なかからかすかに音楽が聞こえてきた。軽快で小気味いいクラシック音楽だ。ドビュッシーかしら？

数秒後、トーニー・キングズリーがドアを大きくあけ、驚いた顔をした。「こんにちは」と言ったものの、こんなにすぐべつの人が訪ねてくるとは思っていなかったようだ。

トーニーは細身で目は出っぱり気味、そして昂奮しやすいタイプに見えた。髪はセオドシアがこれまで見たことがないほど短くてあざやかなブロンドだった。あまりの短さに、第二次世界大戦中にナチスに協力した女性たちの髪を、フランスのレジスタンスが短く刈って、スキンヘッド同然にした仕打ちを思い出した。

セオドシアが名乗ると、トーニーは心得顔でうなずいた。

「あなたのことは存じあげているわ。チャーチ・ストリートのしゃれたティーショップのオーナーの方ね。インディゴ・ティーショップの」

「はい。ひとことお悔やみを言いたくて。きのうの事件を目撃した者です。一部始終を見ていました」セオドシアはそう言ってバスケットを差し出した。「これはほんの気持ちです。こんなもので悲しみが癒えるとは思いませんが、スコーンを少しばかりお持ちしました」

「どうもありがとう」トーニーはバスケットを受け取った。「お入りにならない？」

喜んで。

セオドシアはトーニーのあとについて、なかに入った。

「ドナルドがあんなことになって、胸が締めつけられるほど悲しいわ」トーニーは先に立って廊下を進み、半分ほど家具が入った小さな部屋に案内した。「でも、本当のことを言うと、わたしたち夫婦は結婚生活を解消する手続きの最中でね。実は、もう何カ月も……いわゆる、ひとつ屋根の下には暮らしていなかったの」

「残念でしたね」セオドシアは青いビロードのソファに腰をおろし、トーニーは向かいの安楽椅子にもたれるようにしてすわった。

「いいの、気にしないで。ふたりともさばさばしたものだったんだから。わたしにはこの屋敷を改装する仕事があり、ドナルドには会社があった」トーニーはそこで言葉を切り、とまどったような表情を浮かべた。「会社はこれから、あの人なしでやっていかなくてはならないわけね」

「ご主人の会社は問題を抱えていたとか」セオドシアは言った。ここで核心に切りこんだほうがいいと思ったのだ。

トーニーは大きな目で見つめてきた。「なぜそんなことを？」

「けさの新聞に補足記事が出ていて……」

「マスコミの報道にはあまり関心がなくて。なんて書いてあったの？」

「記事によれば、〈シンクソフト〉のお金が一部、なくなっているようです」

「お金」トーニーはゆっくりと言い、まったく新しい概念だと言わんばかりに、その言葉を舌の上で転がした。

「はい。プールしてあったインベスター・ファンドのかなりの額がなくなっているとか。もしかしたら、運転資金だったかもしれません。はっきりとは覚えていませんが。ひょっとして、それについてなにかご存じでしょうか」

「会社の財務についてはなにも知らないわ。でも……」トーニーは批評するというよりも分析するように目を細くした。「ドナルドならつまらないお楽しみのために、お金をどぶに捨てるようなまねもしかねないわ。それに、離婚調停でもわたしにろくな分け前をよこそうとしなかったし」彼女は肩をすくめた。「でもドナルドは死んだ。ことわざにもあるけど、あの世までお金は持っていけない」

「そして全財産が残った」セオドシアは言った。それはあなたのものになるの？

「わたしには関係ないし、どうでもいいことよ」

本当にそうかしら？　セオドシアは心のなかで訊き返した。

「お悔やみとはべつに、所在不明の旗のことでお話を聞かせていただけますか」セオドシアは言った。

「あら、おもしろい。さっきいた女の人も旗のことが知りたくていらしたのよ」

「アプローチを歩いてくる姿を見かけましたけど……」セオドシアはうながすような口調で言った。トーニーのほうから話してくれるかも、と期待して。

「あの人はブルックリン・ヴァンス博士」トーニーは言った。「例の旗の購入を希望している博物館を代表していらしたの」

「旗がなくなったと知って、博士はさぞショックでしたでしょうね」たしかにうろたえた顔をしていた。頭のなかが混乱していただけかもしれないけれど。

「いえ、ヴァンス博士は旗が所在不明なのはご存じだったの。いくつかさりげない質問をしにいらしただけ」

「旗のことで？」

「旗が出てきたらどうなるのかについて」

「つまり、まだ売りに出すということなんですね」セオドシアは言った。「どなたが売却、またはオークションを担当されるんでしょう？」

「その質問も出たわ。でも、そんな切羽詰まった感じではなかった。ヴァンス博士は頭が切れて、高い教養の持ち主という印象ね。博物館の仕事に熱心に打ちこんでいる様子だった」

「博士が関係しているのはなんという博物館なんでしょう？」

「ノース・カロライナ州にある博物館よ」トーニーはどうしましょうという顔であたりを見まわした。「もらった名刺がどこかにいっちゃったわ」

「旗のことに話を戻しましょう。旗がどうなったのか、本当にご存じないんですね？」セオドシアは訊いた。「場合によったら、ご主人が自宅から持ち出して、安全のため貸金庫に預けたのかもしれません。そもそも、なくなってなどいないのかも」

トーニーの目が大きくなった。「それについてはわたしも警察に指摘して、ドナルドが個人的な取引をしてる第一セキュリティ銀行を調べてはどうかと提案したの。警察が主人の貸金庫を調べたけど、旗は見つからなかった。別荘にもなかった。どこに行ったのか、誰も知らないみたい」

「旗はきのう、ご主人の家から盗まれたとお考えなんですね？」旗がなくなったのは気球が墜落する前なのかあとなのかが気になった。あるいは墜落のさなかか。気球が飛んでいるあいだの出来事なら、ふたりの人間が関わっていることになる。冷酷非情な殺人者と、盗みの達人のふたりが。

「ええ、主人の家から盗まれたのよ。ドナルドの秘書のチャールズ・タウンゼンドがそう言ってるもの。警察からもそう聞かされたわ」

「では、いま旗がどこにあるか、まったく見当がつかないんですね？」

トーニーはかぶりを振った。「そもそも、わたしは実物を見てもいないのよ」

呼び鈴が鳴り、けたたましいビーッという音が一階全体に響きわたった。

トーニーは椅子からいきおいよく立ちあがった。「ちょっと失礼」

二分後に戻ってきた彼女のあとから、配達員が茶色い包装紙の大きな荷物がのった台車を押しながら入ってきた。荷物は油絵か大きな鏡のようだ。

トーニーはサインをして配達員に礼を言い、小さく忍び笑いを洩らした。

「やっと届いた。あなたも中身をごらんになる？」彼女はセオドシアに訊いた。

「ええ、ぜひ」

トーニーは絵だかなんだかわからないが荷物の包み紙をはがしにかかった。半分はがしたところで彼女は満足そうな笑みを浮かべ、セオドシアを手招きした。

「こっちに来て、見てちょうだい」

ステンドグラスの窓だった。かなり大きなもので、製作にはひと財産かかったにちがいない。

「豪華ですね」セオドシアは感心した。本当に豪華だった。手前に鳥と木々が、奥には小さなフランスの村が描かれている。金色、黄色、琥珀色がおもに使われていた。

「広間に飾ろうと思って特注したの」

「細かいところまで徹底的にこだわっているんですね」

「これだけじゃないの」トーニーはサイドテーブルに置いてあった壁紙のロールを手にしてひろげた。「ねえ、見て。フランスから取り寄せた手描きの壁紙よ」

「まあ、すてき」セオドシアは手描きの渦巻き模様に見入った。この生地は……シルクかしら？　うん、まちがいないわ。

「ほかにも、アイダーダウンを使ったベッドをスイスに注文したし、本物のアールヌーボーのランプをパリに注文したわ。シーツとタオルはイタリアの〈プラテージ〉のものを選んだの」

「まさに内装の国際連合という感じ。チャールストンを訪れる観光客は、あなたの宿に殺到するでしょうね」

「もちろんよ。だって、チャールストン史上初の六つ星を獲得するレベルのＢ＆Ｂにするんですもの。ほかのホテルにしろ、ゲストハウスにしろ、Ｂ＆Ｂにしろ、うちの一流のサービスと高級感にはかないっこないわ」

「いつ開業する予定なんですか？」

トーニーは顔をしかめた。「残念なことに九月以降になりそう。二階の寝室はまだ手を入れなきゃいけないことが山ほどあるから。スパ用の浴槽の配管、ヒーター付きのタオルかけ、天窓、そういうこまごました作業がいろいろあって」

トーニーはそれらすべての代金をどうやって支払うのだろう。もともと裕福な家の出なの？　それとも――こっちはあまりに現実離れしているけれど――〈シンクソフト〉のお金がなにかのはずみでトーニーのポケットに入っていたとか？　それとも、そうなるのはこれから？　トーニーが〈シンクソフト〉のお金を使いこんでいるとしたら、夫のほか、顧客と熱気球のパイロットの死にも関わっていてもおかしくない。

「なんという名前にするんですか？」セオドシアはあちこちに目を向けながら訊いた。「グラハム・ロイス邸という名前を残すの？　それとも……？」ふと、トーニーの靴に目が吸い寄せられた。上は紫色のスエードで、ソールはあざやかな赤。クリスチャン・ルブタンの靴。お金持ちの女性のあいだでは、単に〝ルブタン〟と呼ばれている。

「プロヴァンス地方にあるお気に入りのワインのシャトーにちなんで〝シャトー・ルビンヌ〟と名づけるつもり」トーニーは言った。「その名前ひとつで品格、エレガンス、贅沢な感じが伝わる気がするの。だってわたしは一流のものしかほしくないもの」

セオドシアはうなずいた。「わかります」

「宿泊客用のアメニティひとつでも妥協するつもりはないわ」

「というと、ほかのB&Bのように、犬にやさしい部屋も用意するんでしょうか？」

トーニーは顔をしかめた。「犬にやさしい部屋？　冗談じゃないわ」

セオドシアは、歩道に出たところで店のドレイトンに電話しようと思いたった。突風と大雨に傘を持っていかれそうになりながら、苦労して片手で番号を押した。

ドレイトンが出ると、セオドシアはこう言った。「今夜、うちに夕食を食べに来ない？」

ドレイトンはたちまち警戒した。「なにかあったのかね？」

「べつになにも。ちょっと話がしたいだけ。トーニー・キングズリーと対面した結果を報告したいし、いくつかあなたの見解を聞きたくて」

「そういうことなら、ありがたく。何時にうかがえばいいだろうか」

「七時でどう？」

「楽しみにしているよ」

ミツバチのお茶会

庭にテーブルを出して、たくさんの緑と手芸用品店で売っているぬいぐるみのミツバチで飾りつけましょう。メニューは蜂蜜とクロテッド・クリームを添えたクリームスコーン、スライスしたリンゴと飴がけしたペカンを散らしたミックス・グリーン・サラダ、小さく切った鶏肉と野菜を串に刺して直火焼きしたグリル。お茶はスパイス風味のプラム・ティー、あるいはエジプト産カモミール・ティーが合います。デザートにはパウンドケーキにハニー・アイスクリームを添えて。お客さまのおみやげとして蜂蜜の小瓶を用意すれば完璧です。

8

ホッピン・ジョンは、南部風のチャウダーのような、スープのような、シチューのようなもので、ひとりひとりにお気に入りの家庭のレシピがある料理だ。そう、セオドシアもリビーおばさんから受け継いだレシピを守っている。いきおいよくやってきたかと思うとペースを落とし、ここチャールストンに当分居座りそうな冷え冷えとした雨天に食べるには、うってつけの料理だろう。そういうわけでセロリ、玉ネギ、パプリカ、ニンニクを細かく刻み、厚く切ったベーコン少々とともに鍋で炒めた。

ササゲとカロライナ・ゴールドという米がスープのなかでぐつぐついい、おいしそうな香りがただようなか、キッチンをちょこまかと動きまわって、サラダを仕上げた。料理を作っているあいだも降りしきる雨の音がずっと聞こえ、家が時折ぎしぎしいっている気がしていた。

「きょうはさすがに、ミセス・バリーと長いお散歩には行かなかったんでしょう?」セオドシアはアール・グレイに話しかけた。ミセス・バリーは引退した教師で、近所に住むドッグ・ウォーカーだ。アール・グレイはセオドシアの愛犬だが、実際にはルームメイトと言ってよく、また忠実な仲間でもあり、ジョギングのパートナーでもある。いわゆるミックス犬だが、セオドシアはダルメシアンとラブラドールがいい感じで混じり合っていると思っている。だから……ダルブラドールだ。

「格子柄のコートを着たの？」セオドシアは訊いた。見ると、キッチンの椅子の背に犬用のコートがたたんでかけてある。ミセス・バリーからのメッセージと一緒に。

セオドシアは頬をゆるめてメッセージを読んだ。〝きょうは散歩を早めに切りあげました。アール・グレイが足が濡れるのをいやがったので。また明日うかがいます。ミセスB〟

夕食の仕度をしていると電話が鳴った。

ドレイトンが来られなくなったのかしら？

ちがった。セオドシアの現在の恋人で、ティドウェル刑事の部下のひとりであるピート・ライリーが、ミネアポリスからかけてきたのだ。

「セオ」彼は言った。

「ライリー」セオドシアはうれしそうな声を出した。ふたりはいつもこう呼び合っている。彼のほうは彼女をセオと、彼女は彼をライリーと。〝ねえ、ライリー、ワインを取ってくれる？〟とか〝今度の土曜日、一緒にジャズのコンサートに行かない、ライリー？〟という具合だ。彼はそう呼び合うのを気に入っていた。彼だけでなく、ふたりとも。

「明日の夜まで電話はかかってこないと思ってた」彼がチャールストンを離れて、まだ二日しかたっていないが、こうして声が聞けて、セオドシアは口には出さないながらも喜んだ。

「きみが恋しくてたまらないと言ったら信じてくれるかな?」ライリーの声からは一途な気持ちが伝わってきた。長身、貴族のような形の鼻と頬骨、コバルトブルーの瞳。絵に描いたようなハンサムだ。

「そうだったらいいなと心から思ってるわ」彼の声を聞いているだけで、少し胸が熱くなった。「セミナーはどう?」

「おもしろいよ」言葉とはうらはらに、まったく興味が持てなくてあくびをかみ殺さなくてはならないと言っているにひとしい口調だった。

「そんなにつまらない?」

「うん、聞いたような話ばかりでさ。はじめて聞く内容とか、本を読んでも書いていない話はひとつもない」

「現場では経験しないようなことも?」セオドシアは言った。

「きょうはミトコンドリアDNAがテーマの二時間のセミナーに出てみた」

「どうだったの?」

「その前に受けた質量分析法に関する講義にも匹敵するほどおもしろかった。つまり、ひとことも理解できなかった」

「そのために鑑識の人たちがいるのよ」セオドシアは言った。「証拠を見つけ、犯人を捕まえたら、むずかしい分析は科学捜査の人たちにまかせればいいの」

「そう言えば、きのうきみがたいへんな騒ぎに巻きこまれたと噂で聞いたよ」

「熱気球の墜落事件ね。知ってたの？」

「きみがその場にいたのは知ってる」

彼の言葉にセオドシアは不意を衝かれた。「でもわたしは……」

「否定しなくていい。噂製造マシンはすでに動き出してるんだから」

「現場にいたのは事実だけど、幸運にも撃ち落とされた気球には乗っていなかったわ」

「撃ち落とされた？」ライリーが訊いた。「ドローンにぶつかられたものとばかり」

「同じことよ」セオドシアは言った。

ようやく、ピート・ライリー刑事にまたねと告げたときには、準備の時間がなくなりかけていた。セオドシアはキッチンをあたふたと駆けまわって皿、ボウル、カトラリー、ワイングラスを出した。それを全部、ダイニングルームのテーブルに並べると、背の高い白いキャンドルを一対添え、マッチで火をつけたところで、ほっとため息をついた。

セオドシアの自宅のダイニングルームは、本来はリビングルームとキッチンを結ぶ手頃な広さの通路で、宝物の一部——膨大な数のコレクションから選んだティーポット、ホテル仕様のシルバーの水差し、中国の花瓶、イギリスのクラシックな形の小さな置き時計——をおさめた前面がガラス張りの飾り棚がいいアクセントになっている。

けれどもいちばんの自慢はリビングルームだ。本物の薪を燃やす暖炉、面取り加工した板を張った壁、梁見せ天井、ぴかぴかに磨きあげた木の床。絵のように完璧なこの部屋をさらに居心地よくするために、ダマスクやチンツをあしらった家具や青と金色のオービュッソン絨緞（じゅうたん）をプラスし、さらに仕上げとして壁に油絵を何枚か飾ってある。

　小さくコンパクトにまとまったこの家は、アーチ形のドア、交差切妻屋根、小塔をそなえた典型的なチューダー様式で建てられている。表面がざらざらしたシーダー材の屋根瓦が茅（かや）葺（ぶ）き屋根を思わせるせいか、むしろ、伝統的なヘンゼルとグレーテルの家と言ったほうが近い。

　どん、どん、どん！

　長々とうなり声をあげるアール・グレイにセオドシアは言った。「ドレイトンよ」

　玄関に急ぎ、彼をなかに入れた。

「いらっしゃい」

　バーバリーのキャップと丈の長い黒いレインコート姿のドレイトンがなかに足を踏み入れた。アール・グレイはすばやくくんくんとにおいを嗅いでざっと調べただけで、さっさといなくなった。ドレイトンとは何度も会っている。コートのポケットにおやつを隠し持っていないし、愛犬のハニー・ビーを連れていないとわかり、興味を失ったのだ。

「ここに来るのも命がけだったよ。雨がますます強くなってきた」ドレイトンはレインコートを脱いで真鍮（しんちゅう）のコートラックにかけた。びしょ濡れの黒いコウモリのようなありさまのたたんだ傘をかかげた。「そこらじゅうを濡らしてしまいそうだ」

「気にしないで」セオドシアは言った。小さな玄関ホールはアンティークの煉瓦を敷きつめてあるので心配はいらない。

「途中でスポンジケーキを買うつもりだったのだが、雨でびしょびしょになりそうでやめたよ。まったく、この暴風雨は時間を追うごとにひどくなっているようだ」ドレイトンはリビングルームに入り、安堵のため息を洩らした。「ハリケーンに対する早期警報なども出ているしな。少なくとも二、三日はこのあたりにとどまるようだ」彼は言葉を切り、おなかをすかせたコヨーテのように鼻を上に向けた。「ずいぶんとおいしそうなにおいがするが、これはなんだね？」

「ホッピン・ジョンをつくったの」

「それはまた楽しみだ。本当につくったのかね？」

「あなたのためだけにコンロの前でがんばったわ。おなかはすいてる？　いますぐ食べたい？」

「からかっているのかね？　もう飢え死にしそうだ」

セオドシアはキッチンに入り、木のスプーンを手にしてホッピン・ジョンを最後にひとまぜし、味を見た。おいしくできている。それもとびきり。「出来上がったわ」とドレイトンに言った。「一緒に飲むワインをあけましょうか？」

「カベルネあたりかね？」

セオドシアはワインラックからワインを二本取った。「コート・デュ・ローヌの赤と、カリフォルニアのケイマス・ヴィンヤーズの上等なカベルネがあるわ。あなたが選んで」

「ふむ、では、コート・デュ・ローヌをいただこう」ドレイトンはワインを受け取り、即座にワインオープナーをコルクに突き立てた。「たしか《ワイン・スペクテイター》誌が九十七点をつけたワインだ」

ふたりはブルーチーズとゴールデンビーツが入ったグリーンサラダ、熱々のホッピン・ジョン、赤ワインが並ぶダイニングテーブルに着いた。

「実にうまい」ドレイトンが褒めちぎる。

「ワイン、サラダ、ホッピン・ジョンのどれのこと？」

「全部に決まっているではないか！　きみは知る人ぞ知る、腕利きのシェフだ」

「シーッ、ヘイリーに言っちゃだめよ」

料理を楽しみながら、セオドシアはトーニー・キングズリーのもとを訪ねたときの話をドレイトンに聞かせた。大きなお屋敷の様子と、トーニーの夢のような改装計画について報告した。

「ねえ、聞いて、ドレイトン。トーニーはフランスの手描きの壁紙、ステンドグラスの窓、スイスのベッド、〈プラテージ〉のリネン類を取り寄せたうえ、ヒーター付きのタオル掛けまで注文したんですって。すごいと思わない？」

「それはまたおそろしく高級志向だな。トーニーはドゥカーレ宮殿かヴェルサイユ宮殿でも再現するつもりなんだろう。教えてほしいのだが、そんな法外な値段の調度品を揃えられるだけの余裕が彼女にはあるのかね？」

「そこが興味深いところなのよ」セオドシアは言った。「トーニーはもともと桁外れにお金持ちなのか、〈シンクソフト〉からけっこうな金額をかすめ取っていたのか」

ドレイトンのスプーンが宙でとまった。「トーニーが夫の会社の金をくすね、それがばれて殺したと考えているのかね？」

「そんなのわからないわ。あくまで仮説よ。ほとんどこじつけみたいなもの」

「なんだったら、ダン＆ブラッドストリート社みたいな信用調査の会社に依頼して、ミセス・キングズリーの金遣いの荒さを調査してもらえばいい。彼女の財政状況についてもっと正確なことがわかるかもしれん」

「なかなかいい考えね。そうそう、もうひとり女性が訪ねてきてたんだった。なんとかヴァンス博士といって、彼女も旗の件で話を聞きにきたみたい」

「その女性とも話したのかね？」

「残念ながら。わたしが着いたときには、歩道を急ぎ足で歩いていっちゃった。ちらりとしか姿を見てないの」

「その女性も買い手のひとりだったのかね？　あるいは入札参加者かな？」

「トーニーはそうだと言っていた。それともちろん、トーニー本人はご主人の旗のことはなんにも知らないそうよ。一度も見たことがないらしいし」

ドレイトンはワインをひとくち飲んだ。「それを信じたのかね？」

「まあね。トーニーったら目を丸くして、まるで子どもみたいな反応をするんだもの。あなただって信じるわよ」

「それでも、〈シンクソフト〉の金を盗んだ可能性はあると思っているのだね」

「そういうこと」

「金と旗の件はべつだと考えた場合、トーニーが気球を墜落させた犯人である可能性はあるかね？」

セオドシアはぶるっと身震いした。「それは考えたし、最初は彼女を疑っていた。でも、その考えは完全に捨てた。トーニー・キングズリーは血管に氷水が流れているような冷淡で計算高い女性だってだけ」

「世の中には女性の殺人犯だっているではないか。もっとも、殺す相手は夫か恋人である場合がほとんどだが」ドレイトンは口の両端をあげ、半笑いの表情になった。「内輪でおさめるということだな」

「それを聞いて、とても安心したわ」

ドレイトンはワインを手にして、セオドシアのグラスに注ごうとした。「おかわりは？」

セオドシアは片手をあげた。「わたしはもう充分」

ドレイトンは自分のグラスに注ぎ足した。「豪華な新しいB&Bが〈フェザーベッド・ハウス〉のすぐ近くにできると、アンジーのところの商売に影響するだろうか？」

「どうかしら。トーニーのB&Bは目新しいから、最初のうちはお客さまを取られるかもしれないけど、長い目で見れば問題ないと思う。歴史地区にはすでにかなりの数のB&Bがある。たがいにしのぎを削っているけど、それと同時にたがいに仲良くやっているように見える。B&Bがひとつにまとまって、宣伝活動をすることだってあるし」

「りっぱな心がけだ」ドレイトンは感心した。

ふたりはさらに少し話をしたが、話題はほとんど今週後半におこなわれるお茶のイベントに関するものだった。それが終わると、ふたりで皿を片づけ、キッチンに運んだ。

「お茶を淹れてくれるなら、暖炉に火を熾(おこ)すわ」セオドシアは提案した。

「デザートのお茶だね？」

「戸棚にグラン・キーマンの缶があるわ」

「いいね」

セオドシアが暖炉の前で両手両膝をつき、焚きつけ用の木を積みあげていると、呼び鈴がけたたましく鳴り響いた。ドレイトンはまだキッチンでポットにお茶を淹れている。

「誰か来たわ」セオドシアはドレイトンに聞こえるよう大きな声で言った。焚きつけにいい感じで火がついたので、小さめの薪を二本、上にのせた。

「こんなひどい天気のなか、いったい誰が外をほっつき歩いているのだろうな」ドレイトンはキッチンからセオドシアに返事をした。すぐに妙な笑い声を洩らした。「わたし以外に」

するとアール・グレイがものすごい声で吠え出した。「ガオ、ガオ、ガオ！」

「静かに。そのくらいにしなさい」セオドシアは言うと玄関に急ぎ、鉛格子の窓に顔をくっつけて外をうかがった。「あら、びっくり。アンジーよ！」アンジー・コングドンはいまさっき話題に出たB&B、〈フェザーベッド・ハウス〉の経営者だ。彼女がこんな時間に、それもこの荒れた天気のなかをやってくるとは、あまりに意外だった。

ドアを大きくあけてセオドシアは言った。「アンジー、こんな雨のなかに外に出るなんて、全身びしょ濡れなんじゃない？　さあ、入って」

アンジーは一歩なかに入り、小さな通路に歩を進めた。ストロベリーブロンドの髪が頭にぺったり張りつき、ほっそりした体をぶかぶかの黄褐色のレインコートで隠している。

コートを受け取ろうとひかえていたセオドシアは、アンジーの顔に驚愕の表情が浮かんでいるのに気がついた。「アンジー、どうかしたの？」

「どうかしたなんてものじゃないの」アンジーの声は震えていた。「あ、あなたの助けが必要みたい」そう言って不安そうな顔で、セオドシアの手を握ってきた。「少なくとも、いい助言をお願い」

「なにがあったの？」

「きのう墜落した熱気球のことよ」アンジーはしどろもどろで説明した。「あなたが現場にいたと新聞で読んだわ。お茶を出していたんですってね。そして墜落を目撃した」

「ドレイトンと一緒にね」セオドシアは言った。「ドローンに突っこまれた熱気球が爆発でぐらぐらと、文字どおりぐらぐら揺れるのをこの目で見てしまったわ」

「だから、こうして訪ねてきたの」アンジーは煉瓦の床に水滴をぼたぼた落としながら、不安のあまり両手を揉み合わせている。「警察がハロルドを事情聴取すると言って連行していったの」

「恋人のハロルドを？」セオドシアが言ったそのとき、ドレイトンがティーポットと三つのティーカップをのせた大きなシルバーのトレイを持って、リビングルームに入ってきた。

「婚約者よ」アンジーは言った。「わたしたち、先週、婚約したの」

「では、お祝いを言うのが先だな」ドレイトンはほがらかな声で言った。お茶をのせたトレイを革の長枕の上に置き、満面の笑みを浮かべた。ハロルドが事情聴取のために連行されたという部分をまったく聞いていなかったのだ。

「いまはお祝いのムードじゃないわ」アンジーは言うと、コートを脱ぎ、セオドシアに渡した。

「警察がハロルドを連行したんですって」セオドシアは手短に説明した。

「どうしてまた？」ドレイトンは訊いた。

「さあ、まずはすわって」セオドシアは言った。「熱いお茶で体を温めてから、話を聞かせてちょうだい」

アンジーはウィングチェアに崩れるようにすわり、セオドシアとドレイトンはあわただしくお茶を注いだ。全員が腰をおろし、膝のうえにお茶のカップをのせると、セオドシアは切り出した。「じゃあ、警察がハロルドを事情聴取する理由を教えて」

アンジーは顔をしかめた。「二年前、ハロルドがドローンを買ったの。衝動買いだったのよ。はやりはじめた頃で、彼もちょっと遊んでみたくなったのね。しばらくすると、目新しさが薄れて、彼はドローンをうちの地下室にしまいこんだ。この一年ほどは、思い出しもしなかったし、目にしてもいなかったはず。でも、きのうの熱気球の墜落事件のあと、警察はドローンを販売してる地元の会社の記録を片っ端から調べたの。その結果、ハロルドの名前を見つけて訪ねてきたというわけ」

「警察はドローンを購入した全員に事情聴取をしているのかね？　それはずいぶんと効率が悪いようだが」ドレイトンが言った。「購入者は何百人もいるのではないかな。あるいは何千人か」

「問題は、ハロルドが〈シンクソフト〉に勤めていることなの」アンジーは言った。「それで警察は、熱気球を撃ち落としたのはハロルドのドローンじゃないかと、かなり疑っているわけ」

「なんと！」ドレイトンは叫んだ。彼のティーカップがソーサーのなかで揺れ、その顔にはもう笑みは浮かんでいなかった。突然、大まじめな表情に変わった。

「ハロルドとドローンのことを、すべて話して」セオドシアは言った。「それと、〈シンクソフト〉での仕事のことも。最初からすべて。いっさいはしょらないで」

9

翌火曜の朝、カウンターにいたセオドシアとドレイトンは、ハロルドが事情聴取で連行されたことに、いまだ当惑していた。

「ちょっと待って」ヘイリーの声がした。ふたりの会話を断ち切るように、両手を大きく振った。「アンジーの彼氏のハロルドの話？」

「いまは彼氏ではない。婚約者だ」ドレイトンが言った。

「あのふたり、婚約したの？」

「そうよ」セオドシアが答えた。「でも、ハロルドは気の毒にも、熱気球の墜落のことでいろいろ質問されているんですって。たまたまドローンを持っていて、〈シンクソフト〉で働いているというだけのことで」

「ハロルド・アフォルターが？」ヘイリーは言った。

「そのハロルドの話をしているのだと思うが？」ドレイトンはヘイリーに少しいらいらしてきていた。

「ハロルドは、とってもおとなしくていい人なのに」ヘイリーは言った。「〈フェザーベッ

ド・ハウス〉で開催したバレンタイン・デーのブランチのケータリングをしたとき、一緒に働いたんだ。ほら、チョコレートのスコーンとチキンサラダのサンドイッチなんかを出したときのこと。ハロルドはハエ一匹殺せないと思うな」

「警察はそうは思ってないみたい」

「国家運輸安全委員会かもしれんが」ドレイトンが横から口をはさむ。

ヘイリーは手を口を覆った。「ハロルドが大変なことになってるの？　でもどうして？」

「おかしな偶然が重なったせいよ」セオドシアは言った。「つまり、こういうことなの。ハロルドはドローンを持っていて、しかも、〈シンクソフト〉に勤めている」

ヘイリーはうなずいた。「たしか、広報の仕事じゃなかったっけ」

「そうじゃなくて、製品開発責任者補佐。とても有能みたい」セオドシアはドレイトンにちらりと目をやってから話をつづけた。「アンジーによると、ハロルドはまもなく市場に出す予定の新しいソフトウェアに、設計上の欠陥があるのに気づいたんですって」

「いいことなんでしょ、それって。事前に問題点を見つけたんだから」

「そう思うのがふつうだけど、ハロルドが上司にそれを伝えたところ、見て見ぬふりをしろと言われたの」セオドシアは言った。「そんなものは放っておけと。はねつけられたハロルドは頭にきて、一足飛びにCEOのドン・キングズリーさんとの面会を取りつけてしまった。でも、キングズリーさんもハロルドの意見を一蹴した。新しいソフトウェアをいのいちばんに出す会社にしたかったみたい」

「それで、警察はハロルドが気球を墜落させたと考えてるわけ？」ヘイリーは訊いた。

「警察はそれを筋がとおった仮説と考えているみたい」セオドシアは言った。「勇気をふるい起こして進言したのに、それを無視されたのが動機だと」

「ハロルドが大きな不満を抱いていたと警察は見てるの？　侮辱されて復讐しようとしたと？」ヘイリーは訊いた。「ばっかみたい」

「それでもとにかく、警察はつながりがあると見ているのだよ」ドレイトンが言った。

ヘイリーはこぶしでテーブルを叩いた。「でも、そんなのまちがってる」

「そうね」セオドシアも賛成した。「でも、それで現実が変わるわけじゃないわ。ハロルドはこの先、何度も事情聴取を受けることになるでしょうし、職場では望ましくない人物という烙印を押されるでしょうね」

「そこでアンジーはセオドシアに助けを求めてきたのだよ。だが、残念ながらそれは無理というものだ」ドレイトンはどうしようもないというように肩をすくめた。「というのも、われらがセオはたしかに優秀な頭脳の持ち主だが、刑事弁護士でもソフトウェア・エンジニアでもないのだから」

「でも、ハロルドが置かれてる状況は、セオの手にあまるというほどでもないと思うな」ヘイリーは言うと、若々しい顔に訴えるような表情を浮かべてセオドシアのほうを向いた。「イケメン刑事の彼氏にこの事件を担当してもらって、ちゃんと解決してもらえばいいだけだもん」

「それにはまたべつの問題があってね」セオドシアは言った。「わたしのイケメン刑事の彼氏は、いま出張中なの」

「出張ってどこに?」ヘイリーは訊いた。

「ミネアポリス。なんでも、専門家でない関係者向けの大規模な科学捜査会議のようなものがあって、ピートがチャールストン警察の代表に選ばれたの」

ヘイリーは両手を腰にあてた。「だったら、いますぐこっちに帰ってきてもらわなきゃ」

「そう簡単にはいかないわ」ピート・ライリー刑事が会議をサボるはずがない。度が過ぎるほど仕事熱心な人なのだから。

「じゃあ、どうするつもり?」ヘイリーは訊いた。

「正直言って、わからない。アンジーが助けを求めてきたのはたしかだけど……」

「アンジーはあたしたちみんなの友だちでしょ」とヘイリー。「だったら、あたしたちで助けてあげなきゃ」

「アンジーはセオに助けを求めたのだよ。きみにでも、わたしにでもなく」ドレイトンが言ったが、その声は思いやりにあふれていた。

「でも、セオが関わるなら、あたしたちも関わるってことじゃない? だって、あたしたちはチームなんだから」

「わたしとしてはふたりを……」セオドシアは言いかけた。

しかし、ドレイトンが最後まで言わせなかった。「ヘイリーの言うことにも一理あるのではないかな、セオ。それに、よく考えてみれば、彼女の言うとおりだ。われわれはチームではないか」

「それにすでにちょっとは嗅ぎまわってみたんでしょ」ヘイリーが水を向けた。「きのう、スコーンを詰めたバスケットを手にトーニー・キングズリーのもとを訪れたんだから。つまり、彼女に山ほど質問をしたはずよね。ちがう？」

ドレイトンの喉の奥から妙な音が洩れた。遠慮がちな同意の声だ。

セオドシアはテーブルに片肘をつき、顎をてのひらにのせた。

「まったく、もう」

セオドシアはあれこれ思い悩みながらも、開店準備を進めた。ハイボーイ型チェストを確認し、棚に並んだ売り物の何十個というジャム、蜂蜜、クロテッド・クリームをきれいに並べ直した。チェストにはほかにもティーカップ、ティーポット、蜂蜜用の木のスプーン、ポットカバー、それにお茶に関する本も少ないながら並んでいる。

壁に目をやると、お気に入りの職人、ミス・ジョゼットの手になるスイートグラスのバスケットが飾られ、その近くにはセオドシアが金色のゴッサマーリボンを編みこんでティーカップをぶらさげた、ブドウの蔓の手づくりリースも並んでいる。

ほぼ……完璧。

しかし、厨房に入ってヘイリーからランチのメニューを預かり、それを持ってドレイトンのところに行きながらも、頭はアンジーの力になることばかりを考えていた。

「メープルクリームのスコーンとアーモンドのマフィン」セオドシアは読みあげ、カウンターごしにドレイトンを見つめた。「これにどんなお茶を合わせる？」

「チャイマサラ・ティーをお勧めしてみようか」ドレイトンは言った。「好きなお茶を注文してもらってかまわないのはもちろんだが、このお茶がきょうの焼き菓子にぴったり合うと思うのだよ」

「芯芽を含む上等な雲南紅茶もいいんじゃないかしら」

「それもぴったりの組み合わせだな」ドレイトンは言った。「わたしに匹敵するほど腕をあげたではないか」

「あら、そんなことないわ」

「アンジーの力になる決心はついたのかね？」

「まだ悩んでる」


セオドシアが〝営業中〟の札をかけるが早いか、デレイン・ディッシュがインディカーを運転する女大公よろしく猛然と入ってきた。同色のボアがついた細身の紫色のスカートスーツでばっちり決めた彼女は、入り口近くのカウンターに突きあたり、近くのテーブルに跳ね返され、窓の隣の小さなテーブルに落ち着いた。

セオドシアはデレインのテーブルに歩み寄って、気さくに声をかけた。

「会えてうれしいわ、デレイン」

デレインは世間話なんかしている暇はないの、とばかりに顔の前で手を振った。

「この天気、ひどすぎ！　こんなに雨も風も強くちゃ、もう死んじゃいそう。おまけに雷まで鳴ってるし。ねえ、聞いてよ。おかげであたしのかわいい猫ちゃんたちが、暴れちゃって大変なの！」デレインはいつもこんなふうにしゃべる。大げさな言いまわしと感嘆符を駆使した話し方だ。

「あなたのところは暴風雨で売り上げに影響は出てる？」デレインはチャールストンでも有名なブティックのひとつ、〈コットン・ダック〉のオーナーだ。シルクのブラウス、革のスラックス、パシュミナ、きらめくジュエリー、フォーマルなイブニングドレスが買いたければ、〈コットン・ダック〉に行くしかない。

デレインはセオドシアをじっと見つめた。「売り上げは順調よ。でも、街のなかを歩きまわるのはとてもじゃないけど無理。ベイ・ストリートの雨水溝があふれちゃったの、知ってた？　しかも、リンデン・ガーデンで開催される屋外ランチ会に招待されてたのに、中止になっちゃった。んもう！」

「生きているといろいろあるものよ」セオドシアはなぐさめた。

「まったくだわ」デレインはフェンディのバッグからコンパクトを出し、ハート形の顔を丹念に観察した。黒い髪にすみれ色の目、額のしわを消して唇をふっくらさせるためにボトックスをほんの少量、注入している（とセオドシアは思っている）。デレインはまた、考えが浅いところがあるし、自分勝手で、ゴシップ好きで少しばかり分別に欠けている。現代のスカーレット・オハラのような女性なのだ。

「誰かとここでお茶を飲む約束をしているの？」

「ううん、ちょっとあいさつがてら寄っただけ」デレインはそう言うと、やけに大きなバッグに手を入れて、口紅はどこかとかきまわした。「店はジャニーンにまかせてきたの。なにか大変なことが起きたら、あたしに電話するよう厳しく言い渡してあるわ」

「ハリケーンの襲来とか熱気球の墜落とか？」

デレインは目をぱちくりさせた。それから真っ赤な口紅をせっせと塗りはじめた。

「いまなんて言った、セオ？」彼女はかちりという大きな音をさせて口紅のキャップをはめた。

「いいの、気にしないで。なにを持ってきましょうか？」ほかにふた組のお客がいるので、デレインの相手も適当なところで切りあげなくてはいけない。

「おいしいピーチとジンジャーのブレンド・ティーをポットで、それとちょっとしたお菓子もお願い。でも、炭水化物の入ってるものはだめ。だって、いまあたし、真剣にスープダイエットに取り組んでて、とにかく炭水化物を避けてるんだから」

「じゃあ、サンドイッチはだめね。スコーンもだめなんでしょ？」セオドシアは言った。

「あら、スコーンはいただくわよ」

セオドシアはほかのふたつのテーブルの応対をし、ふらりと入ってきた四人組を席に案内した。注文を取り、お茶のオーダーをドレイトンに告げ、厨房に入って食べ物のオーダーをとおした。

「炭水化物抜きのスコーンなんてあるの？」セオドシアは訊いた。

ヘイリーはなにばかなことを言ってんの、という顔を向けた。「ひよこ豆とニンジンを混ぜ合わせたものでスコーンを焼けってこと？」

「ちょっと質問しただけ。でも、ひよこ豆にもニンジンにも炭水化物は含まれてるわよね。ちがう？」

「デレインが来てるのね。いつものように、面倒くさいことを言ってるんでしょ」

「当たり」

ヘイリーはただ首を振り、注文の品を盛り合わせる作業に戻った。

セオドシアはデレインのテーブルに注文のお茶と（炭水化物たっぷりの）スコーンを運ぶと、トッド・スローソンの話を持ち出した。

「ねえ、デレイン、お友だちの骨董商のトッド・スローソンさんが、行方不明の有名な旗の購入に動いていたのは知ってる？」

デレインはまばゆいばかりの笑みで応じた。「旗のことなんかなんにも知らないけど、セオがあたしのいとしいトッディを知ってるなんてうれしいわ」彼女は人差し指で自分の頰に触れた。「でも、まだふたりを引き合わせてないわよね。ここぞというときのために取っておいたのに」

「きのうスローソンさんが店に駆けこんできて、ドナルド・キングズリーさんが亡くなった熱気球の墜落事件のことで、ドレイトンとわたしに質問していったの」

デレインは鼻にしわを寄せた。「悲惨よねえ、気球が墜落するなんて」

セオドシアはもう一度質問することにして、今度は訊き方を変えてみた。「スローソンさんは独立戦争時代の旗を買うつもりだとか、そういうことをなにか言ってなかった？」

デレインはスコーンを小さく割ってイチゴジャムを塗った。

「そんなようなことを言ってた気もするわ。でも、あたし、他人のことにはあまり関心がないのよね」

セオドシアはあやうくむせそうになった。他人のことに首を突っこんでばかりいるくせに！　それこそが彼女の人生の大きな糧であり、原動力なのに。

いまデレインは夢を見るような表情をしていた。「トッディってね、本当にとってもすてきな人なの……うんとやさしくて思いやりがあって。まだこんなことを言うのはちょっと時期尚早だけど……いい夫になりそう」

「デレイン。それ本気？」

セオドシアはあきれ返った。デレインは離婚したとき、もう二度と教会の通路は歩かないと、ブランドもののバッグの山に懸けて誓ったのだった。それに本当のところ、つき合う相手をしっかり見きわめられるほどデレインの目は肥えていない。一目置かれるような男性九人のなかに、ろくでなしで下品、鼻持ちならない卑劣漢をひとりだけ交ぜておくと、デレインはねらいすましたようにはずれを選んでしまうのだ。

「だって、女は一生デートだけしてるわけにはいかないじゃない」デレインは忍び笑いを洩らした。「トッド・スローソンはまさしく、白馬の王子さまのような人よ。もう、あたし、ぞっこんなの」

セオドシアはしどろもどろでこう言うのがせいいっぱいだった。

「幸運を祈ってるわ、デレイン」

10

ふたをあけてみれば、ランチタイムはびっくりするほど忙しくなった。ありがたいことに、雨脚がいくらか弱まり、常連を含めたお客がインディゴ・ティーショップへと足を運んでくれたのだ。楽しさ満点の（ただし、いくらかちょっと濡れながらの）ゲイトウェイ遊歩道散策を終えたツアー客八人の来店もあった。

セオドシアがそのテーブルに普洱茶（プーアール）のポットと、スコーンやサンドイッチを盛りつけた三段のトレイを運んでいると、入り口のドアが大きくあいてブルックリン・ヴァンスが入ってきた。

セオドシアはすぐにブルックリンだとわかった。きのうの午後、トーニー・キングズリーの家を出ていくところを見かけたあの女性にまちがいない。

きのうのブルックリンは向かい風に背中を丸めていたけれど、きょうの彼女からは猫のような動きをする女性という感じを受ける。静かで、落ち着いていて、気品がある。それにくわえ、そうとう頭が切れるという印象も受けた。名前に博士号がついているからというだけではない。身のこなしがよく、自信にあふれているからだ。

「インディゴ・ティーショップへようこそ」セオドシアはあいさつすると、そこで声を落とした。「きのうの午後にすれちがいましたね。トーニー・キングズリーさんのお宅の前の歩道で」

ブルックリンは好奇心をあらわにした。「そうかも。あのときは考え事に夢中で、ちょっと気が動転していたから、失礼なことがあったらごめんなさいね」

「どうか謝らないで。あのときは知り合いではなかったし、なにか考えこんでいらしたようでしたし」

「あの悲惨な熱気球の墜落事件と……所在不明の旗のことでちょっと」ブルックリンは手をぞんざいに動かした。

「わかります。あなたが訪ねた直後に、トーニーとその話をちょっとしました」

「とてもすてきな人よね。でも……」

「でも？」セオドシアは訊いた。ブルックリンはなんとも形容しがたい顔でセオドシアを見つめてきた。

「あまり役にはたってくれなかった」ブルックリンは神経質な笑い声をあげた。「きょう、こちらにうかがったのはそのためよ。あなたが目撃者なんですってね」

セオドシアが即答できずにいると、ブルックリンはつづけた。「警察から話を聞いて、そのあとチャールストンのヘリテッジ協会に連絡を取ったところ、理事長のティモシー・ネヴィルからあなたを推薦されたの。それとこちらのお茶博士、ドレイトン・コナリーのこともね」


　ティモシーの名前が出たとたん、セオドシアはうれしそうにほほえんだ。

「ティモシー。本当に愛すべき人だわ」

「うーん、わたしはそういう印象は受けなかったけど」ブルックリンはおかしそうに笑った。

「でも、ミスタ・ネヴィルはとても礼儀正しくて、わたしの質問にすべて答えてくれた。それとあなたのことも言っていた……ええと、なんだったかしら？　そうそう、愛想のいいご近所探偵ですって」

「いやだわ、もう」

　ブルックリンはにやりとした。「あの人が言ったのよ、わたしじゃない」

「なぜ旗に興味をお持ちなのか、うかがってもいいかしら？」そう言ったものの、もちろん、すでに理由は知っている。ブルックリン・ヴァンスはノース・カロライナにある博物館を代表してきたのだと、トーニーが言っていた。

　ブルックリンはうなずいた。「もちろん、ネイビー・ジャック・フラッグの購入を検討しているからよ。まだ見つかる希望を捨てていないわ」

「噂によると、旗は盗まれたとか」セオドシアは言った。「熱気球の墜落事件のさなかか、その直後に」

「ええ、でも盗まれたのちに、所在が不明になっているの」

「おもしろい見方をなさるんですね」

「実を言うと、わたしはノース・カロライナ州ウィルミントン在住の個人コレクターの代理をしているの」ブルックリンはぱりっとしたクリーム色の名刺を差し出した。「コレクターの方はキーストーン博物館の開館に向けて動き出したところで、ネイビー・ジャック・フラッグをぜひとも自分のコレクションにくわえたいとお考えなの」

「このところ、そういう動きが活発ですね。つまり、旗を手に入れようという動きが」

「当然よ。旗は歴史的にきわめて重要なものだもの。でも、わたしのクライアントは自分が楽しむために手に入れるわけじゃない。博物館のコレクションを充実させるためよ。もっとも、一般に見せるための施設ではないけれど。キーストーン博物館は学者の活動に特化した施設なの。学生や教授、よその博物館や歴史学関係の教育者が、アメリカ独立戦争やアメリカの初期の歴史全般に関する研究をおこなう場なの」

「いまの話からすると、かなりアカデミックでりっぱなものという感じね」セオドシアは言った。

「クライアントの長年の夢なのよ」

「じゃあ、あなたもウィルミントンにお住まいなの？」

「いまはね。でも、もともとはサウス・カロライナ州のブラフトンの出身なの。ジョシュア・ヴァンスというのが父の名前」

カウンターにいたドレイトンが顔をあげた。「ジョシュア・ヴァンス大佐のことかな？」

ブルックリンはにこやかにほほえんだ。「父をご存じ？」

「お噂はいろいろと」ドレイトンはセオドシアに目を向け、眉をあげた。ヴァンス大佐がかなりの大物であることをそれとなく伝える仕種だ。

「お力になりたいのは山々だけど」セオドシアは言った。「あいにく、ドレイトンもわたしもドローンが熱気球に突っこんでいって、爆発させる現場を目撃しただけなんです。旗そのものは見たことがないし、ドン・キングズリーさんのことも評判を聞いたことがあるだけで、なにも知らないの」

「そう」ブルックリンはがっかりしたらしい。「あな方が最後の望みだったのに」

「なんのお役にもたてなくてごめんなさい」セオドシアは言った。

ブルックリンは手を振った。「いいのよ、そんな。でも、あきらめるつもりはないわ」

「警察とはもう話をしたということですけど」

「話はしたけど、すっかりお手上げという感じに見えたわ。愕然としちゃったわよ」

ブルックリンはこれ以上セオドシアたちから話を聞き出せないとわかり、ばつが悪そうにしていたので、今度はセオドシアが訊いた。「その個人博物館で働くようになる前はなにをしていらしたの？」

「ニューヨーク大学で博士号を取ったあと、ボストンのガードナー美術館にインターンとして勤務したわ」

「レンブラントとフェルメールの絵が盗まれた美術館ね」

「そう。でも、ありがたいことに、わたしが当直していたときじゃなかった。ガードナーを辞めたあと、スイスのチューリッヒにあるノイフェルト画廊の販売員として働いた。そこでは国際レベルのクライアントを大勢相手にしていて……」ブルックリンは肩をすくめた。「とても楽しかったけど、祖国に帰ってこられてうれしいわ」

「興味深いキャリアを築いてきたのね」

「芸術の世界で仕事をするのがなによりも好きなの。絵画、装飾美術、彫刻、写真、骨董など、手がけるものすべてが心の糧になるわ」そう話しながら、ブルックリンはあちこちに目をやって店内を観察した。すっかり魅せられた様子だった。「あなたも実りある仕事を見つけたみたいじゃない。だってこのお店、言葉では言い表わせないくらいすてきだもの。しかもこの香り……」ブルックリンは目をぐるりとまわした。「……うっとりしちゃう」

「だったらぜひとも、お茶とスコーンを楽しんでいってください」

ブルックリンは腕時計に目を落とした。「残念だけど、時間がないからテイクアウトをいただくのがせいいっぱい。でも、いずれまたお邪魔して、そのときはきちんとお茶をいただくわ」

「明日」ドレイトンがぼそりと言った。

ブルックリンは彼を振り向いた。「いまなんておっしゃったの?」

「明日いらしていただけたらうれしいなと思って」セオドシアはドレイトンの提案に加勢しようと、横から口をはさんだ。「ばかばかしいと思われるかもしれませんが、ナンシー・ドルーのお茶会という、ちょっと変わった趣向の昼食会を開催するんです」

　ブルックリンはクリスマスの朝のように顔を輝かせた。「うそでしょ」と息をはずませながら言った。「わたし、少女探偵ナンシー・ドルーの大ファンだったの。子どもの頃は夢中になって読んだものよ」彼女は白い歯を見せると、首をすくめた。「ふとんにもぐって懐中電灯をつけて読んだわ……『ナンシーの活躍』、『鐘の音の謎』……このシリーズを語りはじめたら、いくら時間があっても足りないくらい」

「だったら、ぜひとも明日、いらしていただかなくては」セオドシアは笑った。「心ゆくまで楽しんでください」

「そうする！」ブルックリンは両手を打ち合わせた。「これもなにかの縁だもの。ところで、なにを持ってくればいいのかしら？」

「ナンシー・ドルーへの愛だけあれば大丈夫」

「ありがとう、セオドシア」ブルックリンはドレイトンのほうに小さく手を振った。「あなたもありがとう、ドレイトン！」

「どういたしまして。それとこれをどうぞ」ドレイトンはテイクアウトのカップを彼女のほうに滑らせた。「お代はけっこうです」

「もう一度、ありがとうを言うわ」ブルックリンはにこにこと言った。お茶を手にすると、セオドシアに向き直って彼女の手を握った。「明日、お会いするのを楽しみにしてる。あなたもよ、ドレイトン。あらたになにかわかったら、ぜひ教えてね」

「できるかぎりのことはしてみます」けれどもセオドシアのその言葉はむなしく響いた。殺人事件にしろ所在不明の旗にしろ、さっぱりわけがわからない。わたしのところに最新情報が入ってくるとは思えない。

「ところで教えて」セオドシアはドレイトンに言った。「ジョシュア・ヴァンス大佐って誰なの？」

「ウェストポイント陸軍士官学校の出身で、一時、州議会議員をつとめていた人物だ」

「大佐というのは名誉の称号なの？　それとも元軍人？」

「元軍人で、苦労して大佐にまでのぼりつめた人だ。ヴェトナム戦争の中盤におこなわれたテト攻勢に参加していたのだよ。話によれば、部下を集め、ケサンで敵の激しい攻撃を撃退したそうだ。現在、ヴァンス大佐は引退し、馬牧場で生計を立てている。たしか、モーガンという品種の馬を育てているはずだ。競争馬の一種だよ。国じゅうのイベントで展示しているらしい」

「じゃあ、ブルックリンはいい家の出なのね」セオドシアは言った。

「南部では、馬でも犬でも、あるいは人間でも繁殖は大切だからね」ドレイトンは言うと、頭を横に傾け、セオドシアの肩のうしろに目をやった。「少し予定より遅れているようだ」

セオドシアがくるりと向きを変えると、月に二度の帳簿係で臨時のウェイトレス要員でもあるミス・ディンプルが急ぎ足でやってくるのが見えた。なかに入ってドアが閉まらないうちから、彼女は大あわてでピンク色のシフォンのスカーフをはずし、レインコートを脱ぎはじめた。

「ごめんなさい！」ミス・ディンプルは大声で言った。コートをコートラック目がけて放り投げたが的をはずし、同じことを繰り返さなくてはならなかった。今度はうまくかかった。

「バスは遅れるし、タクシーはつかまらないしで」

「流しのタクシーがいなくなったせいだろう」ドレイトンは言った。「最近ではみんな、ユーパーとかいうもので呼んでいるそうだから」

「ウーバーよ」セオドシアは訂正すると、ミス・ディンプルに向き直った。「こうして来てくれたんだから、なんの問題もないわ」実際、なんの問題もなかった。ミス・ディンプルはありえないほどいい人で、大空のように心がひろい。身長は五フィート一インチあるかないか、愛嬌たっぷりのぽっちゃり体型、シルバーホワイトの巻き毛。歳は七十代だが、いまも元気いっぱいのスーパーウーマンだ。

「でも、十一時までに来なくてはいけなかったんですよ」ミス・ディンプルは悔しそうに言った。「ランチのお手伝いができませんでした」

「ううん、大丈夫」セオドシアは安心させるように言った。「いまからアフタヌーン・ティーまで働いてもらえばいいんだもの」

ミス・ディンプルはふくよかな胸に手を置いた。「あら、本当に？　ああ、よかった」彼女は本当にそんなふうに話す。〝あらあら、まあまあ〟とか、〝一族郎党〟とか、〝こせこせする〟など、ちょっと変わった言葉や言いまわしを使うのだが、それもセオドシアには好ましく聞こえる。

「猫たちはどうしているかね？」ドレイトンが訊いた。ミス・ディンプルは二匹の飼い猫、サムソンとデリラを溺愛している。

「こんな天気ですよ。ソファに丸くなったまま、ちっとも動かないに決まっているじゃありませんか。もうずっと寝ています」

「それもあながち悪くない」ドレイトンは言った。

「明日のナンシー・ドルーのお茶会もお手伝いいただけることに変わりはない？」セオドシアは訊いた。

「ハニー、なにがあっても絶対にお手伝いしますよ」ミス・ディンプルは言った。「はじめて読んだのはトリクシー・ベルデンのシリーズでしたけど、けっきょくはナンシーに心を奪われてしまいましたからね」

「だったら、店の飾りつけも喜んでもらえそうね」

ミス・ディンプルの目が輝いた。「飾りつけやセンターピースはどんなものにするんですか？」

「それは当日のお楽しみだ」ドレイトンが言った。「というか、セオとヘイリーからそう言われている」

「いいじゃありませんか、教えてくれても」ミス・ディンプルがせがんだ。

「絶対に内緒」セオドシアは言った。

「ほらな?」ドレイトンが言うのと同時に電話が鳴った。「哀れなわれわれ同様、きみも待つしかないのだよ」彼は受話器を取った。「もしもし?」しばらく電話に耳を傾けたのち、受話器をセオドシアに差し出した。「きみにだ」

セオドシアは受話器を取った。「お電話かわりました」

「セオドシア・ブラウニングさんですか?」人なつっこそうな女性の声が聞こえてきた。

「はい、そうです」

「今度の土曜日、そちらのティーショップがボザールのお茶会を主催するそうですが」

「はい、そのとおりですが、チケットをお求めですか? まだ何席かあきがありますが」

「チケットはもう購入済みなんです」女性は言った。「お電話したのはひとことお知らせしておこうと思いまして。《ティー・フェア・マガジン》からそのお茶会にシークレット・シッパーを送りこんで秘密に調査することになったんです」

セオドシアは関節が白くなるほど強く受話器を握りしめた。これは一大事だ。《ティー・フェア・マガジン》といったら大手だ。「なんですって?」相手の言うことはちゃんと聞こえていたけれど、もう一度聞きたかった。

「すべてうまく運べば、今後三カ月のあいだのどこかで、われわれの雑誌に好意的なレビューが掲載されることになります」

「うまくいかなかった場合はどうなるんでしょう?」

気持ちのいい忍び笑いが聞こえた。「インディゴ・ティーショップの評判は非の打ちどころがありません。うまくいかないなんて想像もできませんよ」

セオドシアは口をゆがめ、皮肉な笑いを洩らした。でも、わたしは想像できる。

11

ミス・ディンプルはパリのウェイター風の黒いエプロンを首からかけ、お茶の入ったポットふたつを手にすると、テーブルでできたささやかな迷路を急ぎ足で歩いていった。おかわりを注ぐときには、お客とにこやかに世間話に興じた。

「本当にすばらしい女性だ」ドレイトンは言った。

セオドシアはまだ呆然(ぼうぜん)としながら、ドレイトンに伝えた。

「さっき出た電話だけど……《ティー・フェア・マガジン》からだった。土曜日のボザールのお茶会に、シークレット・シッパーを送りこむんですって」

「なんとまあ、本当かね？　シークレット・シッパーを？　そいつは秘密の商品調査員(シークレット・ショッパー)みたいなものかね？」

「たぶん」

「となると話はちがってくる。土曜のお茶会をどこから見ても完全無欠なものにしないといけない。メニュー、お茶の選定、サービス、飾りつけ、なにからなにまで」

「もちろんよ」セオドシアはドレイトンが棚からオーキッド・プラム・ティーの缶を取るの

を、じっと見ていた。

「それにわたしとしては……」ドレイトンが最後まで言い終わらないうちに、電話がまた鳴った。

「《ティー・フェア・マガジン》がキャンセルの連絡をしてきたのかも」セオドシアは言った。

「そんなことをむやみに言ってはいかん！」ドレイトンはひったくるようにして受話器を取り、しばらく相手の話に耳を傾けたのち、セオドシアに差し出した。「きみにだ。べつの人から」

セオドシアはおっかなびっくり受話器を受け取った。

ＷＣＴＶ局のアリシア・ケリグからだった。

「覚えていらっしゃいますか？　アリシアです。制作アシスタントをしていましたが、いまはプロデューサーをやっています」

「すごいわ、アリシア。昇進おめでとう」

「ありがとう。楽しく仕事をしています」アリシアは用件に入ろうと咳払いをした。「ご存じのように、わたしどもでは現在、いくつかの慈善事業への支援金を集める〈アクション・オークション〉をおこなっています。インディゴ・ティーショップからもご寄付をいただいたわけですが……」

「お茶とティーポットね」

「はい、それでちょっと思いついたんです。セオドシアさんにお茶とお茶まわりの道具についてお話しいただき、オークション開始のお手伝いをお願いできたら楽しいだろうなって」

「これは依頼の電話？」

アリシアはおかしそうに笑った。「実はそうなんです。お願いできますか？　だいたい、五分か十分程度を考えています」

「撮影はいつの予定？」

「今度の金曜の午後です。五時頃に局に来ていただければ、すみやかにご案内します。ぎりぎりのお願いになってしまったこと、お詫びします。でも、それで準備の時間は取れますか？」

セオドシアは頭のなかで計算をした。金曜日はとくに大きなイベントはなく、いつもどおり店の営業をするだけだから……。「大丈夫だと思うわ」

「よかった。おかげで首がつながりました。ハーブの先生が出演をキャンセルされてきて。マージョラムが水没してしまったとかで」

「必ず行くわ」セオドシアはそう言ってから、ためらいがちにつづけた。「いちおうはっきりさせておくけど、本当にお茶の話をすればいいのよね？　墜落した熱気球のことじゃなく」

「ええ、お茶の話をお願いします」アリシアは断言した。「それと、インディゴ・ティーショップの宣伝をしてもかまいません」

セオドシアは気をよくした。「ぜひそうさせていただくわ」

午後一時半、ランチが終わり、アフタヌーン・ティーで忙しくなりはじめた頃、バート・ティドウェル刑事がのっそりと入ってきた。きのうと同じ、へんてこなレインコートを着ていた。きょうは、ラックにかけようともしなかった。肩を落とし、滴をぼたぼた垂らしながら、無言で突っ立ち、セオドシアが近づいてくるのを待っていた。

セオドシアは内密の話がしたかったので、石造りの暖炉の近くの小さなテーブルに案内した。刑事がキャプテンズ・チェアに体を滑りこませると――あの体格を考えれば偉業と言っていい――セオドシアは切り出した。「さて、捜査にいくらか進展はあった?」

ティドウェル刑事はぶっきらぼうに肩をすくめた。

ふうん、そういう態度を取るつもりなのね。

「まずはお茶を一杯飲んで、体を温めたほうがいいわ」そしたら話もできるでしょう、と心のなかでつけくわえた。

ティドウェル刑事は無表情にうなずいた。

セオドシアはダージリン・ティーが入ったポットとチョコチップのスコーン二個を皿にのせて出した。

ティドウェル刑事の眉がくねくねと動いた。「それはなんですかな?」彼は目を細くしてスコーンを見つめた。

「チョコチップが入ったスコーンよ」

「しかし、いつもこちらではフルーツを使ったスコーンを出しているではありませんか。リンゴ、イチゴ、ブルーベリー」

「ヘイリーがいつもとちがうものを焼いたの。食べてみて。きっと気に入るから」

ティドウェル刑事はまだとまどいの表情を浮かべたままだ。

「これにもジャムとクロテッド・クリームをつけるのですかな？」

セオドシアはため息をついた。「お好みでどうぞ」

「正直なところ、リンゴのスコーンのほうが好みですな」

「それは知ってるけど、きょうはリンゴのスコーンを焼かなかったんだもの。それで、捜査は進展しているの？」

ティドウェル刑事はスコーンを少しかじり、ゆっくりと嚙んだ。

「進展しております。残念ながら、期待したほどのスピードではありませんが。ご想像のとおり、ライリー刑事に戻ってきてほしくてたまりませんよ」

わたしもよ、とセオドシアは心のなかでつぶやいた。

「さあ、お茶を注いであげるわ」セオドシアは中国の青白柄のティーポットを手にして、カップに注いだ。「このダージリンはマーガレット・ホープ茶園のものなの。風味が豊かで口あたりがよく、すっきりとした味わいがあるわ」

「ありがとう」ティドウェル刑事はさっきよりも多めにスコーンをかじり、ずいぶんと満足そうな顔で口をもぐもぐさせた。「このお茶には角砂糖を一、二個入れてもよろしいのでは？」

「ええ、そうね」このお茶に甘みをつける必要はない。ティドウェル刑事は時間稼ぎをしているだけで、そのことにセオドシアはかなりいらいらしていた。話を聞かせるつもりがないなら、どうして店に顔を出したの？　たしかに、この人は甘いものに目がなくて、口いっぱいほおばるのが大好きだ。でも、チャールストンにはケーキやブラウニー、マフィン、スコーンが食べられる店はいっぱいある。

数分ほど、歯がゆい一方的な会話がつづいたのち、セオドシアは言った。

「いいことを思いついた。ちょっとしたやりとりゲームをしましょう」

「どういうことですかな？」

一歩前進。やっと食いついてくれた。

「公平で対等な情報交換をするの」

ティドウェル刑事はさっきからずっと紅茶に入れた砂糖をかき混ぜている。シルバーのスプーンがベリークのティーカップに何度も何度もぶつかって、カチン、カチン、カチンと音をたてている。それを聞いていると、セオドシアは頭がどうにかなりそうだった。ようやく刑事はかき混ぜるのをやめ、好奇心旺盛なカササギのように首をかしげた。

「あなたのほうはどんな情報をお持ちなのですかな？」

「そっちが先よ」

「いいでしょう」ティドウェル刑事が重心をずらした拍子に、すわっている木の椅子が派手にきしんだ。本人は気づいていないようだ。「われわれは目下、過去二年半のあいだにドローンを購入した者全員を調べております」

「それでなにが見つかったの？　ドローンの領収書以外に」

「あなたもご存じのはずです。〈フェザーベッド・ハウス〉のお友だちが……」

「アンジー・コングドンね」

「その方の恋人がドローンを所有しているようです。ブルー・スカイ・フライング・マシーンズという会社を調べたところ、なんとミスタ・アフォルターの名前が顧客リストにあったのです。連邦航空局はドローンの所有を厳しく規制しはじめておりまして、販売業者はきちんとした記録を残すことが義務づけられております」刑事はお茶をひとくち含んだ。「ですが、このつながりがもっともやっかいなのは、ハロルド・アフォルターが〈シンクソフト〉の社員であるという点です」

「それじゃあ、本当にハロルドを調べているのね」セオドシアはアンジーが状況を読み誤った可能性に賭けていたのだ。警察はハロルドから話を聞いただけで、容疑者リストからはずすだろうと思っていた。

「これは殺人事件の捜査なのですぞ。もちろん、彼を調べるつもりです。調べなくてはなりません」

「袋小路に突き当たるだけよ。時間の無駄だわ。ハロルドの仕業じゃない」

「それはあなたの個人的見解にすぎませんよ、ミス・ブラウニング。わたしは見つかった証拠にもとづいて結論を出します」

「証拠なんかなにもないくせに」セオドシアは言い返した。

「ミスタ・アフォルターは〈シンクソフト〉に不満を抱き、内部告発をおこなっていました」

「内部告発というより、友好的な番人としての行動よ。会社にとっていいことだと考えたうえで行動したのよ」

「会社はそのようには考えていないようです」ティドウェル刑事の唇がゆがみ、おなかをすかせたクズリがにやっと笑った形になった。「さあ、そちらの番ですぞ」

「アメリカーナ・クラブという、地元男性の団体があるの」

「なんですと？」

刑事の不意を衝いたらしい。

「アメリカーナ・クラブという、地元男性の……」

「いえ、ちゃんと聞こえております」彼は手を振った。「話をつづけてください」

「その人たちはコレクター……おそらくは闇のコレクターで……集めているのは希少価値の高いアメリカのアンティークだそうよ」

「そのような団体の存在は聞いたことがありませんな」

「とても秘密主義だとドレイトンは言っていた」

「しかも、収集しているものから察するに、そうとう裕福なようですな」

「それは言うまでもないでしょうね」

「リストはありますかな？　ミスタ・コナリーはメンバーのリストをお持ちのようですか？」ティドウェル刑事は訊いた。

「リストはないわ。あるのは噂だけ」

「それではたいして役にはたちませんな」

「そっちだってたいした情報をくれなかったくせに」

「ところで、まだ……」

セオドシアは身を乗り出した。「なにかしら？」

「まだ、このスコーンはありますかな？」


セオドシアはむしゃくしゃしていた。トーニー・キングズリーはなにも知らず、アンジーは死ぬほど怯えている。トッド・スローソンとブルックリン・ヴァンスはセオドシアの協力をあてにしているし、ティドウェル刑事はとても知識の泉とは呼べなかった。

「元気を回復するなにかが必要な顔をしているね」ドレイトンが声をかけた。「さあ、これを飲んでごらん」彼はカウンターの奥からお茶の入ったカップをセオドシアのほうに滑らせた。

「これはなんなの？」

「さあ、なんだろう。いいから飲んでみたまえ」

セオドシアはひとくち含んだ。「ふうん、紅茶ね。産地はおそらくインドじゃない？　でも、少しミントがくわえてある」

「ご名答。紅茶にまろやかな味わいをプラスするため、ペパーミント、リコリス、アニスをくわえてみたのだよ。当店の新しいオリジナルブレンドと考えてくれたまえ」

「なかなかいいわ。もう名前は決まってるの？」

「ブラック・ベルベットだ」ドレイトンは答えた。「シークレット・シッパーのことが気になっているのかね？」

「というよりも不安なの。今週はめんどうなことが一気に増えたから」

「そういうのをやっかいの種と言うのではないかな」

セオドシアの頭に、自分の目で見たおそろしい墜落事故と、ハロルドが逮捕されるかもしれないと怯えていたアンジーの姿が浮かんだ。もう一杯、元気づけにお茶を飲むと、アイデアらしきものが頭のなかで形をつくりはじめた。いい考えかしら？　そうね、たぶん。とにかく思い切ってやって、どんな結果になるか見てみよう。

「思うんだけど、店に来る人みんなから熱気球の墜落事件のことを訊かれるものだから、そろそろチャールズ・タウンゼンドさんを訪ねてみたほうがいいんじゃないかしら」セオドシアは言った。

「准教授だか、学芸員だかのあの男かね？」

「というより、ドナルド・キングズリーさんの個人秘書ね。会社によっては使い走りと呼ぶかもしれないけど」

「タウンゼンドから話を聞くのはおもしろい考えだと思うが、どうやって実現させるのだね？」ドレイトンは落ち着きなく水玉模様の蝶ネクタイに手をやった。「なにしろタウンゼンドとは面識がない。あのおぞましい午後に、すっかり取り乱した様子でばたばた走りまわっているところを見かけただけだ」

「あなたが電話して、会う約束を取りつけてよ」

ドレイトンは驚きのあまり、のけぞった。「わたしが？」

「あなたもわたしと同じくらい、もっともらしい話をでっちあげるのが上手だもの。それに、ヘリテッジ協会の理事だから信頼性も申し分ないし」

「ミスタ・タウンゼンドとなにを話せばいいのだね？」

「旗のことよ。歴史とかいろいろあるでしょ。最終的な目標は彼にしゃべらせて、うっかり大事なことを洩らすよう仕向けること。たとえば、ネイビー・ジャック・フラッグがなくなっていると知ったのはいつのことか、とか。キングズリーさんの自宅が本当に押しこみの被害にあったのか、とか」

「では、調査することにしたわけだ」

「アンジーのためにね」

「タウンゼンドとはいつ会うことにしようか」

セオドシアは受話器を手にして、ドレイトンに差し出した。「いますぐ、でどう？　それなら一石二鳥だもの。チャールズ・タウンゼンドさんから話を聞いたら、その足でキングズリーさんのお宅の数軒先にあるポートマン邸に寄って、もう一度、なかを確認するの。ポートマン邸のキッチンの設備がどうなっているかヘイリーにうるさく訊かれているのよ。わたしたちとしても、ダイニングルームをしっかり見ておきたいじゃない。テーブルと椅子を追加でレンタルする必要があるかどうかも確認しないと」

「土曜日のボザールのお茶会は何人入れるのだね？」

「いまのところ、五十七人の予約が入っていて、そのなかにはシークレット・シッパーも含まれている。でも、直前になって何人か連絡してくるでしょうから、それにも対応できるようにしておきたいわ」

「いやはや。これは大成功になりそうだ」ドレイトンは言った。

「そうなるよう努力しているの」セオドシアはにっこりほほえんだ。「さあ、電話をかけてくれる？」

ドレイトンがタウンゼンドに電話をかけたところ、いきなり強い反発にあった。彼はしばらくもつれる舌でなにやら言っていたが、やがて受話器を胸のところまでおろし、ひそめた声で訴えた。「セオ、きみが話してくれたまえ」

セオドシアは肩を怒らせ、受話器を取った。「タウンゼンドさん」と明るい声を出した。

「日曜日にあわただしくお会いしましたが、あれ以来、ご連絡を差しあげたいと考えておりました。キングズリーさんがあのような不運な形で亡くなられたこと、本当に残念に思います。タウンゼンドさんにとってても大変なショックだったかと……ええ、わたしたちみんなにとっても。あの悲惨な事故があった日には少ししか言葉を交わせず、心からのお悔やみを申しあげることができませんでした」

セオドシアがさらに数分ほど、耳障りのいい言葉を並べたてるのを、ドレイトンは眉をひそめて聞いていた。若いタウンゼンドをおだて、南部女性の魅力を駆使して魔法をかけ、最後には会う約束をせざるをえないように仕向けた。

「やった」セオドシアは電話を切りながら言った。「うまくいった」

「いつ会いにいくのだね？」ドレイトンは訊いた。

「いますぐよ。ほら、レインコートを取ってきて。行くわよ」

「どこに行くのだね？」

「ランボル・ストリート二二一番地」セオドシアは言った。「ここからほんの数ブロックよ」

「ああ、昔のダロウ屋敷か」骨の髄まで歴史好きのドレイトンは言った。

パリ風のお茶会

ロマンチックなパリ風のお茶会をひらいてシャンゼリゼ、あるいはパリ左岸の雰囲気にひたってみませんか？

用意するのはマリアージュ・フレールのお茶、フランス風オニオンスープ、スライスしたリンゴとブルサンチーズをクルミパンにのせたオープンサンド、ターキーとブリーチーズをはさんだクロワッサンサンド。デザートにはベリーとクリームをのせた折パイ、あるいは、あのいかにもパリらしいクッキー――そう、マカロンです！――がよく合います。

12

チャールストンはどこを歩いても風光明媚(めいび)で、映画のワンシーンを見る思いがする。優雅な屋敷、壁で囲まれた庭園、歴史的建造物、古い教会、緑豊かな噴水、玉石敷きの細い路地が何ブロックにもわたってつづいている。セオドシアとドレイトンがいま歩いている近道――プライシズ・アリー――もそんな路地のひとつだ。

「このあたりを歩くたび、宝物探しをしている気分になるわ」セオドシアは言った。

「実際そうなのではないかな。なにしろ、見るべきものがたくさんある」ドレイトンは足をとめ、石に埋めこまれた金属の銘板を指差した。〝プライシズ・アリー〟と書いてある。「すばらしいと思わんか？　馬車一台通るのがやっとの狭い路地だが、壁に使われている赤煉瓦はその昔、帆走フリゲートのバラストとして使われていたものだろうし、秘密の庭園やときどきカーテンがあいている窓をのぞくこともできる」

「ウサギの穴に落ちていくのと同じね」ゆっくりと落ちる雨の滴と大西洋から渦を巻きながら流れこんでくる霧とが、路地全体に幻想的な雰囲気をあたえている。

「見てごらん」ドレイトンは指差した。「銅のランタンと馬をつないでおくための柱がある。

三百年以上にもわたって変化に抵抗する不屈の精神と意志の力を自治体が有しているのは、そうそうあることではない」

「変化を悪く言わないで」セオドシアは反論した。

ドレイトンはほほえんだ。「伝統を悪く言わないでくれたまえ」

「ここを通るたび、つま先立ちになって煉瓦の壁の向こうをのぞいてみたい誘惑に駆られるの。青々とした美しい個人のお庭をうっとりながめたくなっちゃう」

「では、そうしようではないか」

ふたりは足をとめ、煉瓦壁の上辺に手をかけ、つま先立ちになった。

「うわあ、すてき」セオドシアは感嘆した。「このままでも絵はがきにできそう」ふたりは日本のコイがたくさん泳いでいる細長い反射池と、色とりどりの花が咲き乱れる花壇のある裏庭に目をこらした。

ようやく路地からランボル・ストリートに出ると、ドレイトンが言った。

「チャールストンが〝聖なる町〟と称されるにはそれなりの理由がある。ここからだけでも教会の尖塔がいくつ見えるかね？」

「ええと……」セオドシアはゆっくりとターンした。「四つ……ううん、五つだわ」

「ほかにも二十五ほどの教会の尖塔が空をつらぬいている。それこそが、異なる信仰がわが国の豊かな歴史をつくりあげていることを見事に証明していると思うね。もちろん、教会は優雅な十八世紀および十九世紀の建築様式を現代に紹介するというりっぱな役割も果たしているが」

「この建物を見て」セオドシアは言った。ふたりは半ブロックほど歩いてきたところで、ドン・キングズリーの自宅である巨大な煉瓦造りの屋敷の前まで来ていた。

「フェデラル様式だ」ドレイトンが解説する。「ローマ様式と洗練されたジョージ王朝様式に強く影響を受けている。あの鏡板とフリーズが見えるだろう？」

セオドシアはうなずき、ふたりはアプローチを歩いていって、家の正面を飾るポーチにあがった。

「しかも柱と繰形が細めであまり大仰でない。インテリアもどうなっているか興味をそそられ……」

「すぐに見られるわよ」セオドシアはそこで大きな真鍮製の呼び鈴を鳴らし、一歩うしろにさがった。大きな家のなかにうつろな音が響きわたった。

玄関でセオドシアとドレイトンを出迎えたチャールズ・タウンゼンドは礼儀正しかったが、よそよそしくもあった。彼はふたりを羽目板張りのこぎれいな玄関にとおしてコートを預かると、息をのむほど美しい紅茶色をしたオリエンタル・カーペットを敷きつめた長い中央廊下を先に立って歩き出した。しかしいきなり足をとめ、身振りで右をしめした。お先にどうぞという合図だ。

ふたりが足を踏み入れたのは三つの部屋をつなげた続き部屋で、ギブズ美術館のピリオド・ルームや、モンティチェロのトマス・ジェファーソンの旧邸宅を思わせた。

　とにかく、三部屋ともアーリー・アメリカンの家具でまとめられていた。マツ材のテーブル、チッペンデール風の椅子、机、シュガーチェスト、サイドボード。しかし、これらは実際にすわったり、使ったりするための家具ではない。かなり古いもので、あきらかに博物館で保管すべきレベルのものばかりだった。壁には額に入った書類、旗、油絵が飾られている。陶器、ピューターの燭台、クリスタルのインク壺が棚に並び、前面がガラスのキャビネットには古書がおさめられている。

　セオドシアは振り返ってタウンゼンドと向かい合った。

「ここにあるのはどれもドン・キングズリーさんのコレクションなんですか？」

「まあ、大半はそうです」タウンゼンドは言った。「倉庫にもいくつかあります」

「すばらしい」ドレイトンが言った。「まさに博物館級だ」

「ミスタ・キングズリーは昔から、自宅とはべつの場所に自分の博物館を持つ夢を抱いてました。しかしもう……」タウンゼンドの顔がくもった。「その夢はかないません」

「そのシルバーのコーヒーポット、とてもすてきだわ」セオドシアは背の高いしゃれたポットを指差した。

「シェフィールドのものです。最近、入手したもののひとつです」

　ドレイトンは鼈甲縁の半眼鏡をかけ、壁にかかった額入りの旗に見入った。

「この旗は古いものなのかね？」十三本の縞が描かれ、大きな星のまわりに三十三個の小さな星が集まっている。

「一八六〇年前後のものと思われます」タウンゼンドが答えた。

「盗まれたネイビー・ジャック・フラッグはどこにあったの？」セオドシアは訊いた。社交辞令はもうこのくらいでいいだろう。そろそろ単刀直入に話をする頃合いだ。

タウンゼンドはアンティークのケースの前まで移動し、なにもないところをしめした。

「ここにありました。ちょうどここに」

「旗がなくなったことに気づいたのは、日曜日、気球の事故から戻ったときだったの？」セオドシアは訊いた。

「そうです」タウンゼンドは言った。

「なぜ自宅に戻らずに、ここに来たの？」

タウンゼンドはセオドシアをじっと見つめた。「じ、自分でもわかりません。そのときは頭がまともに働いてなくて、パトカーにここで降ろされたんだと思います」

「じゃあ、鍵を持っていたのね」

「ええ、もちろん」

「それでなかに入って見てまわっているときに、旗がなくなっていることに気づいたのね？」

「いえ。まず、真っ先にミスタ・キングズリーのオフィスに行き、何本か電話をかけました。訃報を知らせる電話を。ご想像のとおり、胸が張り裂けるほどつらい仕事でした」

「そのあとは？」

「そのあと、この部屋に入りました」彼はあたりに目をやった。「ここは一種のパワーストーンのような役割を果たしてくれるだろうと思って……心を静めてくれるというか……そんな感じで」

「そのときに、旗がなくなっているのに気づいたのね」

「そうです。それですぐさま警察に通報しました」

「警察にとっては忙しい夜だったな」ドレイトンが言った。彼は腕を組み、それまでふたりの会話に熱心に耳を傾けていたのだ。

タウンゼンドは首を横に振った。「ぼくたち全員にとって悲しい夜になりました」

「ドアの錠がいじられた形跡はあったの？」セオドシアはふたたび訊いた。

「ぼくの見たかぎりではありません。警察がドアをすべて確認してます。おもても裏も」

「窓は？」とドレイトン。

タウンゼンドは首を振った。「壊された様子はありませんでした」

「幽霊の仕業か」ドレイトンは言った。

「それはないと思いますが、無理に押し入った形跡がないのが……不思議なんです。それで警察には、内部の者の犯行ではないかと言ったんです」

「内部の者の犯行……具体的に言うと？」セオドシアは訊いた。

「ミスタ・キングズリーはたくさんの人をここに招いてました。友人、アンティークの業者……」

「アメリカーナ・クラブの人も？」

「ええ、少しはいましたね」

「おもしろいわ」

タウンゼンドはセオドシアをにらみつけた。

「おもしろいですって？　警察がまだなにひとつ、つかんでいないせいじゃないですか」

「この先もここにとどまるつもりでいるの？」セオドシアは話を変えた。タウンゼンドの雇い主が殺されたいま、彼がこのまま雇われつづけるかどうかははっきりしていない。

「それはつまり……コレクションの管理の仕事をつづけるのかという意味ですね？」

「そう」タウンゼンドが口がうまくて、内心の不安をおもてに出さないすべにたけていれば、ここにあるお宝の引き取り手を探すのを手伝ってほしいと協力を求められるかもしれない。

「できることなら、ここの仕事をつづけたい。それがいちばんの希望です」

「では、そうなるよう祈っているよ」ドレイトンが言った。「わたしもできるなら、このような貴重な品々に囲まれていたいものだ」

タウンゼンドは一歩さがり、ドアのほうにじりじりと近づいた。

「もう、ごらんになりたいものはすべて見ましたよね。質問にもすべて答えました」

「実を言うと、あなたからもう少し話を聞きたいの」セオドシアはねばった。

タウンゼンドは困惑の表情を浮かべた。「どうしてですか？」

「きみが旗の件とドローンの墜落、両方のまっただなかにいるからだよ」ドレイトンは言った。

「わたしたちはあなたの気持ちに興味があるの。ふたつの事件をどう理解しているのか知りたいのよ」

「いえ、理解するなんて、そんな」タウンゼンドはかき集められるかぎりの誠意をこめて言った。「ただただ、おそろしいばかりで」

「大変だったわね」セオドシアはタウンゼンドにほほえんだ。さっきよりは気持ちが落ち着いて緊張がほぐれたようだ。それから、彼の意表を衝く言葉を発した。

「誰が犯人と思うかと訊かれたら、なんて答える？」

タウンゼンドの喉の奥からむせるような音が洩れた。彼はセオドシアの大胆な質問に困惑したのか、しばらく言葉を失っていた。やがて、気を取り直して言った。「ミスタ・キングズリーの熱気球にドローンを突っこませた犯人でしょうか？　それとも旗を盗んだ犯人のほう？」

「両方だと言ったら？」

「うーん、それについては本当にわかりません。さっきも言いましたけど、警察の捜査は完全に行き詰まっています。なにか証拠を、あるいは誰かの尻尾をつかんでいたとしても、ぼくは報告を聞いてません。彼らは秘密主義なので」

セオドシアは堅苦しくうなずいたが、タウンゼンドには強い態度でのぞむ決意を固めていた。

「でも、あやしいと思っている人はいるはずよ」

「ええ、まあ……」タウンゼンドの口が重くなった。

「あなたの考えをぜひとも聞きたいの。あなたもあのおそろしい墜落の一部始終を目撃したんだもの、ドレイトンとわたしが関心を持つのもわかるでしょ」

タウンゼンドはごくりと唾をのんだ。「どうか誰にも言わないでくださいよ」彼は酸っぱすぎるピクルスをのみこんだみたいに顔をしかめた。「でも、ぼくなりに——単なる憶測にすぎませんけど——考えていることはあります」

「絶対に他言はせんよ」ドレイトンは口にチャックをする仕種をした。

セオドシアも先をうながすようにうなずいた。

「ぼくは、トーニー・キングズリーか、例の悪辣な骨董商、アール・ブリットではないかとにらんでいます」

「なぜトーニーなの？」セオドシアは問いかけた。「なぜ彼女を疑っているの？」

「理由はふたつあります。ひとつには、彼女がいまもここの鍵を持っているかもしれないからです。だから、あの日曜の午後も好きなときに入って、ネイビー・ジャック・フラッグを持ち去ることができたはずです。新しい自宅か、ジョンズ・アイランドにあるコンドミニアムに隠してるんじゃないでしょうか」

「もうひとつの理由は？　なぜトーニーかもしれないの？」

「あの人は命よりもお金が好きなんです。聞いた話では、彼女のクレジットカードの請求額は途方もない数字になっているそうです。ミスタ・キングズリーが離婚を望んだのはそれが原因かもしれません。とにかく金がかかりすぎて、とても養っていけないんですから。モナコに家を持ち、ランボルギーニを一台所有し、競走馬が所属する厩舎を抱えるのにひとしいんですよ」

「それはまた愉快なことだな」ドレイトンは言ったが、その表情からは愉快だと思っている様子はうかがえなかった。

「トーニーには盗んだ旗を売却するすべはあるのかしら?」

タウンゼンドは少し時間をかけて考えをまとめた。「トーニーは抜け目がないし、広い人脈を持ってますから、なんとかやれるんじゃないでしょうか。しょっちゅうニューヨークやロンドンまでショッピングに出かけているので、そこで裕福なコレクターや業者とも容易に知り合えるでしょうし」

「アール・ブリットと同じくらい?」セオドシアはタウンゼンドが二番めにあげた容疑者の名前を出した。もちろん、アール・ブリットのことはすでによく知っている。トッド・スローソンも旗を盗んだのはブリットかもしれないと言っていた。それにかなりのやり手である地元の骨董商という噂は頻繁に耳に入っている。スローソンはたまに超がつくほど高額な商品を売ることがあるかもしれないけれど、ブリットは在庫ごと――それこそ、いいものも、よくないものも、ひどいものも売り払うタイプだ。

「アール・ブリットという可能性も高いでしょうね」タウンゼンドは言った。

「どういういきさつで彼と関わるようになったの？」

「ぼくは関係ありませんが、ミスタ・キングズリーはつき合いがあったようです。ブリットはトマス・ヒックスの絵を売りつけてきましたが、くわしく調べたところ……本物ではないことがわかりました」

「では、ブリットという人はペテン師なのね」

「とんでもない悪党ですよ。偽物を売りつけるし、小細工はするし。あの男はニューヨーク、マイアミ、ダラスにいるほかの業者とぐるになって動いているようです。大半は法律違反ぎりぎりのところで商売をしている連中です」

セオドシアはドレイトンをちらりと見た。「ブリットさんの違法な取引についてなにか知ってる？」

「人の悪口を言うのは好まんが、いくつか噂は聞いている」

しかし、噂はあくまで噂でしかない、とセオドシアは自分に言い聞かせた。ティドウェル刑事が望んでいる動かぬ証拠とは言えないし、アンジーとハロルドを泥沼から救い出す助けになる証拠でもない。

「タウンゼンドさん……チャールズ……ざっくばらんに話してくれてありがとう」セオドシアはお礼を言った。

「本当に少しでも力になれたのならいいのですが。なにしろ、おふたりが探っていることがよくわからないので」タウンゼンドの目が好奇心できらりと光った。「おふたりは独自に調べているんですか？」

「友だちを助けようとしているだけ」セオドシアは言い訳した。

「ハロルド・アフォルターでしょうか？」

「彼を知っているのかね？」とドレイトン。

タウンゼンドは肩をすくめた。「ミスタ・キングズリーがミスタ・アフォルターのことでひどくご立腹だったのは知ってます。何度か電話してきて、なにやらうるさく言ってきていたとかで」

「彼は警鐘を鳴らしていたのよ」セオドシアは言った。

タウンゼンドの表情が暗くなった。「だとしたら、手遅れでしたね」

「どうだ？」ランボル・ストリートを歩いていきながらドレイトンが訊いた。「なにかわかったかね？」

「タウンゼンドさんは、すでにさんざん耳にしてきたのと同じ容疑者をあげただけだった」

「あの青年本人についてはどうだ？」

「容疑者として？　職を失いたくない一心で怯えている若者という印象を受けたわ」

通りの先にあるポートマン邸では、イベント・コーディネーターのミス・チャットフィールドがなかを案内したくてうずうずしていた。六十代前半で小柄な彼女は、地味な黒いスーツに平凡な靴という恰好だった。白髪をきっちりお団子にまとめ、銀色のチェーンで眼鏡を首からかけていた。美術館のガイドとして働いている、誰かの大おばさんという雰囲気だ。

「わたしどもではお茶会を開催したことはないんですのよ」ミス・チャットフィールドは言った。「今回がはじめてになります」

「われわれもです」ドレイトンが言った。「いつもはわたしどものティールームで開催しておりますので」

「ええ、インディゴ・ティーショップにはうかがったことがありますよ。とてもすてきなお店でした。おいしい料理に絶品もののスコーン」

「それとお茶も」セオドシアはつけくわえた。「当店のお茶もお忘れなく」

「冗談をおっしゃらないで」ミス・チャットフィールドは言った。「先日お友だちふたりとうかがったときは、缶入りのお茶を三つも買いましたのよ」

「それを聞いて安心しました」とドレイトン。

「それでは……簡単にご案内いたしますね」ミス・チャットフィールドは大きく深呼吸してから説明を始めた。「ポートマン邸は初期のリン酸肥料製造業者が家族で暮らすために建てたものです。その後、およそ百年ほどにわたって住宅として使われてきました。八年前、投資家の共同事業体が購入し、必要な改修をほどこしてイベント施設にしたのです」

「なんともすばらしい」控えの間をのぞきながらドレイトンが言った。「廻り縁も手彫りの木の装飾も」

「まずはダイニングルームを見てくださいな」ミス・チャットフィールドはふたりに言った。

そのダイニングルームがまた奇抜だった。

「圧倒されるね」ドレイトンがあちこちに目をこらしながら言った。

「金ぴか時代そのものって感じ」セオドシアは賛同した。「今度のお茶会にぴったりだわ」

外では嵐がまだ吹き荒れていたが、ダイニングルームは、上部にティファニー様式のガラスのはまった、高さ十二フィートもある窓のおかげで、明るく広々としていた。床は大理石を使った象嵌細工のタイルが敷きつめられ、天井からは巨大なクリスタルのシャンデリアがさがり、鏡面仕上げの食器入れにはワイングラスやシャンパングラスがぎっしりと詰めこまれ、それが何百万という光の点を反射してきらきら輝いている。

「この部屋には八十五人分のテーブルと椅子がありまして、さきほどとはべつの控えの間にあと二十五人増えても対応できるだけの数を用意してあります」ミス・チャットフィールドは説明した。

「絵をイーゼルに立てかけて飾る場所も充分ありそうだ」ドレイトンが言った。ボザールのお茶会をもっともらしく見せるための手段として、セオドシアが提案したアイデアだ。

「よろしければ、お好みのバーカウンターを設営する設備もありますし、係員による駐車サービスやAV機器も提供できます。さらにはWi‐Fi接続も可能です。また、必要でしたら、警備も提供いたしますよ」ミス・チャットフィールドはつけくわえた。

警備ね、とセオドシアは心のなかでつぶやいた。熱気球ラリーであんなことがあったあとだもの、それはお願いしたほうがよささそう。

ダイニングルームから厨房をのぞき、これならヘイリーの使い方にうってつけだとドレイトンは太鼓判を押した。

「雨が降っていなければ、フレンチドアをあけて、裏庭をお見せするところなのですが」ミス・チャットフィールドは言った。

「お気になさらないで。すてきなのはわかっていますから」セオドシアは言った。

ミス・チャットフィールドは小さく体を震わせた。「この雨と風がすさまじいハリケーンに変わらないよう祈るばかりです」

「ハリケーンの季節にはまだかなり早いのではないかな」ドレイトンが言った。

セオドシアが窓の外に目を向けると、木々が大きく揺れ、篠突く雨が降りつづいていた。

「それを天気の神々に言ってあげて」

13

トリヴァー・ビルは黄色い煉瓦造りの大きな建物で、以前は織物工場だったが、州の芸術委員会の許可を得て改修されていた。現在では非営利団体のための施設となっており、おもなテナントにはルボー劇団、キセノン舞踏団、窯業協同組合などがある。また、十人ほどの芸術家や陶芸家のために相場よりも安い価格で借りられるスタジオやギャラリーがあるうえ、大きなホールもあり、セオドシアがいるのはそこだった。

今夜はティーカップの生け花コンテストの審査員として来たのだが、見事なブーケや創造性豊かなアレンジメントで飾られた美しいアンティークのティーカップの数々が一堂に会しているのは圧巻だった。

ティーカップに植えられているのは、ティーローズ、ハーブのブーケ、野の花、ミニチュアの妖精の庭、スミレの花束、小さな観葉植物などなど。緑の苔をびっしり敷きつめ、そこにメシダの小枝数本と真珠のネックレスをあしらったカップがあるかと思えば、日本では豆盆栽として知られる小さな盆栽をおさめたカップもあった。ホール内は花、ピートモス、刈りたての芝生が混じり合った贅沢な香りに包まれていた。

　ティーカップを使った花のアレンジメントが展示されている十脚ちょっとのテーブルに目をこらすうち、セオドシアの心臓が驚きのあまりどきどきいいはじめた。緑と色あざやかな花、そして気品あふれる骨灰磁器のティーカップからなる魔法の絨緞を見る思いがする。

「セオドシア？」すぐそばで女性の声がしたので、セオドシアは振り返った。

「ジュリー？」花柄のワンピースを着た、この長身のブロンド女性はフレンチ・クォーター園芸クラブの会長で、このコンテストの主催者だ。

「ええ、そうよ」ジュリーは言った。「また会えてうれしいわ。あなたがコンテストの審査に協力してくれると聞いて、会員さんたちがすっかり舞いあがってしまって。みんなあなたのことも、ティーショップのことも高く評価しているから」

「でも、純粋なインパクトという点では、この色や創造性の見事さとはくらべものにならないわ」セオドシアはあらためてホール内を見まわし、うっとりとながめた。なかは人で埋まりはじめていた。テーブルでできた迷路に足を踏み入れ展示を楽しんでいる人たちと、コンテストの結果、つまりセオドシアの票の行方をはらはらしながら待っている個人参加の出品者とフラワーアーティストたちだ。

「受賞者を選ぶのがわたしじゃなくてよかった」ジュリーは言った。

「ひと筋縄ではいかないでしょうね」セオドシアは覚悟した。「審査の基準みたいなものを教えてもらえたら、杓子定規にやれるのに。たしか、いくつか部門があるんでしょう？」

「ええ。その前に、もうひとりの審査員も連れてくるわね。そしたら、ふたりに部門と審査の基準について説明する」ジュリーはあたりを見まわし、片手を高くあげた。「アール！こっちにいらして」

ずんぐりしたわし鼻の男性が人混みをかき分けてやってきた。しみの浮いた頭皮、ニコチンで黄色く変色した指、サイズの合っていないスポーツコート。どれをとっても、園芸クラブが協力を要請するような審査員とは思えない。わたしがえらそうに言うことじゃないけれど。

「セオドシア。アール・ブリットさんを紹介するわ」

「アール……」舌が一瞬もつれたが、セオドシアはすぐに気を取り直した。「骨董商の方ね」彼が差し出した手を握った。「お会いできてうれしいわ」少なくともうれしいと思うようにした。

「ああ、こっちもだ」ブリットは形だけで、目を向けることもせずに握手した。

「ブリットさんは蘭の愛好家なの」ジュリーが説明した。「それも、熱帯地方原産の品種が専門なんですって」

「めずらしい趣味をお持ちなんですね」セオドシアが言うと、ブリットは肩をすくめただけだった。

「まずは審査員の名札とクリップボードを渡すわね」ジュリーは道具をふたりに差し出した。「審査用紙にざっと目をとおしてもらえればわかると思うけど、部門は大きくわけて三つあります。花部門、緑部門、奇抜部門。各部門について一等、二等、三等までを決めてください」

「つまり、受賞者は全部で九人ね」セオドシアはクリップボードに目をこらしていたが、ブリットはあらぬほうを見ているようだった。

「実際には受賞者は十人よ。ふたりで協議して最優秀賞を選んでもらうから」ジュリーは言った。「受賞者に贈る紫と金色の大きなリボンも用意してあるわ」

「よくわかった」セオドシアは言った。「いつから審査を始めたらいいの？」

「いますぐに。まずは全部のテーブルをめぐって、応募作品のだいたいの感触をつかみ、そのあと予備選抜して候補を選ぶといいわ」

ブリットが片方の肩をあげた。「すべてふたりの意見が一致しないといけないのか？」

セオドシアもジュリーも、彼の顔をまじまじと見つめた。

「ええ、もちろんです」ジュリーはしばらくしてようやく言った。

ブリットはそっけなくうなずいた。「わかった」それだけ言って立ち去った。

「おもしろい人選をしたものね」セオドシアはぽつりとつぶやいた。ブリットはこの場にいたくなさそうな様子だった。面倒くさくてやってられないという顔をしていた。

「蘭の栽培の腕がいいということで、役員のひとりが推薦してくれたの」ジュリーは下唇を噛んだ。「まじめに取り組んでくれるといいんだけど。あなたともうまくやってほしいわ」

「大丈夫、まかせて」セオドシアはうまくやれますようにと願いながら言った。クリップボードをこわきにはさんで取りかかった。ジュリーから言われた手順で審査するつもりだった。

展示全体を見てまわり、ひろい心で参加作品の雰囲気をつかむ。それから、各部門でぬきんでている作品をしぼりこんでいこう。

四番めのテーブルを吟味していると、うしろからビル・グラスが近づいてきて、肩を叩かれた。

「やあ、ティー・レディ」グラスは言った。

セオドシアは振り返った。相手が誰かわかって、大きくため息をついた。ビル・グラスはチャールストンとその周辺の出来事を掲載する《シューティング・スター》というタブロイド新聞の発行人で、押しつけがましくて辛辣、おまけにうさんくさいところのある人物だ。何事にも楽観的で、自分が出しているタブロイド紙を高級な社交紙と思いこんでいる。読者の評価は、《シューティング・スター》はせいぜい下世話なゴシップ紙ということで一致している。

「ここでなにをしてるの？」セオドシアは訊いた。

「写真を撮ってるに決まってんだろ。社交界の連中を探してんだ」彼はいびつにほほえんだ。「まさか、このおれが花に興味があるなんて思っちゃいないだろ？」彼は首からさげたニコンのカメラをかまえた。「そういや、あんたは今夜の審査員に指名されたんだってな」

「だからこうして審査をしてるんじゃない」

「おいおい、そうつっかかるなって」今夜のグラスはベージュのカメラマンベストを着ていた。だぼっとしたシルエットで、細い脚と好対照をなしている。

セオドシアはグラスを上から下までながめまわした。「ずいぶんと顔が日焼けしてるけど、どうしたの？」

「戦禍を受けた中東の国から戻ってきたばかりだと言ったら、信じるかい？《ナショナル・ジオグラフィック》誌の取材で」

「信じるわけないでしょ」

「パーム・ビーチで社交界のかわいこちゃんを取材してたと言ったら？」

「それもありえない」

「ココア・ビーチにいるビキニのかわいこちゃんだったらどうだ？」

「そろそろ審査に戻らないと……」

「なあ、こないだの日曜日、例の熱気球の事件を最高の場所で見てたんだってな」グラスはセオドシアのあとを追いかけながら言った。靴底にくっついたチューイングガム以上に始末に負えない人だ。

「事件なんて簡単に言わないで」セオドシアは言った。「三人の方が亡くなったのよ」

グラスの片方の眉がくねくねと動いた。「誰の仕業か聞いてないか？」

「聞いてるわけないでしょ」セオドシアはエントリーナンバー一四八番とメモした。湿地に生える草をリモージュのティーカップに渦を巻くように植え、そこに小さな焼き物の毒キノコとナデシコを数本、アクセントとして添えてある。

「なんだ、がっかりだぜ、ティー・レディ。てっきり、いま頃は容疑者を求めて、猛然と嗅ぎまわってるものとばかり思ったんだけどな」グラスは馬のように歯をむき出して笑った。「ちくしょう、おれもその場にいたかったよ。墜落の瞬間をばっちり撮ってやったのに」彼はカメラをかまえ、セオドシアに向けた。「燃えさかる炎と飛び散る破片。その昔、飛行船が墜落したときみたいな写真になったろうに。ほら、ヒンデンブルグ号のことだよ」

「失礼するわね」セオドシアは今度は本当に彼を押しのけて先に進んだ。

これ以上邪魔されないことを願いながら（というよりも祈りながら！）、セオドシアは身を入れて審査をした。しゃれたティーカップにおさまった参加作品は、すばらしいのひとことだった。カスミソウをあしらったピンクのバラ、クロッカス、ヘザーの若枝、多肉植物、さまざまなミニ観葉植物。鳥の巣やコマドリの卵、さらにはシルクでつくった小さな蝶々を忍ばせたものもある。あざやかな緑色の苔で全体を覆ったティーカップもあれば、片側に傾けたカップからセイヨウキヅタがこぼれ落ちるようにアレンジしたものもあった。

セオドシアがいくつかメモを走り書きしていると、デレインがすり寄ってきた。

「一等賞は誰になりそう？」デレインは甘ったるい声で訊いた。スイセンのような淡黄色のセーターにクリーム色のペンシルスカートを合わせ、花柄のハイヒールを履いている。参加作品に負けないほどあざやかで生き生きとして見えた。

「なんとも言えないわね。でもすでに、すぐれた作品を五つもメモしたわ」

「リストのいちばん上にいるのが誰か、あたしには教えてくれたっていいじゃない」デレインはすねたような声を出した。

「それは無理よ」女性の声がした。「セオドシアは節度というものを守る人だもの」

セオドシアとデレインが顔をあげると、ブルックリン・ヴァンスがふたりにほほえんでいた。

「ここでなにをしているの？」セオドシアは思わず口走った。すぐに、失礼な質問だと気がついた。

けれどもブルックリンはそうは受け取らなかったらしい。肩をすくめて答えた。

「気晴らしというか、暇つぶしというか」

そこで当然のことながら、セオドシアはそそくさとデレインとブルックリンを引き合わせた。そして思ったとおり、二分もたつとふたりは古くからの知り合いのようにおしゃべりを始めた。お気に入りのファッション・デザイナーの話をきっかけにだんだん声が大きくなり、それからチャームがついたゴールドのブレスレットを見せ合った。

シャッターチャンスを察知したビル・グラスが近づいた。

「やあやあ」グラスは品のない笑みを浮かべて言った。「そこの美人さんたち、もっとくっついて何枚か撮らせてくれないか。《シューティング・スター》の一面にのせてやるぜ」彼は含み笑いを洩らした。「見出しは〝三人の女神〟とでもするか」

「お願いだからやめて」セオドシアはさえぎった。けれどもデレインはすでにカメラに向かって表情をつくり、ファッションモデルのようなポーズを取っていたし、ブルックリンも負けていなかった。

もう、しかたないわね。セオドシアは胸のうちでつぶやき、ふたりに交じってカメラにほほえんだ。

「いつまで待たせるつもりだ？」アール・ブリットが大声でセオドシアを呼び、即興の撮影会の邪魔をした。

デレインはブリットを振り返った。獲物をねらう猫のように目を細くし、彼の言葉に腹をたてているのを露骨なまでに態度に表わした。「ねえちょっと、ずいぶん失礼じゃないこと？」

ブリットはまったく相手にしなかった。重たげな目でセオドシアを見つめた。

「急いでくれないか、え？　ふたりで協議して優秀賞を決めなきゃならないんだぞ。ひと晩じゅう、こうしてるわけにはいかないんだよ」

「すぐ行きます、ブリットさん」セオドシアはデレインとブルックリンのそばを離れた。誰かの機嫌をそこねたり、必要のないトラブルを起こすことは望んでいない。

「ブリット？」ブルックリン・ヴァンスがいきなり、険のある声で一語一語区切るように叫んだ。「アール・ブリット？」感情があらわになるにしたがい、目がぎらぎらと燃え、顔がどす黒くなっていく。「あなたの正体を知ってる。あなたのことならなんでも知ってるわ」

ブルックリンはすっかり不機嫌になって、急にひどく怒り出した。

「それはけっこうなことで。さて、道をあけてもらおうか」ブリットは言った。

けれどもブルックリンはどこうとしなかった。「ネイビー・ジャック・フラッグに入札した人のひとりでしょ」

デレインの額にしわが寄り、口が完璧なＯの形になった。手早く二と二を足したのだろう、彼女は言った。「まあ、ブルックリン。あの旗を買おうとしてるのね」

「あんたがブルックリン・ヴァンスか」ブリットは軽蔑したように言った。「ふうん。やり手という感じはまったくしないな」

「ヴァンス博士と呼びなさいよ」デレインが言った。

「デレイン」セオドシアはたしなめるように言った。わざわざ自分から首を突っこんで、面倒なことを引き起こさないでちょうだいよ、と心のなかでつぶやきながら。

けれども、取っ組み合うつもり満々で爪をたてたのはブルックリンだった。

「あなたのことも、経営してる下品な骨董店にまつわるゴシップもいろいろ聞いてる。あなたって人はとんでもない食わせ者だわ」

「あんたに骨董のなにがわかる」ブリットが言い返す。「おつにすました、たいして頭のよくない学者先生のくせに」

「石の下に棲んでる、気持ちの悪い爬虫類のほうがあなたなんかよりもよっぽどましだわ」

「いいぞ、もっとやれ」ビル・グラスがけしかけ、威嚇し合うふたりにカメラを向けた。いや、ダンテが『神曲』で描いた地獄の第三圏に分類できそうなふたり、というのがセオドシアの印象だった。

「ちょっとやめなさいってば」セオドシアはグラスをとめた。

けれどもグラスの記者としてのアンテナはぴんと立ち、激しく揺れ動いていた。「よっしゃ！」と叫ぶ。「ティーカップのコンテストなんかどうしようもなく退屈だと思ってたが、やけにおもしろくなってきたじゃないか」彼はカメラを突き出し、喧嘩の様子を写真におさめようと飛びこんだ。

なにしろ、一枚の写真は千もの言葉に匹敵するのだ。

14

水曜の朝になっても雨はあいかわらずあがらなかった。天気と同じで、セオドシアの気分も重苦しかった。昨夜、ブルックリン・ヴァンスとアール・ブリットが繰りひろげた醜い中傷合戦は聞くに堪えないものだった。暴力行為があったわけでもなく、あっという間に終結したとはいえ、たったひとつの不快な出来事のせいで、楽しい雰囲気が台なしになってしまった。デレインが仲裁に入ろうとしたけれど、もちろん、なんの役にもたたなかった。

わたしがブルックリンとデレインを引き合わせたりしなければ、あんなことにはならなかったかもしれない。

あるいは、わたしのあずかり知らぬところで、アール・ブリットとブルックリン・ヴァンスはすでに衝突する宿命だったのかもしれない。

昨夜は殴り合い寸前の騒動があったとドレイトンに話したところ、彼は驚くほど冷静な態度を見せた。セオドシアのせいではないと言ってくれ、コンテストの審査をやりとげたのはりっぱだったと褒めてくれた。あの、そうとう無愛想なアール・ブリットと協議の末に受賞者を選ぶことができてよかったと。

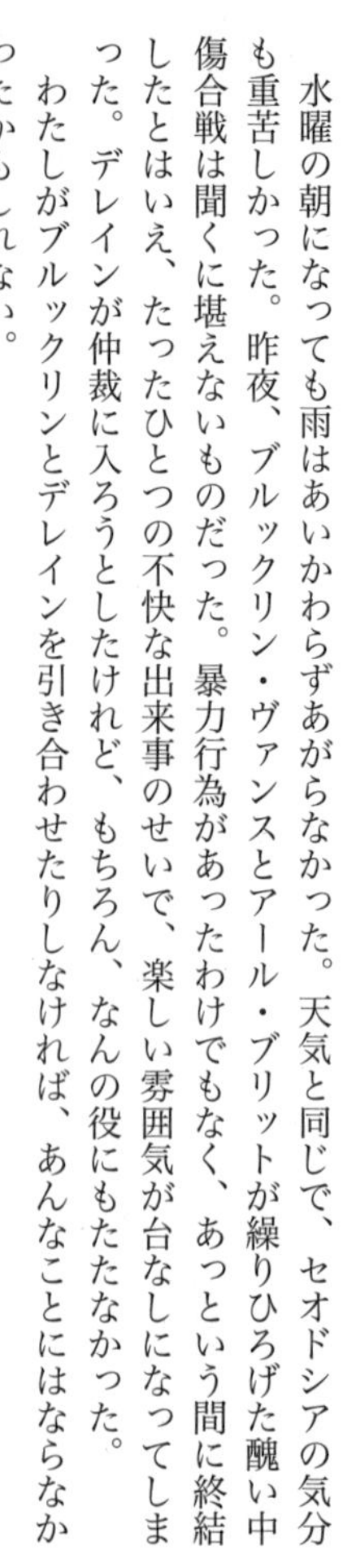

もっとも、ドレイトンが本当に聞きたかったのは、優勝者の名前だ。それに、セオドシアの鋭い目にとまったためずらしいアンティークのティーカップに関する話も。

まあ、いいわ。きょうは少しでもいい日になりますように。

セオドシアは、山ほどあったクリーム色のリネンのナプキンをたたみ終え、テーブルに置いた。奥の壁を背に置かれたハイボーイ型チェストのあたりを行ったり来たりしているミス・ディンプルに目を向けた。ミス・ディンプルはお茶を飲みながら、棚に商品を並べたり、セオドシアが手作りしたティーカップのリースをいくつか壁にかけたりしている。

「このブドウの蔓はどこで手に入れたんですか、ハニー?」ミス・ディンプルは見られているのに気づくとセオドシアに訊いた。

「リビーおばさんの農園にあった木からいくつか抜いたの。もう、ぼうぼうにのびちゃって。葛(くず)みたいなありさまなの」

「ブドウの蔓を使って自由な発想でこしらえた、この雲みたいな形のリースは本当にすてきですね」ミス・ディンプルはひとつを高くかかげ、しみじみとながめた。「しかも、華奢なティーカップを結びつけたり、鳥の巣を仕込んだり。とても気がきいてますよ」

「ありがとう。そう言ってもらえるとうれしいわ」セオドシアはそばまで行って、商品が補充されたハイボーイ型チェストをながめた。「〈T・バス〉製品をもう少し足したほうがよくない?」〈T・バス〉というのは、穏やかな抗酸化作用を持つお茶でつくった、オリジナルのスキンケアとバスまわりの品のブランドだ。

「ヘイリーがいくつか出してくると言っていましたよ」

「そう。それと、デュボス蜂蜜もいくつか足したほうがいいわね。木でできた蜂蜜用のスプーンも一緒に」

「ちゃんと持ってきたわよ」ヘイリーが大きな段ボール箱を危なっかしそうに抱えながら、やってきた。

「箱に隠れているのはヘイリーかしら？」ミス・ディンプルがうれしそうな声を出した。彼女は手をのばすと段ボール箱を持ち、床におろすのを手伝った。

「厨房のほうは万事順調？」セオドシアはヘイリーに訊いた。

「なんの問題もないわ。料理はほとんど準備できてる。いまはスコーンなんかがオーブンから出せるようになるのを待ってるところで、そのあとキッシュをオーブンに入れる」彼女はティールームを見まわした。「例のあれ、もう出したほうがいい？」

「テーブルセッティングが終わるまで待って。そしたら一緒に出しましょう」

「例のあれというのはいったいなんですか？」ミス・ディンプルが訊いた。

「あとのお楽しみ」ヘイリーが言った。

ミス・ディンプルはふっくらした小さな足を踏み鳴らさんばかりになった。

「そんなにじらさなくたっていいじゃありませんか」

「だって、ミステリアスなお茶会だもの」セオドシアは目をきらきらさせて言った。

「午前中はテイクアウトだけにして本当によかったね」ヘイリーが言った。「昼食会の準備に集中できたもん」

「ドレイトンが大変な部分をほとんど引き受けてくれたおかげよ」セオドシアは言った。「ひょっこりやってきたお客さまの対応も」

入り口近くのカウンターに目を向けると、ドレイトンがテイクアウト用のカップと箱に詰めたスコーンをきれいに並べ、すぐにでも渡せるようにしていた。

「すばらしい仕事ぶりですね」ミス・ディンプルが言った。

ドレイトンが三人のほうをちらりと見た。「見た目がきちんとしていることが大事だからね。しかも、ありがたいことに、わたしは整理整頓が大好きときている」

「人によってはそういうのを強迫性障害（OCD）って言うんじゃないかな」ヘイリーが茶化した。

ドレイトンが言い返す暇もなく、入り口の上のベルがまたもちりりんと鳴り、彼はあらたなお客の到来にそなえて身がまえた。

「いま焼いているお菓子を見るのが待ちきれませんよ」ミス・ディンプルがヘイリーに言った。「厨房からいいにおいがただよってきて、思わず鼻をひくひくさせちゃいました。あなたは本当に才能あふれる菓子職人ですね」

「ありがとう」ヘイリーはわざとらしく膝を曲げてお辞儀をした。

「毎年コモドア・ホテルが主催しているシュガーアート・コンテストに出てみようとは思わないんですか？」ミス・ディンプルは訊いた。「ここチャールストンのベーカリーやパティスリーの菓子職人に勝るとも劣らない腕の持ち主じゃありませんか」

「そんなことないわよ」ヘイリーは言った。

「絶対に出るべきよ」セオドシアも加勢した。「だって、二年前のショコラティエ・コンテストでは優勝したじゃない」

「まあね。でも、チョコレートはむずかしくないもん。溶かして、ぐるぐるかき混ぜて、型に入れるだけ。シュガーアートのコンテストとなると、審査員をあっと驚かせるものにしなきゃ。金箔を使うとか、立体的な花をたくさんつくるとか、特殊効果をほどこすとか。ほら、砂糖でつくった鳥とか蝶々とかね」

「ヘイリー、そういう技を習得できる人がいるとしたら、それはあなたよ」セオドシアは言った。

ヘイリーの顔がぱっと明るくなった。「そう思う?」

「そう信じてる」

セオドシアはナンシー・ドルーのお茶会に向けて、テーブルをととのえる作業に戻った。まず最初に、手作りしたプレースマットを置いていった。古いナンシー・ドルーの本のカバーのカラーコピーを拡大し、ラミネートしたものだ。そこにコールポートのアカデミー柄のティーカップとソーサー、ランチプレートを並べ、クリスタルの水飲みグラスも置いた。

これでよし、と。お次は遊び心を添える番だ。

テーブルはたしかにきれいにセッティングされているが、それを少しだけ崩してみたい。

なにしろ、このお茶会はノスタルジアにヒントを得た、遊び心満載のお茶会なのだ。そこで、本のタイトルに合わせ、ライラックをいけた花瓶、ねじりキャンドルを立てたピューターの燭台、古い時計（いまも動いている）をふたつばかり、それに〈稀覯書店〉で借りた虫眼鏡をいくつか添えた。

「どういう効果をねらっているのかよくわかりますよ」ミス・ディンプルが指をくねくねさせながら言った。「でも、さんざん聞かされている、謎のセンターピースはどうなっているんです？」

「ヘイリー」セオドシアは声をかけた。「そろそろ時間よ」

ヘイリーがカーテンの向こうからせかせかと出てきた。「じゃじゃーん！」と大声をあげる。それから、抱えていたいくつもの古めかしいランチボックスを仰々しくかかげた。ランチボックスにはナンシー・ドルーの本の表紙からコピーした小さな画像が何十とデコパージュしてある。

「んまあ、すてき」ミス・ディンプルが昂奮した声を出した。「なんてかわいらしいんでしょう」彼女はヘイリーの手からランチボックスをひとつ取り、向きをいろいろに変えてじっくりながめた。「全部でいくつこしらえたんですか？」

「十二個」ヘイリーは言った。「各テーブルにひとつずつ行き渡るように」するとドレイトンも感想を述べようとやってきた。「これはまた驚いた」彼は言った。「ひじょうに独創的で、とてもよくできているではないか、ヘイリー」

「お客さまが気に入ってくれるといいな」ヘイリーは言った。

「すべてに魅了されることまちがいなしだ」ドレイトンは太鼓判を押した。


一時間後、霊媒師の女性がさっそうと入ってきた。真っ赤なサーキュラースカート、白いペザントブラウス、紫色のビロードのケープ、頭には揃いの紫と金色のターバンを巻き、宝石をあしらったピンでとめている。歳は五十代だろうか。快活そうな顔立ちで、ターバンの下からはちりちりのブロンドの髪がのぞいている。

「マダム・ポポロフとお見受けしますが」ドレイトンは入り口で出迎え、彼女が訪問中の王族かなにかのように軽くお辞儀をした。

マダム・ポポロフはにこやかにドレイトンにほほえんだ。「あら、ご存じでしたの。あなたも霊的な力をお持ちなのかしら」

「とんでもない。予習をしっかりしただけです。それにそのターバンでぴんときました」

マダム・ポポロフはターバンに手をやった。「これをかぶっていることを、ついつい忘れてしまうわ」

「とてもお似合いですよ」ドレイトンは言った。

「おひとりですわっていただくよう、席を用意してあります」セオドシアが急ぎ足で迎えに出た。「それでよろしかったでしょうか」

「ええ、けっこうです」マダム・ポポロフは言った。「あなたがセオドシアね？」

「はい。ようやくお目にかかれて光栄です。こんな荒れ模様にもかかわらず、おいでくださりありがとうございます」

「水晶玉のほか、タロットカードもひと組、持ってまいりました。どちらかお選びになりますか?」

「あなたが交信したいほうでかまいません。というか、お客さまが不安に思われないほうで」

「では臨機応変にということにしましょう」

そこへヘイリーが厨房からこっそり顔を出した。彼女ははにかみながら手を振った。

「こんにちは」

「あなたは菓子職人ね?」マダム・ポポロフは言った。

ヘイリーは目を丸くした。「すごい。どうしてわかるんですか?」

「左のほっぺたに小麦粉が少しばかりついているからだろう」ドレイトンは言った。

「ええっ!」ヘイリーは急いで小麦粉を落とした。それからおずおずと訊いた。「あの、本当にリトアニアの王族の方なんですか?」

マダム・ポポロフはほほえみ、ほんもののゴールドの歯をのぞかせた。「ええ、もちろん」

「やっぱりね」ヘイリーは言った。

マダム・ポポロフはケープをはためかせながらテーブルの準備に取りかかった。

一方ヘイリーは大昂奮の様子で、セオドシアとドレイトンを追いかけるようにカウンターに引っこみ、「熱気球ラリー殺人事件の犯人が誰か、あの人に訊いてみようよ」とささやいた。

ドレイトンは棚から包種茶の缶を出した。「やめておいたほうがいい」

ヘイリーは顔をくもらせた。「どうして？」

「ドレイトンは昔ながらのやり方を好むからよ」セオドシアは言った。「霊媒の力に頼らず、自力で調べたいのよ」

ドレイトンは唇をとがらせ、かぶりを振った。「調査しているのはわたしではない。きみではないか」

いちばんにやってきたお客は、通りのちょっと先にあるハーツ・ディザイア宝石店を経営しているブルック・カーター・クロケットだった。

「こんな楽しいアイデアを思いつくなんて、さすがはあなたね」ブルックは言った。彼女は若々しい五十代で、シルバーグレイの髪をピクシーカットにし、上品な顔立ちをしている。ブルックはまた、シルバーをおもに扱うアクセサリー・デザイナーでもある。得意とするのは、チャールストンらしさを表現したシルバーのチャームだ——パルメットヤシ、ウミガメ、マグノリアの花、教会の尖塔、スイートグラスのバスケット、小さなヨット、それに豪邸。

「おや、きみもナンシー・ドルーが好きなのかね？」ドレイトンがからかうようにブルックに尋ねた。

「好きじゃない人なんているかしら」ブルックが大声で言い返したとき、あらたに十人ほどのお客がなだれこんできた。

セオドシアはお客を出迎えてテーブルに案内すると、入り口に駆け戻り、次のお客を出迎えた。ブルックリン・ヴァンスが昨夜のアール・ブリットとのやりとりに文句を言いながらやってきた。つづいて〈バッグ・レディ〉というバッグと帽子の店を経営するミンディ・レイナートと、〈キャベッジ・パッチ〉というギフトショップのリー・キャロルが入ってきた。リーはアフリカ系アメリカ人女性で、歳は三十代なかばでセオドシアとかなり近い。つやのある美しい肌、セピア色の髪、そしてアーモンド形の目をしている。彼女に紹介され、その甘やかな声を聞いたとたん、めろめろになる男の人は多い。

席がほぼ埋まり、コートラックが濡れたレインコートでいっぱいになった頃、見覚えのある顔が入ってきた。

「あら、まあ!」トーニー・キングズリーが叫んだ。彼女ははたと立ちどまり、胸もとに手を置いた。「ランチをいただこうと思って寄ってみたら、とってもすてきなイベントをやっているのね」

「きょうはナンシー・ドルーのお茶会なんです」セオドシアは説明した。

トーニーの顔が昂奮でぱっと輝いた。「すてきなアイデアね。ちょっとうかがいたいんだけど……いまからではもう席は取れないかしら?」

「実を言うと」セオドシアは座席表を見ながら言った。「ちょうどよかった。あとふたつ席が残っています」

「わあ、よかった！」トーニーは叫んだ。コートを脱ぐと、ピンクのシャネルスーツとじゃらじゃら音がするほどたくさんのゴールドのアクセサリーがあらわになった。

「ええと、そうですね……ブルックリン・ヴァンスさんとはお知り合いなので、おふたりをご一緒の席にしましょうか」セオドシアが提案した。

「ありがたいわ」

「うっとりするくらい、いい香りの香水をつけていらっしゃるのね」セオドシアはトーニーをテーブルへと案内しながら気がついた。「なんていう香水かうかがってもいいかしら」

トーニーはマニキュアを塗った指をひらひらさせた。「マイアミの〈ル・フルール・パフューマリー〉でお遊びで調香したものよ。アジアの蓮とアーモンドをブレンドして、トップノートにベルガモットを使っているの」

「ああ、ベルガモットだったんですね。その香りはわかりました。紅茶のブレンドマスターがアールグレイ・ティーにくわえるのと同じ香りですから」セオドシアは言った。

ブルックリン・ヴァンスはトーニーが真向かいにすわると大はしゃぎした。

「なつかしいお友だちに再会したみたいだわ。まだ一度しか会っていないのに」

「でも、何度も会っている気がするわよね」トーニーが言った。「すっかり気心の知れた仲という感じ」

「だって、実際、そうだもの」ブルックリンは言った。

「実を言うとね」トーニーは身を乗り出すようにして、セオドシアとブルックリンに小声で言った。「お茶やお茶の作法について、できるかぎりたくさん知りたいの。そうすれば、新規オープンするわたしのすてきなB&Bでお客さま全員にアフタヌーン・ティーをふるまえるでしょ」

「たしかに」セオドシアはトーニーに言った。「すぐにお茶をお持ちしますね」

カウンターに戻ると、ドレイトンがセオドシアに顔を近づけてきた。

「きみの友だちのトーニーは、接客係がお客にお茶を出すときのコツのようなものを習いたいのだろう。すべて自分でやるタイプの経営者とは思えないからね」

「さあ、それはどうかしら」セオドシアは言った。もっとも、もしもトーニーが夫を殺した犯人だとわかれば、州都のコロンビア市にある女子矯正センターで懲役二十年以上をお勤めすることになり、そこではティーバッグ一個ですら贅沢品になる。

セオドシアとミス・ディンプルはそれぞれお茶のポットを持った。セオドシアがブラウン・ベティ型のティーポットをブルックリンとトーニーがすわるテーブルにそっと置くと、トーニーの手が腕に触れた。

「明日の夫の告別式に、あなたにもいらしていただきたいの」

ブルックリンの眉がくいっとあがった。「ご遺体が戻ってきたの?」

「けさがたね」トーニーは言った。「とにかく、告別式は短いながらもすてきなものになるわ。ドナルドが喜んでくれるようなものにする。火葬には親族だけが立ち会い、その後、友人や仕事仲間にマグノリア墓地に集まってもらって、墓前で祈りを捧げるの。そこに小さいながらも一族の区画があるものだから」

「すばらしいわ」セオドシアは言った。

ブルックリンはうなずいた。「格式のある墓地だものね」

トーニーはせつなそうにほほえみながら、もう一度セオドシアの腕をそっとつかんだ。「あなたともうもういいお友だちになれた気がしているの。だから、明日来てもらえるとうれしいわ。ブルックリン、あなたもいらしてくださる?」

ブルックリンはうなずき、セオドシアは「ぜひとも」と答えた。トーニーは容疑者リストに入っているとは言え、気の毒にも夫をなくしたばかりなのだ。それに、キングズリー夫妻が互いにどんな不満を抱えていたにせよ、それでもふたりは夫婦だった。となれば、参列してトーニーを支えるべきだ。運がよければ、いくらか嗅ぎまわることもできる。犯人が追悼の場に現われるかもしれないのだから。


ヘイリーはやきもきした顔でビロードのカーテンからティールームをのぞいた。「もう始められる?」と口だけ動かして訊いてきた。

セオドシアはおおげさにうなずいた。ドレイトンとふたり、昼食会をスタートさせるとしよう。デレインはまだ来ていない。ふたり分の席を確保して、前払いしてあるというのに。けれども、もうあと一秒でも開始を遅らせるわけにはいかない。ことわざにもあるではないか。カニのキッシュは人を待たず。

セオドシアはティールームの中央に進み出ると、にっこりとほほえみ、小さなベルを鳴らした。がやがやとしたおしゃべりが即座にやんだ。

「みなさま、当店初のナンシー・ドルーのお茶会にようこそ」

セオドシアの言葉に、ぱらぱらと拍手が起こり、おかしそうな含み笑いがあちこちから洩れた。

「みんなが愛する少女探偵を祝して、きょうはすばらしいランチメニューを提供いたします。まずはたっぷりのクロテッド・クリームを塗ったベスのジンジャー・スコーン。メインはハンナ・グルーエンのカニのキッシュにミックスグリーンサラダを添えて。デザートにはジョージの大好物、チョコレートのケーキポップにリンゴのタルトを用意しています」

「ブラボー！」元気いっぱいの声が響いた。始まるのが待ちきれないお客がいるようだ。

セオドシアは指を一本立てた。「それにもちろん、お茶のご用意もございます」彼女はドレイトンにほほえみかけた。「ドレイトン？」

彼はティールームの中央に進み出た。

「いまお飲みいただいているお茶はプラム・デラックス製茶という会社のリーディング・ヌック・ティーです。中国産の紅茶にバラのつぼみ、ラベンダー、カモミールをブレンドしたもので、きょうのスコーンにぴったりのお味です。カニのキッシュのときにはハーニー&サンズの中国産の白毫銀針茶（はくごうぎんしん）をお出しします。デザートにはカルダモンのお茶と、わたしがブレンドしましたブラック・ベルベットというお茶をお召しあがりいただきます」

「きょうは霊媒師のマダム・ポポロフにもおいで願っています」セオドシアの番だ。「カードや水晶玉で未来を占ってほしい方は、マダムのテーブルに足を運んでひと声おかけくださいね」

「コンテストの話もしないと」とドレイトン。

セオドシアは話をつづけた。「みなさまのテーブルにナンシー・ドルーの本に深く関係しているいろいろな手がかりを置いてあります」

全員がテーブルの上をたんねんに調べるなか、ひとりが昂奮して息をのんだ。つづいてひとりが言った。「ねじりキャンドルだわ」べつの女性がライラックをいけた鉢に気づいた。「わあぁ、ライラック！『ライラック・ホテルの怪事件』ね」三人めの女性が言った。「わたしのテーブルには古い革の日記がある。これは『日記の手がかり』のヒントかしら」

「みなさんに鉛筆と紙をお配りします」セオドシアは言った。「手がかりと本のタイトルを書いてください」

「地図！　わたしのところには地図が置いてある！」べつのお客が甲高い声をあげた。

「きっと『消えた地図の行くえ』だわ」ブルックが言った。

ドレイトンがうなずいた。

「すばらしい。このぶんだと、全員がAをとって、一等賞になりそうだ」

セオドシアとミス・ディンプルがカニのキッシュを配っていると、デレインが正面入り口から飛びこんできた。目を血走らせ、トッド・スローソンを引きずるようにして連れてきている。

「ごめんなさい、大遅刻しちゃった！」デレインはお茶会を中断させ、遅れて到着したことを全員に知らせるため、大声を出した。

セオドシアはティーポットを持ったまま振り返った。

「そんなこと気に……」

口にできたのはそこまでだった。

トッド・スローソンの姿を見たとたん、トーニー・キングズリーがいきおいよく立ちあがり、そのせいで椅子がうしろに傾いて、床に叩きつけられた。それからトーニーは血のように赤いマニキュアを塗った人差し指を振りたて、足罠（あしわな）にかかった泣き妖精（バンシー）のように叫んだ。あまりに甲高い声でわめくものだから、なにを言っているのか理解するのはむずかしかった。

「この、この人殺し！」トーニーはスローソンに向かってきんきんした声を張りあげた。「あなたの仕業なんでしょ。あんな旗のために人を殺すなんて！」

ティーショップ内がしんと静まり返った。誰もが食べるのをやめ、ピンが落ちる音さえ聞こえるくらい静かになった。スローソンの顔がバレンタインレッドに変わった。デレインが首を絞められたような声を出した。

次の瞬間、トーニーは第二幕に突入した。テーブルからシルバーのバターナイフを取ると、それを頭上高くかかげた。それから、殺意に満ちた顔で、トッド・スローソンにまっすぐ向かっていった！

父の日のお茶会

お父さんだってティータイムを楽しんでくれますよ。好みの食べ物を並べてあげさえすれば。ですから、ひと品めはブルーベリーかリンゴのスコーンで決まりです。メインディッシュにはローストビーフとチェダーチーズをはさんだサンドイッチ、ハムとブラックカラント・ジャムを添えたバターミルクのビスケットあるいはターキーとクランベリーのスライダーがお勧め。お茶はオレンジ・ペコを用意して、ブラウニーとジンジャー・クッキーで締めくくります。

15

「だめ、やめて！」

セオドシアは叫ぶと、ドレイトンとふたり、打ち上げ花火のように飛び出した。トーニーめがけて猛然とダッシュし、バターナイフを持った彼女の腕をやみくもに叩き、立ちすくんで動けないトッド・スローソンの目を突き刺そうとするのをとめようとした。

「だめだ。そんなことをしてはいかん！」ドレイトンはトーニーに向かって叫ぶと、彼女の手をつかみ、腕をわきにおろさせた。

「ナイフを捨てなさい！」セオドシアは命じた。

「あの男は人殺しよ！」トーニーはわめき、まだ、スローソンを刺すつもりで腕をばたつかせた。

「あなた、どうかしてるんじゃない？」デレインがトーニーに向かってわめいた。それからすばやくパンチを繰り出そうとした。「あたしのかわいいトッディになにするのよ？」

そこへミス・ディンプルも騒ぎにくわわろうと飛び出してきた。「警察を呼びましょうか？」と震える声で訊いた。

「いや」ドレイトンが息も絶え絶えに言った。「わたしのほうでなんとか……」彼はまだトーニーと格闘中で、彼女の右腕の自由を奪おうと必死だった。「セオ、彼女をうしろから……」

セオドシアはトーニーの腰に腕をまわし、ニシキヘビのような力でぎゅっと締めつけた。トーニーは空気を求めてあえぎ、少し前かがみになった。おぼつかない動きで身をよじりながらも、ナイフを強く握りなおし、スローソンの顔に向けた。

すったもんだの末、ドレイトンが目にもとまらぬ速さでトーニーの腕をぐいと引っ張り、彼女の手からバターナイフをもぎ取った。「奪い返した」彼はぜいぜいあえぎながらも勝ち誇った声をあげ、バターナイフを高々とかかげた。

「その顔から安物のつけまつげをひっぺがしてやるから、覚悟しなさいよ！」デレインがトーニーに向かってきんきんした声でわめいた。「よくもあたしの大事なトッディに襲いかかってくれたわね」デレインはその気になれば、廃品置き場をうろつく犬のように狡猾で向こう気が強くなれる。

「デレイン、やめて」セオドシアはヒートアップした店内を落ち着かせようと、声を小さくした。

だが、効果はなかった。全員がまだ怒りにわれを忘れていた。デレインは脅しの言葉を繰り返し、トーニーの口を平手打ちしかねないいきおいだ。トーニーはトーニーであいかわらず両耳から湯気を出しながらわめいている。その他のお客は異様な光景にすっかり言葉を失っていた。まるで史上最悪の列車事故でも起こったみたいだ。

「あの男が夫を殺した犯人よ」トーニーは大声で訴えた。いまや盛大に泣きじゃくり、身もだえしながら、あいかわらずスローソンの頭に襲いかかろうともがいている。

「そんなこと言うものじゃないわ。まだなにもわかっていないんだから」セオドシアはトーニーと、困惑して腰が引けているトッド・スローソンのあいだに割って入ろうとした。

「だけど、誰かが犯人なのよ」トーニーは叫ぶと、これが最後とばかりにパンチを繰り出そうとした。こぶしがまたもや空を切ると、肩をがっくり落とし、両腕をわきにおろした。電池が切れたみたいに、目がどんよりくもった。ハイヒールを履いた足がもつれ、大量のコートがかかったコートラックのほうにゆっくりと倒れはじめた。

セオドシアは体を斜めにしてコートラックが倒れるのをふせぎ、ドレイトンはトーニーを支え、肩を持って立たせてやると、独楽(こま)のように振り向かせた。

「落ち着きたまえ」ドレイトンは言った。

トーニーは頭をがっくりと垂れ、とめどなく流れる涙をぬぐおうともしない。

「あなたになんかわかりっこない。わたしがどんな気持ちか……」

「またトッディに襲いかかる前に、その頭のおかしな女をここから追い出してよ」デレインが金切り声をあげた。「さもないと、あたしがその女の頭をトマトペーストみたいにぐちゃぐちゃにしてやる」

セオドシアは激しく泣きじゃくるトーニーの腕をつかむと、呆然と見ているお客の前を引きずっていった。自分のオフィスに引っ張りこんでドアを閉め、デスクの向かいの椅子にすわらせた。「すわって。おとなしくなさい」アール・グレイになにか言うときのように命令した。

トーニーは従った。

セオドシアは深々とため息をつき、トーニーにティッシュの箱を差し出した。トーニーは数分ほどすすり泣いていたが、やがてティッシュを何枚か取った。目もとをぬぐい、洟をかむ。それから、アイメイクを上から軽く押さえた。メイクがひどくにじんで、顔の両側に黒っぽい筋が二本、くっきりついている。悲しげなフランスのピエロそっくりだわ、とセオドシアは思った。

「トーニー」すすり泣きがようやくおさまると、セオドシアは切り出した。「なぜトッド・スローソンがご主人を殺したと思うの?」

トーニーは赤く泣き腫らした目でいぶかしそうにセオドシアを見つめた。

「スローソンがあの旗の購入に異常なほど熱心だったからに決まってるじゃないの。なりふりかまわないという感じで、購入を希望してるほかの誰よりも手に入れようと必死だったのよ」トーニーの片方のつけまつげがはずれて、小さな蜘蛛がぴょんぴょん跳ねるように上下した。

セオドシアはトーニーの答えをしばらくじっくり考えたのち、口をひらいた。

「ちょっと待って。ほかの購入希望者が誰か、あなたは知っているの? ご主人から聞かされていたの？」

「ええ。まあ、なんとなくだけど」

セオドシアはまだ半信半疑で片方の眉をあげた。「なんとなく？」

「ドナルドとは口もきかないというわけじゃなかったもの」トーニーはしぶしぶといった声で言った。「よりを戻す気もなかったけれど。だって、深刻な問題を抱えていたから。それにお金の問題もあったし。でも、お互いの目をえぐり出したくなるほど憎んでいたわけじゃないわ」

「それで、その人たちは誰なの？　購入希望者というのは？」

トーニーは甲高い悲鳴としゃっくりを何度かしながら、言葉を絞り出した。

「トッド・スローソン、アール・ブリット、それとブルックリン・ヴァンスがおもな顔ぶれ。でも、ほかにもふたりほどいたみたい」

「それが誰かわかる？」

「さあ」トーニーはティッシュで洟を盛大にかんだ。

「でも、スローソンさんがご主人に危害をくわえるほど思いつめていたのはたしかなのね？」

「そう思う」

「それではたしかとは言えないわ」

「なにを言わせようというの？」

「正直に話してほしいだけよ」セオドシアはそこで少し間を置いた。「トッド・スローソンさんがドローンを熱気球に突っこませた犯人だと、本気で信じているの？」

「そうじゃないかと思ってるわ、ええ」

「でも、ブルックリン・ヴァンスについてはなんの疑いも抱いてないのね？」

トーニーは首を横に振った。「ブルックリンのはずがないもの。やさしくてとっても誠実な人よ」

セオドシアはそれについては全面的に賛成できなかったが、とりあえずは聞き流した。

「アール・ブリットさんは？」セオドシアは訊いた。

トーニーは片手をあげて、シーソーのように動かした。「ありうるかも。よく知らないけど、不愉快な人なのはたしかね。それにぶしつけだし。反社会的な性格だわ」

「そう。じゃあ、それ以外の人について訊くわ。ハロルド・アフォルターがご主人を殺した可能性はあると思う？」

「さあ、どうかしら。だって、一度も会ったことがないもの。でも、〈シンクソフト〉を内部告発していたと警察に聞いたわ。主力製品の発売を遅らせようとした張本人だって。だから……そうね……その人が恨みを抱いていたとしても不思議はないかも」

そんなことはない。わたしはそう信じてる。

「ティールームに戻って最後までランチを食べる元気は出た？」セオドシアは訊いた。

トーニーは肩をすくめた。「たぶん」

「おとなしくしていると約束できる？　ナイフを振りまわしたり、鈍器で人を襲ったりしないでね。ティーカップを割るのもなし」
「約束する」
セオドシアは元気づけるようにほほえんだ。「だったら戻りましょう」

セオドシアはトーニーをもとの席に案内し、あたらしくお茶を注ぎ直し、彼女の分のキッシュを持ってきた。ブルックリンが思いやるような表情でテーブルごしに手をのばし、トーニーの手をやさしく叩いた。女性の心の機微に敏感なのだろう。

デレインとトッド・スローソンはトーニーから充分離れた奥にすわっていた。双方とも声をかけることも、目顔であいさつすることもなかった。政治学者が言うところの不可侵条約を結んだかのようだった。仲良くするつもりはないが、だからと言って、傷つけ合うつもりもない。少なくともいまこの場では。

ありがたいことに、トーニーとスローソンの一件で昼食会の雰囲気がぶち壊しになることはなかった。お客が上機嫌でおしゃべりに興じるなか、セオドシアとミス・ディンプルはお皿をさげ、デザート用のお茶を注ぎ、ボリュームたっぷりのデザートを配った。デザートは大好評を博した。

しばらくするとお客たちは店内をまわりはじめ、熱に浮かされたようにマダム・ポポロフに運勢を見てもらった。セオドシアはドレイトンのオリジナルブレンドであるブラック・ベルベット・ティーのサンプルをお詫びの印として配った。

ナンシー・ドルー・コンテストで優勝した二名の名前が読みあげられると、熱烈な拍手が起こり、副賞にはナンシー・ドルーのヴィンテージ本、ティーポット、お茶が贈られた。

デレインとトッド・スローソンはほかのお客がお茶を味わい、マダム・ポポロフのテーブルを訪れ、ギフトコーナーで買い物を楽しんでいるあいだに、こっそり出ていった。喧嘩の話を持ち出す人はいなかった。

トーニー・キングズリーがようやく帰っていき、数人ほどが残るだけになると、ドレイトンが長々と息を吐いた。「やれやれ、さんざんだったな」

「あんなのは見たことないわ」いつもはまっとうで心地いいオアシスのようなティーショップに暴力が持ちこまれたショックで、セオドシアはまだ頭がぼうっとしていた。もう二度と、あんなことは起こってほしくない。

マダム・ポポロフも動揺を隠しきれていなかった。

「あんな騒ぎになるとは、まったく予見できませんでした。わかってもよさそうなものですのに」彼女は唇をとがらせ、悲しげな声で言った。「世間という組織における動揺やひびに気づかなくてはいけない立場ですのに」

「嵐のようなものだからしかたない」ドレイトンは言った。「すべてをくるわせてしまう嵐だったのだよ」

「そうですね」彼女はうなずいた。

「お茶とチョコレート・ケーキポップのおかわりをお持ちしましょうか？」彼はマダム・ポ

ポロフに尋ねた。「どちらもまだたっぷりありますので」

マダム・ポポロフはほほえんだ。「ありがたいですわ」

ドレイトンが小さなポットにお茶を淹れていると、ヘイリーがこそこそとカウンターに近づいた。ドレイトンは横目で彼女を見た。人の心を読む力など微塵もないセオドシアも、ヘイリーの顔に浮かんだ好奇の表情を見たとたん、なにをたくらんでいるのか正確にわかった。

「どうかしたの？」セオドシアはヘイリーに訊いた。

「うん……まあ。そろそろ、マダム・ポポロフに殺人事件のことを訊いてみてもいいんじゃないかなと思って。三人が亡くなったあの事件のことを」

「それはまずいのではないかな」ドレイトンは即座に返した。

「どうして？」

「つまりだね……」ドレイトンは適切な答えをひねり出そうとしたものの、なにひとつ出てこなかった。

ヘイリーはセオドシアに向き直った。「セオはどう思う？」

セオドシアはヘイリーの質問にどう答えようか思案した。

「そうねえ……べつにいいんじゃない？」

ドレイトンは片方の眉をくいっとあげた。「どうやら妥協点を見出したようだな」

そこで、セオドシア、ドレイトン、ヘイリーの三人はミス・ディンプルの期待に満ちたまなざしを受けながら、マダム・ポポロフ相手に熱気球墜落事件、行方のわからない旗、すべての関係者についてクリフスノーツよろしくおおざっぱに説明した。

話を聞くうち、マダム・ポポロフの眉間のしわがしだいに深くなった。

「つまり、あなた方は切羽詰まった状況に追いこまれた人物を探しているわけですね」彼女はしばらくしてから言った。

「そうなんです」ヘイリーは言った。「血も涙もない冷酷な人殺しを探してるんです」

「さきほどの騒ぎをごらんになったでしょう」とドレイトン。「被害者の妻が骨董商に襲いかかるところを」

「目指す相手にナイフを突きつけて」セオドシアもつけ足す。

「どう思いますか？」ヘイリーは訊いた。

マダム・ポポロフは両手を水晶玉にかざした。「犯人は近くにいると見ていいでしょう」

「それだけ？」ヘイリーが言った。「その水晶玉の上で手をちょっとひらひらさせてわかったのがそれだけ？」

ミス・ディンプルが身を乗り出した。「タロットカードは読まないんですか？」

マダム・ポポロフは首を左右に振った。「みなさん全員にアドバイスするとすれば、とにかくできるだけ用心することです」

「殺人犯が近くにいるからですね」セオドシアは言った。

「ひじょうに近くです」マダム・ポポロフが強調する。

「それはたしかなのかね？」ドレイトンは訊いた。スピリチュアルなものを信じない彼だが、マダム・ポポロフの一語一語に聞き入っていた。

マダム・ポポロフは小さく体を震わせた。「霊の存在をはっきり感じます！」

16

皿をさげ、燭台を片づけるあいだ、セオドシアの頭のなかをさまざまな考えが駆けめぐっていた。トッド・スローソンを非難したトーニーの言葉は本当なの？スローソンがドローンによる攻撃を巧妙に実行したの？　そのあとネイビー・ジャック・フラッグを自分の手で盗み出したわけ？

それとも、実はトーニーが殺人事件と旗の窃盗事件の犯人で、きょうの騒動は盛大に煙幕を張っただけ？　ドン・キングズリーのお金、生命保険金、自社株購入権だけでなく、〈シンクソフト〉の利益分配もたっぷり受けられるよう、いくばくかの同情を買おうとしたとか？

一方、もしもトッド・スローソンが犯人ならば、デレインは人殺しとつき合っていることになるの？　おそらくそうだろう。なのに彼の本当の姿を知らず、すてきな人だと思いこんでいる。理想の結婚相手だと。

それからアール・ブリットはどうなのだろう。彼もオークションで旗を競り落とそうとしていたひとりだ。それに、無礼で粗野で、俗に言う、陶器店に迷いこんだ雄牛そのもの。し

かも彼は卑劣なだけではなく、ブルックリン・ヴァンスとひどく反目し合っている。昨夜のティーカップの生け花コンテストでそれを盛大に露呈した。

　ブリット。

　名前まで危険な響きを帯びている。口にするだけで、かみ切れない筋を吐き出すような感じがする。

　セオドシアは皿でいっぱいのプラスチックの桶をおろし、電話に手をのばした。ティドウェル刑事につないでもらうまで、五分間、辛抱強く待たなくてはならなかった。ようやく、目指す相手が電話に出た。

「なんですかな？　今度はいったいなんの用です？」ティドウェル刑事の声はぶっきらぼうだった。忙しいのだろう。

「いままでにアール・ブリットについてわかったことを知りたいの」セオドシアは言った。

「誰ですと？」

「誰のことかわかってるくせに。アール・ブリットについてなにかつかんでいるの？」

「つかんでいたとしても、そのような重要な情報を、なぜあなたに話さなくてはならないのです？」

「わたしがこの事件に常に関心を抱いているからよ」

「そんなことはないでしょう」

「そんなこと、あるに決まってるじゃない。いいこと、あなたはあの場にいなかったのよ。

熱気球が突然爆発して炎に包まれ、地面に叩きつけられるのを目撃したわけじゃない。被害者の悲鳴を聞いたわけじゃない」

ティドウェル刑事はしばらく黙りこんだ。

「もしもし、聞こえてる？」セオドシアは訊いた。

「聞こえておりますし、あなたがこの件に首を突っこんでいることをこころよく思っておりません」

「悪かったわ」

「悪いとは思っていないでしょうに。この状況がどれほど絶望的か、まったくわかっていない」

「あら、今度はわたしを心配してくれるの？」

「事件の関係者全員を気にかけております」

「アール・ブリットさんの話に戻りましょう。彼は危険人物だと思う？」

「ええ、思います」ティドウェル刑事は認めた。

「頭がおかしくて、反社会的な性格だという意味で危険ってこと？」

「頭がおかしい、の定義はなんですかな？」

「ブリットさんが犯人の可能性はあると思う？」

「可能性はあります。しかしながら、証拠はひとつもありません」

証拠。けっきょくそれがネックなんだわ。どうすれば証拠を見つけられるのかしら？

セオドシアの頭のなかを読んだのか、ティドウェル刑事が言った。

「お願いですから、自分で調べようとしてばかなまねをするのはやめてください。ミスタ・ブリットには絶対にかまわないように」

「ありがとう。いまの助言をよく検討してみる」セオドシアは電話を切り、入り口近くのカウンターに向かうと、最後のティーポットの水気を払っていたドレイトンに声をかけた。「行くわよ。コートを取ってきて。行ってはいけないと警告されている場所に乗りこむわ」

「なにをするつもりだね？」

「とある人物を調べなきゃいけないの。だから、ちょっと探りを入れてみようと思って」

ドレイトンの口の両端がくいっとあがった。「いったい誰に探りを入れるのだね？」

「アール・ブリット」

アール・ブリットの店、ブリット骨董店があるキング・ストリートは、派手で人通りの多いショッピング街で、画廊、レストラン、それに骨董店が何十軒とひしめいている。ブリットの店は、小粋な白いよろい戸のついた伝統的な赤煉瓦のビルに入っていた。古風な商業書体を模した金色の文字がアーチ形に並び、〝ブリット骨董店　高価買取いたします〟と書いてある。

「駐車スペースがあるぞ」ドレイトンがうれしそうな声をあげたのは、この界隈で車をとめる場所を見つけるのは容易ではないからだ。

セオドシアはブリットの店の前にとまっている黒いポルシェ・カレラのすぐうしろにジープを滑りこませた。ポルシェはつやつやしていて、捕食動物のように危険なにおいをただよわせていた。

「ずいぶんと奇抜なスタイルの車だな」ドレイトンはジープを降りて歩道に立つと言った。「ブリットの車だろうか」

「ナンバープレートを見てみましょう」セオドシアは言った。青とピーチ色の地にパルメットヤシの木が描かれたサウス・カロライナ州のプレートに〝BULLITT〟とあった。

「なるほど、自分仕様のナンバープレートか」ドレイトンの声には感情のかけらもこもっていなかった。

「こんなプレートをつけてたら、町のどこを走っても目立っちゃうのにね」セオドシアは言った。その昔、彼女も〝TEA　LADY〟というナンバープレートをつけようかと考えたことがある、けれども、ビル・グラスに〝ティー・レディ〟と呼ばれるようになって、即座にその考えを却下した。それに、行く先々で自分の名を触れまわる必要はないという結論に達したからでもある。アール・ブリットには理解できないだろうけど。

セオドシアとドレイトンが骨董店の入り口をくぐったとき、アール・ブリットは電話中だった。シルバーのスープ鍋、カットガラスの薬味入れセット、真鍮の置き時計、ウェッジウッドの花瓶といった趣味のいい品揃えを見ながら進んでいくと、ブリットが奥のオフィスにいるのが見えた。デスクに着いて、受話器を耳に強く押しつけ、愛想のいい声でしゃべっている。声の響きからして、お客かお客になりそうな相手に売り込みをかけているのだろう。

「ええ、ええ、もちろん手に入れられますよ」ブリットは言った。「ご心配にはおよびません。必ずやご期待に沿えますので」彼は店のほうに目をやり、セオドシアとドレイトンがぶらぶら見てまわっているのに気がついた。彼は声を押し殺した。「ドルーズの絵を覚えておいでで？　なんとか手に入りました」

セオドシアはドレイトンに目をやり、眉をあげた。このブリットという人はそうとうな策士だ。

「ミスタ・ブリットは魅力ある取引相手のようだな」ドレイトンはおどけた声で応じた。

「トッド・スローソンさんがはじめてうちの店に飛びこんできたときのことを覚えてる？　ブリットのことを悪党って言ってたわ」

「そうかもしれんが、この店には一流の品が揃っている。このオルゴールを見たまえ。スイスのジュネーヴにあるブレモンの製品で、最高級品のひとつだ」ドレイトンは光沢のあるオルゴールを手に取ると、ねじをまいて、ふたをあけた。軽やかな金属音が流れ出た。「ほら、マンドリンの音色を再現しているだろう？」

「すてきなアンティークのアクセサリーもあるわ」ビルマのルビーの指輪、ヴェルドゥーラのカフス、美しい南海真珠のネックレスの値札には思わず息をのんだ。十二万八千ドル？　うわあ。

数分後、アール・ブリットが意地の悪そうな笑みを顔に貼りつかせ、オフィスから出てきた。

「おや、おや、また会ったね、ミス・ブラウニング。昨夜のわたしの投票になにか不満でも？」

「おおむね、納得のいくものだったと思ってます」

「けっこう」ブリットはセオドシアの答えに満足のようだった。「わたしもだ。それで……」

ドレイトンが手を差し出した。「わたしは――」

「あなたのことは存じあげている」ブリットは言った。「彼女の店の人だろう」緊張が解けたらしく、彼は背をそらした。

「どういったご用件かな？　なにをお探しで？」

「昔からアンティークの茶器に興味がありましてね」

ブリットはドレイトンに目をこらした。「ほう？　ひじょうに状態のいいヴィクトリアン様式のバチェラー・ティーポットがあるが」彼はガラスケースに手を入れ、ポットを出した。

「素材はスターリングシルバーで一八六五年頃につくられたものだ。見てのとおり、ポットの側面にはキツネ狩りの風景が打ち出されているし、蝶番（ちょうつがい）のついたふたにはキツネの頭を模した装飾がついている」

「すばらしい」ドレイトンは言った。「このようなものは見たことがないな。値段をうかがっても？」

「二千ドルの値をつけている。しかし、いくらか値引きの余地もある。そのあたりは交渉次第ということで」

「骨董商ならこちらがいいと強く勧められたんです」セオドシアは頭ごなしではなく下手に出る作戦でいくことにした。

「本当に？　勧めた人物は誰だろう？」

「トッド・スローソンさん」セオドシアは、ブリットがどんな反応を見せるか気になったのだ。

期待は裏切られなかった。

アール・ブリットは口をゆがめ、高笑いせんばかりだった。

「あの悪党が？　聞いた話では、警察があのすかした野郎をじわじわ追いつめているそうじゃないか。例の熱気球の爆発にあの男が関与してると見られているらしいな。それに、ネイビー・ジャック・フラッグを盗んだとも」

セオドシアは下手に出るのをやめた。

「あなたも入札を希望しているひとりだそうですね」

「どこでそんなことを聞いた？」ブリットは不機嫌な声を出した。

ドレイトンが胸の前で腕を組んだ。「街じゅうの噂になっているも同然だがね」

「でも、おもな情報源はトーニー・キングズリーさんです」セオドシアは言った。

「ふん、あれは悪賢い女だ。ドンのことをおおっぴらに忌み嫌い、離婚が成立するときが待ち遠しいなどと言っていたくせに。亭主が死んで埋葬されたら……いや、彼はもう埋葬されたんだったかな?」

「明日です」セオドシアは言った。

「とにかく」ブリットは話をつづけた。「一セント残らず相続する立場になったとたん、悲しみに暮れる未亡人役を演じ始めた」彼は満面の笑みを浮かべたが、そこには温かみのかけらもなかった。「まったくたいしたもんだ」

「もしかしたらトーニーが旗を盗んだ犯人かもしれませんね」セオドシアは言った。

「あの女が犯人なら、じきに捕まるだろうよ」ブリットは言った。「あんなご大層なもの、売るのも隠し持っているのもむずかしいからな」

「裕福なコレクターと取引があったらどうかしら?」セオドシアは訊いた。「なによりもプライバシーを重要視するような人と」

「そういう人間はけっこう多いのではないかな」

ブリットは興味なさそうに肩をすくめた。「かもな」とドレイトン。

「あなたもあの旗を競り落とそうとしていたんですよね」セオドシアは言った。「こんなおかしな偶然について、なにか考えがあるんじゃないですか」

「つまり、熱気球を墜落させて旗を盗んだ犯人を知ってるかと訊いているのか?」

「同一人物による犯行ではないかもしれない」セオドシアは言った。「犯人Aがドン・キングズリーとふたりの同乗者を殺害し、それとはまったく無関係の犯人Bが旗を盗んだとか」

「ずいぶんとおもしろい仮説だな」

「でも、どんなことがあったのか、推理するつもりはないの？」

ブリットはかぶりを振った。「わたしはやめておく。刑事じゃないんでね」

「そうですか」セオドシアは行き詰まったのを感じた。次になにを訊くべきか、さっぱり頭に浮かんでこない。

「こちらではアーリーアメリカンの絵画を扱っているかね？」

幸いにもドレイトンが横から助け舟を出してくれた。

ブリットは首をかしげた。「たとえばどんな？」

「ウィリアム・ラニーかマーティン・ジョンソン・ヒードのいい絵がないか、いつも目を光らせているものでね」

「これは洗練された趣味をお持ちのようだ」ブリットはこれまでよりもいくらか興味をそそられたような目を向けた。

「いや、できるだけ安い価格だとありがたい」

「油彩画は数点あるが、そちらが興味を持たれるほど価値のあるものは一枚もなくてね」

「それでも見せていただけないかしら」セオドシアは頼んだ。すてきなチッペンデール風ハイボーイ型チェストの隣に〝関係者以外立入禁止〟と書かれたドアがあり、あのなかになにがあるのか気になってしかたがなかった。「絵を置いているのは……このドアはなにかしら？」そう言うと、すぐにでもあけられるよう、〝関係者以外立入禁止〟のドアに近づいた。

「別館につづいているの？」

「うちの店にある絵はすべて壁にかけてあるし、その部屋はいまのところ倉庫として使っているだけだ」

「アーリーアメリカンの作品を保管する倉庫かね?」ドレイトンが訊いた。「おもしろそうだ」

「興味を持たれるほどのものはなにもない」ブリットはあわてて言った。彼はドアに数歩歩み寄り、ドアをふさぐように立った。

「どうしてもなかを見せてもらえないんですか?」セオドシアは訊いた。

「どうしてもだ。鑑定して値をつけ、問題がないのを確認したら、そのときにでも」彼はわざとらしく腕時計に目をやった。「ほかに用がないなら、仕事に戻らせてもらうよ」


歩道に出るとセオドシアはドレイトンに言った。「あの部屋をわたしたちにはなにがなんでも見せたくないという感じだったわね」

「がらくたでいっぱいなのかもしれんよ。本人が言っているとおり」

「あるいは、盗品の山かも」

「たとえば、ネイビー・ジャック・フラッグとか?」

「たしかにそれは頭をよぎった」

「ブリットはそうとう悪賢い感じがするな。だが、わずか一日のあいだにドローンで攻撃をしかけ、大物を盗み出すほどの頭があるとは思えんのだよ」

「アール・ブリットという人は機を見るにさといだけかも」

「どういう意味だね？　アール・ブリットは熱気球の墜落の一報を聞いて、すぐさまドン・キングズリーの自宅に急行し、旗を盗み出したと言いたいのか？」

「実際、そうだったかもしれないじゃない」

「どうしたらそんな筋書きが可能になるのか、さっぱりわからんよ。だいたいにして、大事故があって、それにドン・キングズリーが巻きこまれたという知らせをアール・ブリットはどのようにして知ったのだね？」

セオドシアはブリットの車のすぐ隣に立っていた。身をかがめ、なかをのぞきこむ。

「車に警察無線を積んでいるとか？」

ドレイトンはなにか言おうと口をひらきかけたが、すぐに閉じた。

「ええ、わかってる」セオドシアは言った。「奇妙な偶然だし、突拍子もない話に聞こえるけど、そういう筋書きだった可能性はあるでしょ」

ドレイトンの顔から血の気が引いた。「たしかに。ありうる」

セオドシアのハンドバッグの底から軽やかなチャイムの音が響いた。

「ごめんなさい。この電話には出ないと。もう店を閉めていいか、ヘイリーが訊いてきたんだと思う」電話を出し、通話ボタンを押した。「もしもし？」

「セオドシア？」震える声が耳に届いた。

「アンジーなの？」アンジー・コングドンからだ。いったいなんの用かしら？

「いますぐ来てくれない？　〈フェザーベッド・ハウス〉に」アンジーの声は怯えたような

震え声からしだいにすすり泣きに変わった。

「アンジー、なにかあったの？」

「なにかどころじゃないの！」

17

　セオドシアとドレイトンが到着したとき、〈フェザーベッド・ハウス〉の前にパトカーが一台と古びたクラウン・ヴィクトリアがとまっていた。クラウン・ヴィクトリアの持ち主はティドウェル刑事だと、セオドシアはすぐにわかった。フォードはもうそのモデルを製造していないが、ティドウェル刑事はいまもその車を手放そうとしない。変化を受け入れたがらないのはドレイトンひとりではないらしい。

〈フェザーベッド・ハウス〉に長く勤めているテディ・ヴィッカーズがロビーでふたりを出迎えた。紺色のセーターにカーキ色のスラックスというこざっぱりした恰好で、黒い髪をうしろになでつけているが、不安そうな表情をしていた。目が不自然に光っているし、頬がまだらに赤くなっていた。

「彼女はどこ？」セオドシアは訊いた。

「アンジーのこと？　彼女があなたに電話したんですか？」テディ・ヴィッカーズは、セオドシアとドレイトンの姿にそうとう安堵した様子だった。

「アンジーから電話があって、急いで来てほしいと言われたの。なんだか取り乱しているような声だった」

「それはそうでしょう。刑事さんにあれこれ訊かれてるんだから。ハロルドもです」

「その刑事さんというのはティドウェル刑事かしら」

「そんな名前だったと思います。それと部下をふたり連れてきてます」

「いまはどこにいるのだね？」ドレイトンが訊いた。

「食堂です。おふたりがアンジーの力になってくれるなら、鬼に金棒ですよ」

「がんばってみよう」ドレイトンは言った。

ヴィッカーズは腕時計に目をやった。「可能かどうかわからないけど、食堂から隣の朝食ルームに移動するよう言ってもらえませんか。そろそろお客さん用にワインとチーズのセッティングをしなきゃならなくて。グラスからなにから、食堂にしまってあるんです」

「このロビーにセッティングするの？」

「そのつもりです」ヴィッカーズは答えた。

セオドシアは〈フェザーベッド・ハウス〉の気品あふれるロビーを見まわした。壁は淡黄色に塗ってあるが、シェラックだか光沢剤だかで仕上げてあるため、揺らめくキャンドルの炎を受けて光り輝いて見える。柿色のオリエンタル・カーペットが磨きあげた木の床を覆い、黄色い更紗（さらさ）を使ったウィングチェアとソファ二脚がのんびりくつろぎなさいと誘いかけてくる。アンジーのトレードマークであるガチョウもいたるところに置かれている。ふかふかしたソファにはガチョウをニードルポイント刺繡（ししゅう）した枕が置かれ、手彫りの木のガチョウが暖炉のマントルピースを飾り、ブロンズのガチョウのランプもあるし、磁器のガチョウの群れもいる。

セオドシアは食堂に通じるドアに手を置いた。「移動してもらえるか言ってみるわね」

ヴィッカーズはうなずいた。「助かります」

食堂に足を踏み入れると、B級映画から抜け出たような光景が目に入った。アンジーはハンカチを口に押しあてて忍び泣き、婚約者のハロルド・アフォルターは憤慨(ふんがい)した様子でわめきちらしている。ティドウェル刑事は最後の審判の日の裁き主であるかのような風情で、テーブルをはさんだ向かい側にすわっていた。その隣の若い男性はことの成り行きに興味津々の様子だ。さらにその隣に、制服警官がすわっていた。

セオドシアは咳払いをした。「お邪魔します」

ティドウェル刑事が顔をあげた。「ミス・ブラウニング」セオドシアを見ても驚いた様子はなかった。しかし、歓迎するような顔もしなかった。

セオドシアはティドウェル刑事の隣にすわる若い男性に注目し、「で、あなたはどなた?」と訊いた。

「わたしは――」若い男性は言いかけたが、ティドウェル刑事がすぐさまそれを制した。

「この男はアーチボルト・バンクスと言って、当署の鑑識の科学捜査官です」

「アーチーです」男性は言った。「アーチーと呼んでください」

「鑑識？」ドレイトンが言った。「ここで犯罪がおこなわれたのですか？」

「いま事情を聞いているところです」ティドウェル刑事はざらついた声で言った。「ずかずか入りこんでこられるのは迷惑ですな」

「ずかずか入りこんでなんかいないわ。アンジーに呼ばれたの」セオドシアはティドウェル刑事をまっすぐに見つめた。「ここに来たのは、ハロルドのドローンのことでいろいろ質問するためなんでしょう？」

「捜査は継続中ですのでね」ティドウェル刑事は言い返した。

セオドシアはアンジーに目を向けた。「弁護士には連絡した？」

アンジーは首を横に振った。「ううん、まだ」

「わたしのおじさんに電話しましょうか？」

アンジーが答えるより先に、ティドウェル刑事は言った。「法的助言が必要な状況とは思えませんな。逮捕するために来たのではありません。ミスタ・アフォルターのドローンを拝見するのが目的です」

「ハロルドのドローンを見るのが目的」セオドシアは繰り返した。

「さよう」

「だったら、どうして彼のドローンを調べようとしないの？」

ティドウェル刑事のぎょろりとした目の奥で、ほんの一瞬、怒りの炎が燃えあがったが、すぐにセオドシアに笑顔を向けた。しかし、そこにはあたたかみのかけらもなかった。

「墜落した熱気球のナイロンの破片を分析したところ、小さな金属片が――ほぼ焦げた状態でしたが――いくつかめりこんでおりました」

「ドローンの所在を突きとめられれば、その金属片と照合できます」アーチー・バンクスが言った。「ただそれだけでいいんです」声がうわずっていた。うれしくてたまらないのだろう。

「ちょっと待って。ドローンは墜落したと思ったけど」あのときドローンは、激しい爆発を避けるように急降下して飛び去った。だから、きりもみ降下したあとは、熱気球の墜落地点からそう遠くないところで、金属片の山になったとばかり思いこんでいた。すでに破片は警察が集めたはずだと。

「そううまくはいきませんでね」ティドウェル刑事は言った。「ドローンは想定外の動きをしたのです。爆発の現場から離脱し、無事に逃げおおせたようです」ティドウェル刑事はハロルドに視線を向けた。「もしかしたらまったく無事というわけではないかもしれませんが」

「じゃあ、確認したいだけなのね？」

「現在、われわれの捜査は、何十機というドローンを目で確認する段階にあります」

「これまでに何機確認したの？」

「全部で六機です。残念ながら……期待していたほど協力が得られませんでね」ティドウェル刑事は片手をあげ、口をすぼめた。どうしようもありません、と言うように。

「理不尽な要請ではないと思うわ」セオドシアはアンジーとハロルドに向かって言った。

「ティドウェル刑事にあなたのドローンを見せてあげればいいじゃない。そうすればお帰りになるんだから」

「あなたがそうしたほうがいいと言うのなら……」アンジーは言った。

「ドローンはどこにあるの？」セオドシアは訊いた。

「たしか、地下室にしまいこんであるはずだ」ハロルドは言った。「このすぐ下の」

一行はぞろぞろと食堂を出て、狭い廊下を進んだ。廊下は大きな厨房に通じていて、若いシェフがふたり、チーズ、果物、クラッカーの盛り合わせを準備していた。奥の壁にドアがふたつあった。ひとつは外のパティオに出るドアで、もうひとつが地下室に通じている。ハロルドが先頭に立って狭い木の階段をおりていった。「気をつけてください。段がぐらぐらしていて、歩きにくいんです」

アンジーがハロルドにつづき、セオドシアはティドウェル刑事のあとにつき、アーチー・バンクスとドレイトンがしんがりをつとめた。セオドシアの先をいくティドウェル刑事の息は少しあがっていたが、大柄なわりには足取りが軽やかなのは意外だった。まるでダンサーみたい、とセオドシアは思った。しかも、まだまだ、むずかしい動きができそうだ。

まず現われたのは倉庫だった。頭上に連なった電球が室内を明るく照らしている。オレンジが入った木箱、コーヒーやその他の缶詰が入った段ボール箱、予備の食堂用の椅子、おもてのパティオ・テーブルに使うパラソルの予備などが壁に寄せて積みあげてある。いかにも忙しいB&Bらしい倉庫だった。きっちり整理されているわけではないが、ごちゃごちゃしてなにがなんだかわからないというほどでもない。

ふたつめの部屋はワイン・セラーになっていた。少なく見ても三百本のワインが木のワインラックに置かれている。セオドシアはシャトー・マルゴーとシャトー・ラトゥールがあるのに気がついた。アンジーはかなりいい趣味をしているようだ。それに、おそらく、客の何人かも。

「大きなセラーですね」ぞろぞろと通り抜けながら、アーチー・バンクスが言った。セメントの床はでこぼこしていて、ところどころ埋めてある。そこらじゅうに蜘蛛の巣が張っていた。

ティドウェル刑事がくしゃみをした。「しかも、ひじょうに埃(ほこり)っぽい。本当にこの先に目的の場所があるのでしょうな。着実に近づきつつあると思いたいですな」

「すぐ先です」あいかわらず先頭をつとめているハロルドが言った。

一行は荒削りした石の壁に囲まれた部屋に足を踏み入れた。これまで見たふたつの部屋よりもひろかった。電球の色が黄色で、室内はそうとう暗いものの、それでも何十もの品が点在しているのがわかった。ローンチェア、太いタイヤの自転車が四台、木挽き台が二台、工具類、材木の山、芝刈り機、袋入りの肥料。散らかってはいたが、不要なものまでためこんでいるという感じはしない。

ハロルドが先陣を切って駆け出した。いきなり足をとめ、大きな厚紙の箱をのぞきこんだ。

全員が彼のまわりに集まって、箱をのぞきこんだ。そのなかにすばらしい神秘的な答えがおさめられているかのように。

ただし、箱はからだった。ドローンは入っていなかった。

ハロルドは頭の横を強くかいた。「あれ、ここにあったはずだけどな」彼は面食らった顔になった。「ここにあるはずなのに」

「あなたのドローンはロミュラン人が開発した遮蔽装置を利用しているのですかな？　わたしの目には見えませんが」ティドウェル刑事が言った。

「わたしにも見えないわ」セオドシアは不安がこみあげるのを感じた。やっぱりハロルドは熱気球の墜落に関与していたの？　ううん、そんなはずない。だけど……。

ハロルド・アフォルターは文字どおり、ぐるぐるまわりながら、ごちゃごちゃした所蔵品の山をかきわけた。「この部屋のどこかにあるはずなんだ！　いったいどこに行ったんだ？ドローンが勝手にいなくなるわけがないのに！」

アンジーの喉の奥から、驚いたウサギのような小さな音が洩れた。顔が怯えている。

「もしかしたら宿の改修工事のときに梱包して移動したのかもしれないな」ハロルドは言った。「ガレージのひとつに」その声には怯えと希望が入り交じっていた。「あるいは、職人の誰かががらくただと思ってリサイクルに出したのか」

「もう一度、探しましょう」セオドシアは言った。「みんなで手分けして、慎重に見ていくの」

　六人の捜索隊は地下全体をくまなく探した。ひと部屋ずつ移動し、古い家具のうしろを確認し、防水シートやカバーの下を探し、高いところにある棚を調べた。見つからなかった。

「信じられない」ハロルドの声は二オクターブも高くなり、まるでヒステリックに鳴きわめくアヒルのようだった。「跡形もなく消えてしまうなんて」

「たしかに全部調べたのよね？」セオドシアは訊いた。

「大きな建物ですから、くまなくとまでは言えませんな」ティドウェル刑事は言った。「しかし、捜索令状と何人か応援を呼べば、簡単に解決できるでしょう」

「だめよ、そんなの」アンジーが言った。「宿を調べまわるのだけはやめて。お客さまのことを考えてちょうだい」

　この宿はアンジーのたったひとつの生活の糧なのに、とセオドシアは思った。

　ティドウェル刑事はうしろに反り返った。「どうやら、ドローンはあなたの手もとにはないようですな」

　ハロルドは完全に頭が混乱していた。「うそじゃありません、ぼくは本当にドローンがどこに行ったのか知らないんです」

「本当にご存じない？」ティドウェル刑事は訊いた。

「ええ。ついでに言うと、そういう言い方は気に入りませんね」彼はぴしゃりと言い返した。

「この会話が向かっている先と言い換えてもいいですが」

「申しあげておきますが」ティドウェル刑事は警告するように言った。「これからもお話を聞かせていただくことになりますよ。行方不明のドローンを確保するまでは」

「ふだん、お客さまが厨房に入ることはどのくらいあるの？」セオドシアは訊いた。

「あんまりないわ」アンジーは困惑している。「朝食は食堂で、ワインとチーズはロビーで出しているから」

「それ以外の時間帯は？」

「うちはランチをやっていないけど、朝食ルームでは一日じゅう、クッキー、新鮮な果物、ミネラルウォーターを出してる。お客さまに適当につまんでいただけるように」

「朝食ルームは厨房の隣にあるのよね」セオドシアは言った。「つまり、厨房は完全には立入禁止になっていない。だとすると、第三者がこっそり入って地下に行くことはできる」

「ありえないことじゃないわね。でも……」彼女は言葉を切り、かぶりを振った。それ以上、言うべきことを思いつかなかった。


今度はドレイトンが先頭になって上にあがったが、セオドシアはティドウェル刑事にちょっと残ってと身振りでしめした。話したいことがあったのだ。

ほとんどにこりともせずに、ティドウェル刑事は地下に残った。「なんですかな？」彼はまたくしゃみが出そうになるのをがまんしようと、鼻をぴくぴく動かしながら訊いた。

「アメリカーナ・クラブのメンバーは調べた？　そのなかのひとりが……」

「調べてもなにも出てきませんよ。全員がまっとうでりっぱな市民ですから」

「それはたしか？」

ティドウェル刑事はため息をつくと、階段をのぼりはじめ、セオドシアに背中を向けたまま言った。「絶対にたしかです」

ティドウェル刑事、アーチー・バンクス、制服警官の三人が〈フェザーベッド・ハウス〉からいなくなると、アンジーはセオドシアをベランダに引っ張っていった。マグノリアの花の香りがあたりにたちこめ、雨がゴボゴボと音をたてながら樋を落ちていく。「セオ、あなたに話しておかなくてはいけないことがあるの」

セオドシアはうなずいた。

「みんながいるところで言いたくなくて。だって、ハロルドが肩身の狭い思いをするから。でも……」アンジーは唾をのみこみ、これ以上涙が落ちるのを食いとめようというのか、手で顔をあおいだ。

「あせらなくていいのよ」セオドシアは言った。

アンジーはうなずいた。「話しておきたいことというのは……ハロルドが失業してしまったの」

「そんなばかな」

「けさ、〈シンクソフト〉の人事部長から電話があってね。ハロルドはその場で解雇を言い渡されたみたい」

「そんなのおかしくない？　ちゃんと手順を踏んでいるのかしら」

「とにかく、向こうはそう伝えてきたの」アンジーは言った。「所属している部が規模を縮小することになったので、二週間分の解雇手当を支給すると言われたそうよ」

「なにか対抗手段はないの？」

「ハロルドはまだショックから抜けきれなくて、わたしもどうしていいかわからないの。わたしになにができるかもわからない」

「ねえ。ハロルドはアメリカーナ・クラブのことでなにか言ってなかった？」

アンジーはしばらく考えこんだ。「あるかも」

「あるかも？」

「去年、大がかりな改修工事をしたとき、ハロルドがそのクラブの会員のひとりから本を何冊か借りたような気がする」

「旗に関する本かしら」

「ううん、建築関係の本。ハロルドは建築の整合性をたもつことにこだわっていたから」

「でも、そのクラブの会員になったことはないのね？」

アンジーは首を横に振った。「ないわ。一度も。少なくとも、わたしの知るかぎりは」

セオドシアはドレイトンを自宅まで車で送る途中、神経質にハンドルを指でこつこつ叩いた。

「まだ気になっているのかね？」ドレイトンが訊いた。

「あなたは気にならないの？　ティドウェル刑事はいろいろ探りを入れてきているのよ。ハロルドは自分のドローンを熱気球に突っこませたりなんかしてないわ」

「だが、もし彼が犯人だったらどうする？」ドレイトンは穏やかで落ち着いた口調で言った。

セオドシアは呆気にとられるあまり、あやうく赤信号を無視しそうになった。「ドレイトン、冗談言わないで！」横目で彼を、助手席にすわる物静かな影をうかがった。

「きみはハロルドをどの程度知っているのだね？　本当にという意味だよ」ドレイトンは訊いた。「アンジーはどの程度ハロルドを知っているのだね？」

「そんなこと知らないわ」セオドシアはアクセルを踏む足を緩めた。時速二十五マイルの道で四十マイルも出していた。気をつけなくては。観光客をひいたりしたくない。「アンジーはハロルドと長いこと交際していたはずよ。たしか一年半くらいじゃない？」

「ハロルドは感情を内に秘めるタイプの男かもしれんぞ。怒りも悲しみもすべて。そしてある日突然、一気に沸点に達して、すべての感情をぶちまける。どーんとね」

「もう、気が滅入るようなことを言わないで」

「年寄りからの助言だよ。これ以上、暗澹（あんたん）とした気持ちになりたくなければ、明日のドン・キングズリーの葬儀には参列しないよう進言するね」

「いまさらあとには引けないわ。参列して力になるとトーニーに約束しちゃったもの。おまけに、あなたも連れていくと言っちゃったし」

「わたしもかね？」ドレイトンの声が裏返った。

「ドレイトン、ドローン襲撃と行方不明の旗の謎をなんとしてでも解明しなくてはいけないの」

「葬儀に参列することで？　殺人事件の捜査に首を突っこむことで？　そんなことが賢明だと思っているのかね？」

セオドシアは首を横に振った。「おそらく賢明とは言えないでしょうね。でも、だからと言ってそれであきらめたことがある？」

18

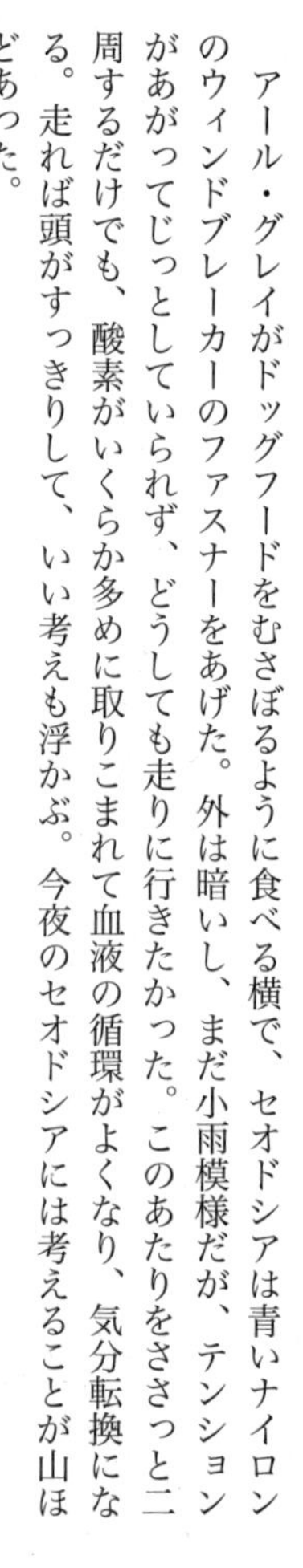

アール・グレイがドッグフードをむさぼるように食べる横で、セオドシアは青いナイロンのウィンドブレーカーのファスナーをあげた。外は暗いし、まだ小雨模様だが、テンションがあがってじっとしていられず、どうしても走りに行きたかった。このあたりをささっと二周するだけでも、酸素がいくらか多めに取りこまれて血液の循環がよくなり、気分転換になる。走れば頭がすっきりして、いい考えも浮かぶ。今夜のセオドシアには考えることが山ほどあった。

食べ終えたアール・グレイは水の皿に移動した。ぴちゃ、ぴちゃ、ぴちゃ。音をたてて貪欲に飲んでいたが、ふと鼻をあげた。水が床にしたたり落ちて、びしょびしょになった。

セオドシアは古いタオルをつかんで、愛犬の鼻をそっとぬぐった。「本当に一緒に行くの?」と尋ねる。

「ガルル」うん、の意味。

「わかった。でも、水たまりがあるからしぶきがかかるかもよ。足が濡れるのをいつもいやがるくせに」

アール・グレイは一歩も引かない顔をセオドシアに向けた。もう決めているのだ。なんとしても一緒に散歩に行くと。

「そう。でも、聞いてないなんて言わないでね」

セオドシアは懐中電灯を手にし、愛犬の首輪にリードをつけ、一緒に裏口に向かった。水を撥ねあげながら小さな金魚池の前を通りすぎ、雨で葉がだらりとしたパルメットヤシの下をくぐった。自宅コテージのわきを走り、正面にまわる板石敷きの細い道を進んだ。石は濡れて滑りやすく、なかには表面をやわらかな苔で覆われているところもあるので、一歩一歩慎重に歩いた。

セオドシアとアール・グレイが正面側の歩道に出て、小雨のなかを歩きはじめようとしたとたん、通りの反対側から人影がするすると近づいた。

いったい誰……？

「やあ！」ティーンエイジャーの少年が片手をあげ、元気いっぱいに振って呼びとめた。それから間の抜けた笑みを顔に貼りつけ、セオドシアたちに駆け寄った。すぐに誰だかわかった。近所の子ども、シェップ・オニールだ。もっとも、六フィート近くもの長身のシェップは、もう子どもとは呼べないかもしれない。

「こんばんは、シェップ。調子はどう？」

「ミズ・ブラウニング」シェップは人なつっこい声で言った。「元気にしてた？」いまどきのハイスクールの生徒らしく、黒いフード付きパーカ、ジーンズ、テニスシューズという恰好だ。着ているものが少し湿っていて、雨粒もついているようだ。

「わたしになにか用かしら？」シェップ・オニールは十六歳、長身で痩せ気味、大きな足にナイキの最新モデルのテニスシューズを履いている。いつも口をゆがめたように笑っていて、いまもその笑顔をこちらに向けていた。

「用があるのはそっちだよ、ミズ・ブラウニング」シェップは一歩さがって、セオドシアの家のほうをなんとなくしめした。「ほら、おたくの雨樋。ここんとこ、ずっと雨が降りっぱなしだからさ、どこのうちも雨樋の流れがえらく悪くなってんだ」

「そうでしょうね」

シェップはアール・グレイの前に手を差し出し、においを嗅がせた。

「よかったら掃除してやるよ。この近所をまわって、泥だの葉っぱだのを取りのぞいてやってんだ。でさ……」セールストークが途切れ、彼は足を踏み換えた。「どのうちからも二十五ドルもらってるんだ」

セオドシアは少しためらった。金額のせいではなく——むしろかなりお手頃だ——シェップはこういう便利屋みたいな仕事を最後まで終わらせるタイプではないからだ。この夏、裏庭の草むしりをしてもらったが、半分までやったところで彼はソフトボールをしにいってしまった。数日後、シェップの母親に確認したところ、ヨットキャンプに送り出したという話だった。

けれども、これだけどしゃ降りの雨がつづいたのだから、雨樋も縦樋も葉っぱやらマツ葉やらなにやらが大量にたまっているにちがいない。そうよ、あのごぼごぼいう音を聞けば、詰まっているとしか思えない。

「わかったわ、シェップ。それでお願い。いつやってもらえる？」

「じゃあ、取引成立だね？」シェップは喜びながらも意外そうな顔をした。「二日以内には必ずやるよ」

「梯子(はしご)はあなたが持ってくるの？　それともわたしのほうで……？」

「梯子は持ってる」

「わかった。じゃあ、またあとで」セオドシアはアール・グレイのリードを引っ張り、ジョギングに出発した。

夜になってあたりは石炭庫のように真っ黒で、街灯の周囲に淡い黄色の後光が射している。通りには人っ子ひとりいなかった。犬の散歩をしている人も、健康のための夜のウォーキングをしている人も見あたらない。濡れた路面を走るタイヤの音がときおり聞こえるが、何ブロックも離れたコンコード・ストリートからだ。

セオドシアとアール・グレイはイースト・ベイ・ストリートを走っていき、半島の先端に位置するホワイト・ポイント庭園に入った。荒れくるう風に木々が大きく揺れる。筋状の霧が流れこみ、大西洋の潮の香りがあたりに濃くたちこめていた。芝生に足をのせてみると、雨をたっぷり吸って、ぐしょぐしょだったため、セオドシアは思い直してサウス・バッテリー・ストリート沿いの遊歩道を走ることにした。ありとあらゆる様式――ヴィクトリアン様式、フェデラル様式、イタリア様式、ゴシック・リバイバル様式、そしてジョージ王朝様式――の優雅な屋敷の前を次々に通りすぎる。かつては〝チャールズ・タウン〟と名づけられたこのロマンティックな街にある数多くの住宅と同様、これらのお屋敷もフレンチ・パレットと呼ばれるやわらかな色彩――鳩羽鼠色、淡いピンク、オフホワイト、ヤグルマギクの青――に塗られている。

庭園の外周を半分ほど走ったところで砂利道に突きあたり、そちらに曲がった。歩哨のように立つ南北戦争時代の砲台と、いまもコンサートや結婚式がおこなわれる古い野外音楽堂の前を通りすぎ、突端にたどり着いた。右からはアシュレー川が流れこみ、左からはクーパー川が同じように流れこんでいるこの地点は、初期の入植者たちが最初に足をつけた場所であり、ならず者の海賊たちが絞首刑に処された場所でもある。チャールストン港をはさんだ反対側では、パトリオッツ・ポイントに建つ灯台がぬくもりのある光を投げかけている。いつ見ても、心があたたまり、力づけられる光景だ。

一面に貝殻が敷きつめられたビーチに大波が打ち寄せている。つい先週は、子どもたちが陽射しを浴びながら遊び、穏やかな海につま先をつけていたのに。いまは巨大な波が押し寄せ、白波が海岸線ではじけている。朝になると海鳥たちがここに群がり、つついたり探ったりしながら、荒波に乗って流れ着いた小さな甲殻類を熱心に探すのだろう。

波でかきたてられた大量の酸素を吸いこんですっかり元気になったセオドシアは、アール・グレイの先に立ってキング・ストリートに折れた。あかあかと明かりが灯る背の高い窓のついたお屋敷をいくつも通りすぎ、狭い路地に入った。この毛細血管のように張りめぐらされた狭い道、路地、昔の馬車道は、歴史地区のすばらしさのひとつと言える。

けれども、今夜、セオドシアが選んだこの道は、ドゥエラーズ・アレーやフィラデルフィア・アレーなどの、いかにもチャールストンらしい由来のある路地ではなかった。かなりひっそりとした道だった。極端に狭く、人目にもつきにくいため、存在すら知らない人がほとんどだ。けれども、ここはセオドシアのお気に入りのひとつだった。両側を壁に隔てられている昔ながらの路地とはちがい、噴水やシダ園、反射池、イングリッシュローズが支配する美しい裏庭を簡単にのぞくことができるのだ。

これが裕福な人たちの暮らしぶりなんだわ。どの家も大きくて贅沢で、いかにも上流階級という感じがする。とてもすてきだけれど、セオドシアの好みとはちがっている。

「わたしたちは小さくても居心地のいい家のほうがいいわよね、ちがう？」セオドシアはアール・グレイにささやいた。

「ガルル？」

狭い通路を歩いていくうち、アール・グレイが前に飛び出した。けれども、すぐにブレーキをかけて急停止した。犬はひどく警戒した様子で、裏庭のひとつを食い入るように見つめた。耳がぴんと立ち、背中の毛が逆立っている。なにかに気づいたハリネズミのようだ。

「どうかしたの、アール・グレイ」セオドシアは声をかけた。そこで気がついた。愛犬がじっと見つめている闇の向こうに、ドン・キングズリーの家があることに。

ドン・キングズリーの家。殺害されたCEO。なんだか気味が悪いわ。

どっしりとしたカーテンの奥に、いくつか明かりが見える。チャールズ・タウンゼンドが遅くまで仕事をしているのかしら？

けれども、アール・グレイが見ているのは明かりではなかった。真っ暗な裏庭に彼の注意を引き、不安にさせるものがあるようだ。

アール・グレイが野太いうなり声を洩らした。威嚇しているのだ。

セオドシアはゆっくりと慎重に錬鉄の門の掛け金をあげた。少しずつ扉をひらき、音をたてないようにして愛犬とともに裏庭に足を踏み入れた。

アール・グレイったら、なにをあんなに気にしているのかしら？　いったいどうしたというの？

石敷きの通路をそろそろと進み、手入れをしていないごちゃごちゃした庭を歩いていった。地面すれすれに置かれた小さなアクセント照明が通路を照らしてはいたが、数が少なく、間隔もかなり離れていた。全体としては、大きくなりすぎたマグノリア、パルメットヤシ、サルスベリに周囲をしっかり囲まれたなかを歩いている感じだ。物めずらしさはあるものの、不穏な感じもする。

失敗だったかもしれない。入るんじゃなかった。

「さあ、行くわよ」セオドシアはアール・グレイにささやいた。滴のしたたるじめじめした緑のトンネルの奥へ進んでいくと、小さな裏のパティオに出た。そこからだと屋敷は通りから見るよりもいっそう大きく、迫ってくるように見える。

セオドシアは頭をそらして風のにおいを嗅ぎ、危険はないかたしかめた。なにもない？　なにかある？　アール・グレイは身をこわばらせ、鼻の穴をいくらかひろげている。なにか変だと感じているのかしら？　愛犬の直感を信じるべき？　この子はいわゆる狩猟犬とはちがう。とは言うものの……。

外のランボル・ストリートを車が一台、水しぶきをあげながら通りすぎ、セオドシアは現実に引き戻された。いいかげん、先に進まなくては。べつに何事もなさそうだ。勘違いだったのよ。

セオドシアはアール・グレイのリードを引いた。このまま屋敷の側面に沿って進めば、本来歩いているべきランボル・ストリートに出られる。そして、思いつきでこっそり寄り道したことなど、誰にも知られずにすむ。

アール・グレイを連れて張り出し窓をまわりこんだとき、なにかにつまずいてあやうく転びそうになった。

いったいなにが……？

木の根か、出しっ放しの水まきホースにつまずいたのかしら？

いきなりバランスを崩したときに誰もがよくやるように、セオドシアはつまずいた原因はなにかと下を見た。そこで目に入ったのは……。

あれは脚？　それとも腕？

セオドシアは思わず息をのみ、悲鳴を抑えようと手で口を覆った。ようやく勇気をふるい起こし、ダッシュで逃げようとしたそのとき、くぐもったうめき声が聞こえ、思わず二度見した。地面に人間の手足があるという奇妙な光景に目が慣れた直後、その手足にかなり大きな胴体がついているのに気がついたからだ。マグノリアの木になかば隠れるようにして、大の字にのびている。

震える両手で懐中電灯のスイッチを入れると、目を疑う光景が見えた。あれはもしかして……ううん、もしかしなくても……ティドウェル刑事だわ！

金ぴか時代のお茶会

金ぴか時代（1865～1893）を再現した優雅で高級感あふれるお茶会をひらいてみませんか。上等な磁器、リネンのナプキン、バロック様式の燭台、華麗なフラワーアレンジメントでテーブルを飾りましょう。いろいろなブロンズ像（たとえば天使、犬、人――これでなくてはという決まりはありません）を取り合わせるのもいいですし、小さなイーゼルに小さな絵を飾ってみるのもすてきですね。メニューのひと品めは濃厚な味のバターミルク・スコーンとダージリン・ティー。サンドイッチの具はイチジクのジャムとブリーチーズ、あるいはキュウリとハーブ入りチーズがいいでしょう。デザートにはココナッツケーキがぴったりです。

19

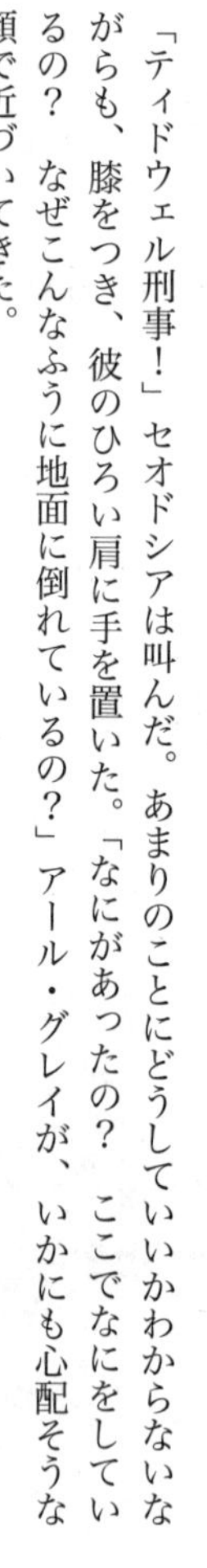

「ティドウェル刑事！」セオドシアは叫んだ。あまりのことにどうしていいかわからないながらも、膝をつき、彼のひろい肩に手を置いた。「なにがあったの？　ここでなにをしているの？　なぜこんなふうに地面に倒れているの？」アール・グレイが、いかにも心配そうな顔で近づいてきた。

「はあ？」ティドウェル刑事はセオドシアを見あげたものの、目の焦点が合わず、頭が混乱している様子だった。

セオドシアはティドウェル刑事の肩に腕をまわし、どうにかこうにか体を起こしてやった。「いまなんとおっしゃいましたかな？」

「さあ。これでいくらかよくなった？」

「よくなったとはどういうことですかな？」ティドウェル刑事はむすっとした非難がましい声を出した。ぱちぱちとまばたきを繰り返してから、はじめて気がついたという顔でセオドシアを見つめた。「ミス・ブラウニング？」

「ええ、そうよ」

「ここでなにをしているんです？」

「そっちこそ、ここでなにをしているの？　こんなところでだらしなくのびてるなんて」

ティドウェル刑事はまだ少しふらふらする様子で頭を振った。「どうしても知りたいというのならお教えしますが、ふと思いついて張り込みをしていたのです」言葉が不明瞭で、〝張り込み〟は〝ひゃりほみ〟、〝していたのです〟は〝ひていたのれしゅ〟に聞こえた。酔っ払っているように聞こえるが、セオドシアにはわかっていた。この人は酔っ払っているわけじゃない。頭を強く殴られたのだ。

「張り込みをしていたの？　ドン・キングズリーさんの家で？」

「そうですとも、この場所でね！」ティドウェル刑事は耳の遠い人を相手にするように大声で言った。「より正確に言うなら、庭をざっと見てまわっていたところ、頭のおかしなやつにうしろから忍び寄られ、頭を殴られたんです！」

「犯人は誰？　顔を見た？」

「その鼻くそ野郎が誰だかわかっていれば、無線で部下を呼び出して逮捕させておりますよ。いや、それどころか、わたしがみずから銃で仕留めてやるところです」ティドウェル刑事はあたりの空気を震わせるような、盛大なくしゃみをした。「残念なことに足もとがよろけ、バランスを失ったようです」

「それに、意識も失っていた」

「ふむ……そうかもしれませんな」

「そうとう深刻ね。病院で診てもらったほうがいいわ」

ティドウェル刑事は両手をあげて大きく振った。「いえ、それにはおよびません。意識を失っていたのはたかだか一、二分です」

「でも、神経が損傷を受けているかも……」

「病院はけっこう。なんの損傷も受けておりません」彼は大声を出した。

「そんなの、わからないじゃない」まったくもう、なんて石頭なの。

「とにかく……ひと息つかせてください」

「殴ったのはチャールズ・タウンゼンドさん？」

ティドウェル刑事は頭に手をやり、うめき声を洩らした。「さあ、それはなんとも。ちがうと思いますが。しかし、たしかにやつは屋敷のなかにいて、『ハムレット』に登場する幽霊のようにこそこそ動きまわっておりました」

「タウンゼンドさんはあなたに気づいて、パニックになったのかもしれないわね。こそ泥かなにかと思ったのかもしれない。あるいは、ティドウェル刑事だと気づいて怖くなったとか。だってあなたはどう見たって……目立たないタイプとは言えないもの」

「おっしゃるとおりですな」ティドウェル刑事はスーツの上着についた泥と落ち葉を払った。

「その犬をわたしから遠ざけてもらえますかな」

セオドシアはアール・グレイのリードを引いた。「こっちにおいで。それにしても、きょう、アンジーとハロルドにあんな仕打ちをしたあなたに親切にすべきか迷うところだわ」

「わたしは自分の仕事をしていただけです」

「わたしの友人を脅したくせに」

「それはひとまず脇においてもらえませんかな。車に乗るのに手を貸してください」

「本当に歩ける？」セオドシアが訊くと、ティドウェル刑事は自力で立ちあがり、よろよろと一歩を踏み出した。「だめよ、ちゃんと歩けないじゃない。呼び鈴を押して、なかに入れてもらってから助けを呼んだほうがいいわ」

ふたりで悪戦苦闘しながら裏口まで行くと、セオドシアはドアがあいているのに気がついた。

「誰か駆けこんだか、飛び出していったかしたみたい。そのままドアの掛け金をかけなかったのね」

「なんですと？」ティドウェル刑事は自分の足で立って歩いていたが、酔っ払った船乗りみたいにまだふらふらしていた。

「チャールズ！」セオドシアは大声で呼んだ。「タウンゼンドさん！　いらっしゃいますか？」彼女はわずかにあいているドアをこぶしで強く叩いた。

しばらくして、人影が窓を横切るのが見え、ドアが小さくうめくような音をさせながらあいた。タウンゼンドが顔をのぞかせた。「はい？」

「ちょっと事故があったの」セオドシアは言った。「おたくの庭で人が襲われたのよ」

セオドシアが左に傾き気味のティドウェル刑事を支えているのに気づくと、タウンゼンドはひどく動揺した。「なにがあったんです？」

「ティドウェル刑事が庭の茂みの下に倒れているのをわたしが見つけたの」セオドシアは説明した。「頭を殴られて、何分か意識を失っていたみたい」

「ティドウェル刑事がですか？」タウンゼンドの声がうわずった。

「ええ、そう」

「それで刑事さんは庭に……ここの庭にいたと？」タウンゼンドはしどろもどろで訊いた。

「ちょっと思いついて、張り込みをしていたそうよ。あの、よければなかに……」

「それで頭を殴られたと？」タウンゼンドは訊いた。

「ええ、頭を殴られましたとも」ティドウェル刑事がもごもごとつぶやいた。

「敷地内にこそ泥が入ったのかもしれないわ」セオドシアは言った。

タウンゼンドがすぐに反応しないのを見て、セオドシアは彼をじっくり観察してから言った。「どうかしたの、チャールズ？　幽霊でも見たような顔をしているけど」タウンゼンドの顔は青白く、髪は静電気がたまっているみたいなありさまで、ドアを押さえている手が震えていた。

「な……なんでもありません」タウンゼンドは唾をのみこんだ。「ちょっとびっくりしただけです。おふたりの姿に驚いてしまって」

「顔色が悪いわ」セオドシアが言ったとたん、ティドウェル刑事が彼女のほうにもたれかかった。「でも、とにかくいまは、ティドウェル刑事をなかに入れるのに手を貸して。当直の警官に連絡して、迎えのパトカーを手配してもらうから。犬も一緒に入ってもかまわない？」

「かまいません。あの……警察がここに来るんですか？」

「なにかあったの？」セオドシアは訊いた。「だってドアは少しあいてたし、あなたときたら、なにかに怯えているようだし」

「いえ、そんな。大丈夫です。ドアはぼくがうっかりしていただけでしょう」タウンゼンドは震える声で言った。「さあ、ぼくもお手伝いします」

セオドシアとタウンゼンドは協力し合って、まだ足のふらつくティドウェル刑事をキッチンに運びこみ、椅子にすわらせた。アール・グレイもあとをついてきた。セオドシアは警察署に電話をかけ、状況を手短に説明した。通信指令係はただちにパトカーを向かわせると約束してくれた。

ティドウェル刑事が片目をあけた。「そんな大騒ぎするほどのことではありません。もうすっかりよくなりました」

「みんな大丈夫だと言うのよ」セオドシアはティドウェル刑事からタウンゼンドに視線を移し、普通でない状況で大丈夫だと言い張る人は、だいたい大丈夫じゃないのよね、と心のなかでつぶやいた。そういうときはたいてい、なにか隠し事をしているものなの。

けれどもその件でタウンゼンドを問いつめる暇もなく、二分後、パトカーがサイレンをけたたましく鳴らしながら家の正面にとまった。タウンゼンドは出迎えに駆けていき、ふたりの警官を連れてキッチンに戻ってきた。

セオドシアの力を借りるのをさんざん渋ったティドウェル刑事だが、ふたりの制服警官の腕にはもたれかかった。

「ありがとう」全員でおもてのベランダまで出ると、セオドシアはタウンゼンドに言った。「とても助かったわ」

タウンゼンドは手をひらひらさせた。「なんてことはありません」

「あなたのほうは本当に大丈夫なの？」セオドシアはあらためて訊いた。「少しどぎまぎしてるように見えるけど」

「そんなことはありません。このとおり元気ですよ」タウンゼンドの声は震えていて、強がっているとしか思えなかった。「ではこれで失礼します。お気をつけて」

制服警官たちはおそるおそるティドウェル刑事をパトカーの後部座席に乗せた。刑事はシートにすわり直すと、サイドウィンドウをおろし、セオドシアとアール・グレイをじっと見つめてから訊いた。

「これからどちらに行かれるのですかな？」

「自宅よ。ついてくる？　でも、あちこちひっかきまわして、捨てられたドローンを探されちゃうかしら」セオドシアの口調は少しとげとげしかった。昼間、アンジーとハロルドから話を聞いたときの刑事の傲慢な態度が、いまも腹に据えかねていた。

「とんでもない。しかし、凶器をどこかに隠し持っているのなら、喜んで引き取りましょう」

「ならいいんだけど」セオドシアは車のほうに身を乗り出し、声を落とした。「ティドウェル刑事、今夜ここをこっそり調べていたということは、わたしと同じ疑問を抱いていたわけよね？」

「わたしがどんな疑問を抱いていたというのです？」

「例の旗はそもそも、外部の人間が盗み出したんじゃないとしたら？　チャールズ・タウンゼンドが盗んでチャンスをうかがっているのだとしたら？　もしかしたら、あの大きな家の、誰も探さないような場所に隠しておいて、食いしん坊の蜘蛛よろしく、その上にすわっているのかもしれないじゃない？」セオドシアはキングズリーの屋敷に目をやった。いまは家全体がすっぽりと闇に包まれている。「さっきの彼の様子を見たでしょ。異常なほど怯えてたわ。絶対になにか隠してる」

ティドウェル刑事はしばらく考えこんだ。「彼が関与している証拠はありません」

「ええ、ひとつもね」セオドシアは認めた。「でも、タウンゼンドさんはキングズリーさんのもとで働いていたから、彼のコレクションがある自宅にも自由に出入りできたのよ」

「つまり、当てずっぽうですか」

「勘が働いたと言ってほしいわね」

「残念ながら、女性の勘は、検察に提出できるたぐいの証拠ではありませんので」

「じゃあ、なにが必要なの？」

「確たる証拠ですよ、ミス・ブラウニング。動かぬ証拠というやつです」ティドウェル刑事はサイドウィンドウをあげ、パトカーの前の席とうしろの席を隔てる金属の仕切りを平手で叩いた。「車を出せ！」と大声で命じる。「なにをぐずぐずしている？」

セオドシアとアール・グレイは何ブロックか歩いて帰宅した。雨脚がまた少し強くなりはじめ、そのせいか誰も、というか、それなのに誰も通りを歩いていなかった。

ティドウェル刑事を殴った犯人以外は、とセオドシアはひとりつぶやいた。

犯人もいま頃は自宅に戻って、思い出し笑いをしているかもしれない。熱いコーヒーで体を温めながら。

ううん。お茶のほうがいいわ。少なくとも、わたしはお茶がいい。

自宅のわきを走る玉石敷きの通りに入ろうとしたとき、パネルトラックが一台、道ばたに音もなく寄ってきた。白い車体で、上に衛星放送用のパラボラアンテナがついている。あたりは暗いが、パネルトラックの側面にチャンネル8のロゴがでかでかと書いてあるのが見えた。

「遅くまでお出かけだったんだね」呼びとめる声がした。

セオドシアとアール・グレイが足をとめると、デイル・ディッカーソンが助手席から飛び降り、駆け寄ってきた。

「そんなに遅くないと思うけど」セオドシアは言った。

ディッカーソンは顔じゅうをくしゃくしゃにして笑いながら肩をすくめ、いかにも突撃レポーターらしい、手入れの行き届いた髪を手ですいた。

セオドシアは不思議に思った。こっちは雨水溝で溺れているところを助け出されたミソサザイみたいになっているのに、どうしてこの人は歯磨きのコマーシャルに出られそうなほど一分の隙もなく決めていられるのだろう。考えてみれば、突撃レポーターの人たちはみんな、クリームチーズから削り出したみたいに、完璧な外見をしている。いつでもカメラに向かってテンションの高いレポートができるよう準備しているにちがいない。

「熱気球の惨劇について、なにかあらたに思い出したかい？」ディッカーソンが訊いてきた。「これ、録音してるの？　隠しカメラをどこかにつけてたりするんじゃない？」

ディッカーソンはたっぷりお金をかけていそうな歯を見せて笑った。「とんでもない」

「どうでもいいけど」セオドシアはこれから罪のない小さなうそをつくので、こっそり指をクロスさせた。「だって、あまり考えていなかったから」

「本当かい？」ディッカーソンは信じないぞという顔で首をかしげた。「町の噂では、きみは素人探偵としてなかなかのものだそうじゃないか」

なかなかのもの？

ディッカーソンはセオドシアを見つめ、かかとを上げ下げした。「今夜はどこに行ってたのかな？　なにか事件でも？」

「どうしてそんな質問をするのかしら？」セオドシアは声がうわずらないよう注意した。

ディッカーソンはたいした意味はないと思わせる作戦に出た。「いや、べつに。なにか隠しているように見えるからさ。目を見ればわかる。にこやかだけど、なにかを隠してる。もしかしたら、関わっているのかと……なにかはわからないが。なにに関わってるんだい？」

「関わってるわけないでしょうに」セオドシアは言った。「ねえ、きょうは長い一日だったの。さっさと家に入って暖まりたいわ。それに、びしょ濡れの犬みたいなにおいをさせる前に愛犬の体を拭いてやりたいし」

「とぼけたふりをしているときのきみはかわいいね。知ってたかい？」

セオドシアは愛想よく手を振って彼に背中を向けた。「おやすみなさい。気をつけて」

家に入ると、セオドシアはやわらかな白いタオルでアール・グレイを拭いてやり、やかんを火にかけた。それからアール・グレイには犬用ガムをあたえ（よくがんばったご褒美！）、自分にはカモミール・ティーを淹れて（よくがんばったご褒美！）、二階の小さなつづき部屋に向かった。

お茶を飲むうち、ディッカーソンは口で言っている以上のことをつかんでいるのではないかと気になってきた。さっきのあれは、単に探りを入れてきただけ？　それが突撃レポーターの仕事なのかもしれない。あちこち顔を出しては、面倒を引き起こすのが。それと、異性の気を惹こうとすることも。そう、たしかにあの人は、このところずっと言い寄ってきている。

セオドシアはため息をついた。言い寄られてその気になるつもりは断じてない。ピート・ライリーとつき合いはじめたいまは、ありえない。そう思ったとたん、あと数日で彼が帰ってくるのを思い出し、にこにこしながらクロゼットをあさり、翌日の葬儀に着ていくものを探した。暖かい着心地のもの。それに色は黒がいいだろう。そうね、この黒いスカートスーツに、黒革のブーツを合わせたらどうかしら？　地味すぎる？　ホラーの女王エルヴァイラっぽい？　いいの、気にしない。この恰好なら寒くないし、雨に濡れずにすむ。

　セオドシアは足を引きずるようにして塔の部屋に引っこみ、安楽椅子に腰を落ち着けた。外は雨がますます激しくなっている。屋根に落ちた雨が雨樋と縦樋をごぼごぼと流れ、屋根のへりを滑り落ち、水音の交響曲を奏でている。シェップにごみを取りのぞいてもらうことにしてよかった。

　風がいきおいを増し、屋根裏のスペースを音をたてて吹き抜けていくなか、木の枝が窓を引っかき、それが野生動物の鉤爪（かぎづめ）がたてる音のように聞こえた。

　それでもセオドシアはお茶を口に運び、アール・グレイはふさ飾りのついた犬用ベッドで寝息をたてていた。自分にはほかになにができるだろうかと考えていた。ティドウェル刑事、そしてもちろん、アンジーの力になるために。

20

マグノリア墓地はもともと、とりたてて明るい場所ではない。きょうは篠突く雨が降り、頭上からはさながら地獄のボウリング場のように雷鳴がとどろき、おどろおどろしい雰囲気に包まれている。

しかもここには無数の墓がある。

ヴィクトリア朝時代の墓地の錬鉄製の門を車で抜けたとたん、セオドシアとドレイトンの目は墓碑、墓、霊廟、巨大な大理石の彫像群に吸い寄せられた。落ちくぼんだ目をした天使、永遠に警戒態勢をとっている犬、死んだ赤ん坊を追悼する、乳母車の形に彫られた大理石の祈念碑。曲がりくねった未舗装の通路がつづく、公園を思わせる不気味な場所を奥へ奥へと車を進めていくと、ピラミッドの形をした地下霊安室や、フランスの皇帝のためにつくられたような気味の悪い霊廟が見えてきた。

「こんなにもたくさんの人がここで眠っているのね」セオドシアの声には畏怖の気持ちがこもっていた。

「昨夜、ティドウェル刑事が災難に見舞われたそうだが、ここの住民があとひとり、増えてもおかしくなかったわけだな」ドレイトンは言った。

「強く殴られたのはたしかだけど、そこまで強くはなかったわ」

「しかも、現場がキングズリーの屋敷のすぐ外だというのも奇妙だ。チャールズ・タウンゼンドがなかにいたというのに」

「うさんくさいのは認めるけど、まだなにも証明できていないのよ」

「タウンゼンドはきょうの葬儀に来るのだろうか」

「なにがあっても駆けつけるでしょうね」

「トーニー・キングズリーのお気に入りでいようと必死だろうからな。つまり、この先もつづけられるように……いまの仕事を」

「うーん」ハンドルを握っているセオドシアは顔をしかめた。すぐ先で道がふた股にわかれている。「墓前での葬儀はどっちに行けばいいのかしら」

ドレイトンは雨粒が点々とついたフロントガラスの向こうに目をこらした。

「左に行ったちょっと先に車が何台かとまっている」

大きなオークの木から垂れたスパニッシュモスにフロントガラスを叩かれながら、車をゆっくり前進させた。「ああ、たしかに見えるわ」セオドシアはワイパーを最強にして、急勾配の坂をのぼりはじめた。

「ほう」ドレイトンが言った。「ここがグリーン・ヒルか」

「グリーン・ヒルのなにがそんなに特別なの？」

「幽霊が出ると言われているのだよ」ドレイトンは亡霊が飛びかかってくるのを期待するように、サイドウィンドウから外をながめた。「わずか二年のあいだにここに埋葬された夫婦がいてね。先に奥さんが亡くなり、そのあとご主人が亡くなった。死んでふたたび一緒になったわけだが、ふたりの幽霊が墓石の合間を縫うようにワルツを踊る姿を、多くの人が目撃しているという話だ」

「それは夜なんでしょ？」

「夜の闇のなかでのことだ」

「でも、あなたは霊魂だの幽霊だのの存在を信じてないじゃない」

ドレイトンは背中を丸めた。「ああ、信じていない」

「聖ピリポ教会の墓地で見た、人魂をべつにすればね」

「あのときの人魂はべつだ」ドレイトンは言った。

セオドシアはずらりと並んだ車列の最後尾にとめた。

「傘を持って降りたほうがいいわ。少し歩くから」ふたりは雨風が吹きこまないよう襟を立て、車のヒーターから吐き出される暖気と渋々ながら決別してジープを降りた。

ドレイトンが空を見あげると、不穏な黒い雲の真ん中で稲妻が光った。

「冷たい雨だけでなく稲妻も気になるな。万が一、雷がこの傘に落ちたら、金属の柄を電気が伝わって、バーベキューグリルで焼かれる鳥のように黒焦げになってしまうだろう」

「ずいぶんとグロテスクな比喩をするのね」セオドシアは言った。

「きみは傘を差すかね？」

「やめておく」

雨が叩きつけるように降るなか、セオドシアとドレイトンは墓地の芝生を、おっかなびっくり歩いていった。靴が濡れた芝生を踏む音が大きく響く。ふたりはあざやかな緑色の人工芝の上に張られた小さな黒いテントを目指して歩いた。

「けっこうな数の参列者が集まっているな」ドレイトンが小声で言った。「テントの下の椅子にはもうすわれないかもしれん」

セオドシアは芝生に足を取られて足首をひねらないよう用心しながら、ドレイトンの腕を軽く叩いた。「大丈夫よ」

しかし大丈夫ではなかった。ふたりはけっきょく、葬儀のあいだずっと寒さに震え、惨めな思いに耐え、雨に濡れることになった。

トーニー・キングズリーは当然ながら、雨風をしのげる最前列にすわっていた。チャールズ・タウンゼンドとブルックリン・ヴァンスがそのすぐうしろの列にいた。しかもおもしろいことに、アール・ブリットが後方の列で背中を丸め、目を下に向けていた。凍えるほど寒いのか、退屈しているかのどちらかだろう。

掘ったばかりの墓穴はどこにも見あたらないが、ぞっとするほど趣味の悪い緑色をした屋内・屋外兼用のカーペットを上からかけて隠してあるのだとすぐに気がついた。参列者への配慮にちがいない。あるいは、すでに墓穴に水が半分までたまってしまい、見た目が悪すぎるからかもしれない。

式そのものは告別式としてはごく標準的なものだった。黒い上下に身を包んだ司祭が重々しくあいさつをし、参列者がアカペラで何曲か歌わされ（いい出来ではなかった）、〈シンクソフト〉の重役ふたりが前CEOのドン・キングズリーを悼む熱のこもった弔辞を述べた。参列者はみな、行儀よく聞いていたが、寒さに身を震わせていた。

四十分ほどがたち、式がようやく終わりに近づいた頃、トーニーが立ちあがってうしろを向き、参列者にあいさつした。小粋な黒い帽子に黒いスラックスという恰好で、黒いジャケットの襟の折り返しにはスパンコールが縫いつけてある。まるで地方劇団のミュージカル『キャバレー』のオーディションでも受けるみたいだ。この世を去った夫の遺骨がおさめられた銀色の骨壺を両手でしっかり抱えていた。

「わたしは最後のお別れというものにあまり興味はありません」トーニーは明るすぎるとしか思えない声で言った。「そこで、ドナルドの遺灰を特注の折り紙で包み、そこのラグーンに流すことにいたしました」

「なんだって？」ドレイトンが小声で言った。

参列者全員が魅入られたように見つめるなか、トーニーは骨壺のふたを取り、灰色の灰を折り紙で折ったツルのなかに流し入れた。真っ赤なツルは高さおよそ十インチ、翼の端から端までは十八インチほどだろう。灰が折り紙のツルのなかにきっちりおさまると、司祭がついてくるよう全員を手招きした。

そういうわけで、参列者はふたたび水を含んだ芝生の上を歩き、近くのラグーンのぬかるんだほとりに向かった。

「足が湿ってきてない？」セオドシアはドレイトンに小声で訊いた。

「言っておくが、わたしが履いているのはイギリス製の靴で、ジョージクレバリーというブランドの製品だ。どこにでもあるハッシュパピーとはまったくちがう」

「つまり、答えはノーってことね」

一行はラグーンのほとりで足をとめ、トーニーが折り紙のツルを水面にそっと置き、別れを告げるように押しやった。

「つらいわ、本当につらい」折り紙のツルがゆるゆると遠ざかっていくのを見ながらトーニーはつぶやいた。彼女は片方の目に涙をひと粒、浮かべてみせた。

「灰は灰に、塵は塵に」司祭が抑揚をつけて言った。全員がまだ当惑しているのを見て、彼はあわてて説明した。「この美しいラグーンは感潮池ですので、流れていったミスタ・キングズリーの遺灰は最終的にクーパー川に到達するのです」

「気味が悪い話」セオドシアは小声でつぶやいた。

しかし、まだ次なるイベントが用意されていた。

「本日はドナルドとのお別れのため、ご足労くださりありがとうございました」トーニーが快活な声で言った。「キング・ストリートの〈ヴェランダ・ビストロ〉というお店で昼食を召しあがっていただけるよう準備してありますので、みなさん、どうぞいらしてください」

「あなたは行く？」セオドシアはドレイトンに小声で尋ねた。

「いいのではないかな。少なくとも、服を乾かせる」

「そんなこと、うちの店でもできるじゃない」

「そうだな。昼食会はパスしたほうがいいだろう。ヘイリーとミス・ディンプルが忙しくて大変な思いをしているかもしれん」

「電話してみましょう」セオドシアは言った。周囲にいた人々が急ぎ足で散らばっていく。

ヘイリーは最初の呼び出し音で出た。「お葬式はどうだった？」

「悲しかったわ」セオドシアは言った。

「びしょ濡れになったよ」ドレイトンが電話に向かって大声を出した。

「実はね、ヘイリー、このあとの昼食会に招かれているの。でも、あなたとミス・ディンプルだけでは人手が足りないようなら……」

「どうぞ、行ってきて」ヘイリーは言った。「あたしたちのことで神経をすり減らさなくていいから。全然忙しくないから、ミス・ディンプルとあたしとでランチは楽にさばける。いまお客さまがいるテーブルは三つだけだし、このあともどのくらいいらっしゃるか。バナナ・プディング・ケーキなんかつくっちゃったけど、あたしとミス・ディンプルとで全部食べなきゃいけないかもって状態」

「わかったわ、ヘイリー。ありがとう」セオドシアはドレイトンに向き直った。「いまの、聞こえた？」そう言って腕時計に目をやった。「あなたのほうは時間はある？　自宅の撮影がきょうの午後に予定されているんでしょ」

「そうとも。しかもきみは、そういうことにひじょうにたけている」

「それがわたしのやるべきこと？」

ドレイトンはうなずいた。「大丈夫だ。ここは昼食会に参加すべきだろう。少なくとも、そうすればきみはもう少し嗅ぎまわれるし、いくつか探りを入れる質問ができる」


〈ヴェランダ・ビストロ〉に入っていきながら、ドレイトンがセオドシアに言った。

「きみの友だちの刑事さんが、目立たないようにしつつ思いっきり目立ちながら葬儀の場をうろついていなかったのが意外だったな」

「ティドウェル刑事は昨夜負った怪我が治ってないんじゃないかしら。そうとう強く殴られていたもの」

「きみの話を聞いていると、刑事さんを殴ったのはチャールズ・タウンゼンドではないかという気がしてしょうがないよ」

セオドシアは肩をすくめた。「彼が犯人かもしれないし、べつの誰かかもしれない。わかるわけないでしょ、容疑者はいっぱいいるんだもの」

「しかし、きみの話ではタウンゼンドはぴりぴりしていたそうじゃないか。なにか隠しているように見えたのだろう？」

「ええ。でも、いつもちょっとあやしげなそぶりをする人だから」セオドシアはレストランのなかをぐるっと見まわした。

「女性がランチをする店という感じね」

「そう思う根拠はなんだね？」ドレイトンは訊いた。「ピンクの花柄の壁紙か、それとも白い籐の椅子かな？」

「トーニーの昼食会の会場は奥の部屋よ、たぶん。パーティルームだわ」

「葬式のパーティルームか」ドレイトンは言った。

ふたりはピンクの明かりがともされ、昔のチャールストンの町を描いたエッチングが飾られた廊下を進み、ガーデンルームという名前の部屋に入った。名前の由来はおそらく、温室のように見えるからだろう。つまり、二面の壁はガラス張りで、ささやかな庭がよく見えるうえ、天井の一部に曲面ガラスが使われているのだ。大きな鉢に植わった植物があちこちに置かれ、天井からレースのようなシダがさがっている。大きな円形テーブルが六脚と、ビュッフェ形式のランチを並べるための長テーブルが一脚あった。

「人間テラリウムに閉じこめられた気分だ」ドレイトンが皮肉を言った。

「頭の上で雨がぱらぱらいっていると変な感じね」セオドシアは一部だけガラスになっている天井を見あげた。

「だが、料理のいいにおいがしていることだけは認めないわけにはいかない」

「だったら、なにをぐずぐずしているの？」

ふたりはそろそろとビュッフェテーブルに近づいて列に並び、皿を手にした。

「ねえ、見て」セオドシアはシルバーの卓上鍋のふたを持ちあげた。「牡蠣のバーベキューソース焼きだわ」

「われわれが来るとわかっていたのだな。うまそうだ」

セオドシアは牡蠣を三つ取って、先に進んだ。「リコッタチーズを詰めたクレープもある。つけ合わせのソースは……ハックルベリーのソースみたい」

「さすがだな」ドレイトンは言った。「トーニーは料理にたっぷり金を使ったにちがいない。彼女が犯人でないことを願うばかりだ」

「こっちはジャスミンライスを使ったパールーと、フエダイのチーズ入りパン粉焼きだわ」

セオドシアは前へと進みながら言った。トーニーについてはなんの思い入れもない。犯人かもしれないし、まったく無関係かもしれない。というか、きょう、こうして探りを入れに来たということは、犯人というほうにいくらか傾いていると言える。

セオドシアとドレイトンはワインのグラスを手に取り、丸テーブルのひとつに着いた。トーニーは前方のテーブルで、マティーニのストレートアップとおぼしきものを飲みながら、参列者の何人かから慰めの言葉をかけられている。チャールズ・タウンゼンドはべつのテーブルで銀髪の年配女性と話しこんでいる。たしかあの女性は社交界の重要人物で歴史地区の住民のはずだ。ミス・キャリーという通称でとおしているが、ラストネームはわからない。

ブルックリン・ヴァンスとアール・ブリットも昼食会にやってきていた。ふたりとも皿にたっぷりと料理を盛りつけ、さらに多くの客が到着し、すわる場所が不足するなか、用心深い路地裏の猫のように牽制し合っていた。

セオドシアはドレイトンを軽く突いた。「ブルックリン・ヴァンスを見て。ブリットさんの目をえぐり出したくてたまらないという顔をしてる」

ドレイトンはうなずいた。「そうしてくれたほうがみんなにとっていいかもしれんな」

セオドシアがもう一度ビュッフェテーブルに行って牡蠣をいくつかもらおうとしたとき、昼食会を台なしにする事態が起こった。

ガーデンルームのドアが乱暴にあいて、制服警官ふたりが入ってきた。どちらも長身の堂々とした外見で、金色の警察バッジとアイロンのきいた青いシャツとスラックスという恰好がきりっとして見える。

「お邪魔します」ひとりが大声を出した。「チャールズ・タウンゼンド氏を探しております」

21

おしゃべりが一斉にやみ、室内にいる全員の目が不安そうにあちこちさまよったのち、チャールズ・タウンゼンドのところでぴたりととまった。警官から見れば、大きな赤い矢印が引かれ、タウンゼンドの驚いた顔に的が描かれたも同然だった。

警官ふたりはタウンゼンドに駆け寄った。セオドシアは通りすぎるふたりの名札の名前を読んだ。ひとりはビーズリー、もうひとりはパワーズだ。

「タウンゼンドさん」パワーズ巡査が声をかけた。「署までご同行願います」

タウンゼンドの顔から血の気が引き、彼はふらつきながら立ちあがった。「どういうことですか？」どうにか声を絞り出した。

「それについては途中でご説明します」ビーズリー巡査が言った。

「いやだ！　いますぐ話してくれ！」タウンゼンドは大声を出した。顔が怯えていた。

「いくつかうかがいたいことがありまして」パワーズ巡査の言葉は乱暴とはほど遠かったものの、格別に愛想がいいわけでもなかった。昔のドラマ『ドラグネット』のフライデー刑事じゃないけれど、〝事実だけを話してください、奥さん〟という感じだ。

「ぼくは逮捕されるのか？」タウンゼンドの声は震えていたが、ヒステリーを起こしたみたいな甲高い声に変わった。

パワーズ巡査はタウンゼンドの肩に手を置いた。「落ち着いてください。署ですべて説明します」

「助けて！」タウンゼンドはあらんかぎりの声で叫んだ。「誰か助けてください！」

誰もぴくりとも動かなかった。全員が口をぽかんとあけ、実験的なシュールレアリスムの芝居を観ているかのようにタウンゼンドをひたすら見つめている。舞台上で起こっていること――感情のおもむくままひたすらわめいているだけ――など知ったことではないというように。誰も関わり合いになりたくないのだろう。

「誰か助けてくれませんか？」タウンゼンドが甲高い声でわめくと、ビーズリー巡査がもう一方の腕をそっとつかみ、パワーズ巡査とともに出入り口へといざなった。

「仲裁に入ったほうがいいだろうか？」ドレイトンがセオドシアに小声で尋ねた。この状況に気詰まりなものを感じているのはあきらかだ。

「トーニーがなにもしようとしていないのに、どうしてわたしたちが？」

ふたりは首をのばしてうかがった。トーニーの目は手にした飲み物だけをじっと見つめ、つとめて騒ぎを無視しようとしている。

「第一、なにをするというの？」タウンゼンドが涙ながらに抗議をつづけているのを見ながら、セオドシアは訊いた。「彼の手をつかんで逃げ出すとか？　わたしたちはローン・レンジャーとトントじゃないのよ。鞍を置いた馬に乗って、いつでも町から駆け出せるわけじゃないんだから」

ドレイトンの口もとが引きつった。「ずいぶんと楽しい表現だ」

「ティドウェル刑事が保安官なら、ますます笑えるわ」セオドシアは言い、さらにつけくわえた。「まあ、あの人は保安官みたいなものだけど」

三十秒後、チャールズ・タウンゼンドにまつわる騒動は完全に忘れ去られた。みんなでしゃべり、笑い、食べ、そして飲んだ。そしておかわりを求め、ビュッフェテーブルにぞくぞくと並んだ。

セオドシアはと言えば、ブルックリン・ヴァンスとアール・ブリットに目を向けていた。何度かの椅子取りゲームをへて、ふたりはいま同じテーブルに、しかも隣同士にすわっていた。それだけではない。なんと顔を寄せ合い、ふたりして悪事をたくらんでいるみたいな様子でしゃべっている。

「ブルックリンとブリットさんを見て」セオドシアはドレイトンに小声で言った。

ドレイトンはふたりに目をやった。「妙だな。ブリットは不愉快きわまりないやつだが、ふたりはそうとう親しそうに見える」

「そんなはずないのに」セオドシアは立ちあがると、ふたりのテーブルに向かってさりげなく歩いていった。いくらかなりとも会話が聞き取れればと考えてのことだ。そしたらなんと、これでもかと言うほど聞こえてきた！

「これでようやく答えが見つかりそうだな！」ブリットが言っている。

「やっぱりそうだったのね」ブルックリンが答える。「タウンゼンドがあのじいさんを殺して旗を盗んだ犯人だって気がしてた」

「あいつしかありえないだろう」ブリットは言った。「熱気球ラリーの会場にいたはずと聞いているしな」

「タウンゼンドはそっと抜け出して、車からドローンを取ってきて飛ばしたのよ」ブルックリンは言った。「首尾よく危害をくわえたあとは、コントローラーを始末して現場に駆け戻った。誰にも気づかれなかったにちがいないわ」

「誰にもな」ブリットはうなずいた。

おかしな仲間。それがセオドシアの頭のなかをぐるぐるまわった。敵対していたふたりが仲良く語り合っているなんて。それも殺人事件のことを。

この状況をなんとか理解しようとするうち、セオドシアはふと思った。ブルックリンとブリットは、本当は共謀していたのではないかと。ティーカップの生け花コンテストで目撃した、あからさまな敵意は芝居だったの？　ふたりはなんらかの形で協力し合っていたの？

なによりおそろしいのは、このふたりが犯人かもしれないことだ。

セオドシアとドレイトンは、ドレイトンの家に向かうあいだ、この話題で終始した。

「ブルックリン・ヴァンスとアール・ブリットは、ティーカップの生け花コンテストで大喧嘩を繰りひろげたという話だったが」ドレイトンは言った。

「そうよ。でも、いま考えると、そう見せかけていただけなんじゃないかという気がする」

「つまり煙幕を張っていたと言いたいのかね？」

「そういうのってよくあるでしょ」セオドシアはドレイトンの家の前の縁石に車を寄せた。

「がんばってね。もうカメラマンが来てるみたい」南北戦争期の著名な医師だった人物が所有していた築百七十五年になるドレイトンの自宅の前に、〝ウッディ・ホヴェル写真スタジオ〟と書かれた茶色いバンが一台とまっていた。

「ではもう始まっているわけか」ドレイトンは浮かない顔で言った。「《南部インテリアマガジン》誌の写真編集者、バーバラ・レイトンに鍵を渡しておいたのだよ。わたしが帰宅するまでには、最初の撮影にそなえて照明だのなんだのをすべて準備しておくと言っていた」

セオドシアはドレイトンの自宅のほうに頭を傾けた。「ハニー・ビーは家にいるの？」ハニー・ビーとはドレイトンが飼っているキング・チャールズ・スパニエル犬で、彼が心から大切にしている存在だ。

「きょうはお隣さんに預かってもらっている」

「じゃあ、撮影をがんばって」

ドレイトンはまだ車を降りずにぐずぐずしていた。「セオ、店のほうがあまり忙しくないようなら、戻ってきて手伝ってもらえないだろうか」

「わたしはアート・ディレクターというわけじゃないのよ。それにスタイリストでもないわ」

「しかし、写真撮影を仕切ったことがあるではないか。だから、そのあたりの複雑な事情も知っているし、それに、うん、人を思いどおりに動かすすべにたけている」

「どうしてもわたしの助けが必要なら、ヘイリーに確認して、できるだけはやく戻るようにする」

「ありがたい」ドレイトンは言うとジープを降りた。「きみならなんとかしてくれると思っていたよ」

「あ、戻ってきた」

セオドシアがインディゴ・ティーショップの正面入り口から入ると、ヘイリーが大きな声をあげた。

「あらまあ、ずいぶんとげっそりしていますよ」ミス・ディンプルが心配した。「午前中いっぱい、冷たい雨のなかにいたせいですね」

「まあね」セオドシアは言った。そのあと、ランチの席に警察が闖入してきたせいもあるわ、と心のなかでつけくわえた。けれども、淹れたてのお茶の香りと揺らめくキャンドルの炎、暖炉の火がはぜる音には心が癒やされる思いがした。

「お茶を一杯淹れましょうか？」ミス・ディンプルが訊いた。彼女は人の世話を焼くのがなにより好きだ。

「きょうのミス・ディンプルはりっぱにお茶のソムリエ役をこなしてたわよ」ヘイリーが言った。「どんどん上手になっていくし」

「すぐにお持ちしますね」ミス・ディンプルは言った。

セオドシアは店内を見まわした。お客がいるテーブルは二卓だけだ。「きょうは本当にお客さまが少ないみたいね」

「お墓みたいに静かだった」ヘイリーは言った。「ランチタイムは六組だけで、いまいるのはその残り。だから、セオとドレイトンが戦線離脱するのに最適な日だったってわけ」彼女はそこで少し口ごもった。「ちょっと待って。ドレイトンは戻ってくるの？」

「それは無理でしょうね。午後いっぱい、撮影に取られるようだから。家のこととなるとやたらと細かくなる性格は、ヘイリーもよく知ってるでしょ」

「たしかに」

「それに、いくつかの写真では彼にポーズを取らせるみたい」

「いやがりそうね」ヘイリーは言った。「ツイードのジャケットを着せられて、パイプかなにかをくわえさせられるんだわ、きっと。イギリスの荘園の領主みたいに見えるように」

「ドレイトンから、戻ってきて手伝ってほしいと頼まれたの。こっちがあまり忙しくなければだけど」

「見てのとおり、忙しくない。唯一活気づいたのは、レディ・グッドウッド・インから大量にテイクアウトの注文があったときくらいだもん。冷蔵庫が故障でもしたんじゃないかな」

「さあ、どうぞ」ミス・ディンプルはカウンターごしにお茶を滑らせた。

セオドシアはありがたくひとくち含んだ。「おいしいわ。ありがとう」

「そうそう」ヘイリーが思い出した。「ビル・グラスが顔を出したんだ。みなさんにって《シューティング・スター》紙を何部か置いてった」

「いい方ですねえ」ミス・ディンプルが言った。

「とんでもない、いい方なんかじゃないわ」セオドシアは教えてあげた。

ヘイリーがカウンターの奥に手をのばして一部取った。「ねえ、見て。なかなかおもしろいよ」

一面でまず目に入ったのは、ブルックリン・ヴァンスとアール・ブリットのとても友好的とは言えない写真だった。口論のまっただなかなのだろう、口を大きくあけた姿は互いを嚙みちぎろうとする二頭のティラノサウルス・レックスを思わせる。そのうしろに立っているのはデレインだ。当然のことながら、彼女はとてもすてきに写っている。

「ひどいわね」セオドシアはもう一度写真をじっくりながめ、このふたりがグルということはあるだろうかとあらためて考えた。それからタブロイド紙をカウンターに伏せた。「ほかに、わたしの耳に入れておくべきことはある？」

「アンジーから電話があった」ヘイリーは言った。「セオに話があるって」

「折り返しの電話がほしいと言ってた？」

「ううん。いくつか用事があるんだって。すごく疲れたような声をしてた」

「なんの用だったのかしらね」セオドシアは言った。アンジーもかわいそうに。最初の夫は数年前に亡くなった。そして、本来なら婚約していちばんうれしい時期なのに、婚約者はあっさり解雇され、彼女はドローン攻撃のいざこざから彼を解放しようと必死になっている。これでもかと不幸に見舞われている。

セオドシアはオフィスに引っこむと、ブーツを蹴るようにして脱ぎ、万が一のときのために置いてある履き心地のいいローファーに足を入れた。電子メールをすばやくチェックし、それからお茶の雑誌をぱらぱらめくって、宜興（ぎこう）のティーポットに関するいい記事がのっているのに目がとまった。

ドアをノックする音がして、顔をあげた。ヘイリーだった。

「なにか食べる？　厨房にクラムチャウダーが少し残ってる。よかったらクリームスコーンも添えるけど。シナモン入りのハニーバターも」

「おいしそうね。でも、昼食会で食べすぎちゃって」

「どこでやったの？」

「〈ヴェランダ・ビストロ〉」

「料理はおいしかった？」

「ええ、とても。あなたが考えるメニューほど独創的ではなかったけど」

ヘイリーはブロンドのロングヘアをうしろに払い、出ていこうと振り返った。「当然よ」

ヘイリーは厨房に戻り、セオドシアはお茶の雑誌に戻った。パリのティーショップを紹介する記事を斜め読みしていると、ティールームから声が聞こえた。少し甲高い。いやだわ、なにかトラブルかしら？

セオドシアは立ちあがりかけたが、アンジー・コングドンがいきなりオフィスに入ってきたのを見て、これが騒ぎの正体だったのかと思いいたった。アンジーは顔が引きつり、髪は少しぼさぼさになっている。けれども、それは雨のせいかもしれない。

「ドン・キングズリーさんのお葬式に行ったんですって？」アンジーは感情が高ぶっていて、なにがなんでも聞き出してやるという気持ちを前面に押し出していた。〝会えてうれしいわ〟も〝元気だった〟もなし。

「いま帰ってきたところ」セオドシアは言った。

アンジーは数歩進んでセオドシアのオフィスに入った。「わたしのほうは〈フェザーベッド・ハウス〉を担保にして、保釈金を借りたところ」

「なんですって？」セオドシアはいきおいよく立ちあがり、椅子をひっくり返してしまった。

「ハロルドが逮捕されたの？」

「ううん。でも時間の問題だと思う。包囲網がせばまってきたのがわかるもの」アンジーは足をもつれさせながらもう一歩進み、セオドシアの正面にある房飾りのついた椅子に倒れこむようにすわった。目に涙が光り、恐怖のあまり声が震えている。「ハロルドが逮捕されて、事件が解決されなかったら、わたしはすべてを失ってしまうわ！」

「アンジー、そんなことない」セオドシアはあわててなぐさめた。デスクをまわりこみ、アンジーの隣にすわって彼女の体に腕をまわした。「そんなことにはならないわ。あなたはまだ知らないだろうけど、お葬式の直後、昼食会の会場に警察官がふたりやってきて、チャールズ・タウンゼンドさんを事情聴取のために連行していったの」

「ええっ！」アンジーはぱっと体を引いた。驚きのあまり、表情の豊かな目を丸くしている。

「どういうこと、セオ？」

「ひょっとすると……ううん、あまり深読みすべきじゃないわね。でも、警察は彼を逮捕するんじゃないかという印象を受けた」

「タウンゼンドさんを殺人の容疑で逮捕するということ？」

「見当違いのことを言ってるかもしれないけど、そうなんじゃないかって気がする」自分でもあいまいなことを言っているのはわかっていたが、とにかくアンジーに少しでも安心してほしくて必死だった。

「本当なの？　それがあなたの見立てなのね？」

「警察は三人も殺された残忍な事件を抱えている」セオドシアは言った。「つまり、たいへんなプレッシャーにさらされているってこと。だから事件に終止符を打ちたくてしかたがないのよ。それもできるだけ早く」

アンジーは胸に手を置いた。「ああ、神様。つまりハロルドの容疑は晴れたのね！」

セオドシアは励ますようにうなずいたが、理性の声が早まってはいけないと警告していた。

ハロルドの容疑は晴れたかもしれない。でも、まだ晴れていないかもしれない。

22

セオドシアが到着したとき、ドレイトンの自宅は上を下への大騒ぎになっていた。《南部インテリアマガジン》誌の写真編集者(フォトエディター)バーバラ・レイトン、カメラマンのウッディ・ホヴェル、ウッディのアシスタントふたり、スタイリスト、照明係ふたり、それに見習いふたりが一心不乱に働いていた。

ドレイトンはダイニングルームでバリスター・ブックケースに背中を預け、暗い顔で両手を揉み合わせていた。セオドシアがたくみに照明をよけ、青と柿色のペルシア絨毯の上をくねくねと這っている黒いコードをまたぎながら近づいていくと、ドレイトンの表情はいくらか明るくなった。

「撮影はどんな感じ？」セオドシアは訊いた。

ドレイトンは哀れっぽい目を向けた。「ひたすら耐えているよ。きみも知ってのとおり、わたしは私生活を大事にする人間だから、これは苦行にもひとしい。誰もかれもが自分の考えをわめきちらし、わたしの大事な家具を動かしてまわっている。堪忍袋の緒が切れそうだ」

セオドシアはダイニングルームをぐるりと見まわした。チッペンデール様式のテーブルには、彼が大切にしているリモージュの食器にバカラの脚つきグラス、タリスマン・ローズの銀器が八人分、並んでいる。中央には、シルバーの枝つき燭台がふたつと、赤いバラとショッキングピンクのフリージアが飾られている。奥の壁には、第二代グレイ伯爵であり、一八三〇年から一八三四年までイギリスの首相もつとめたチャールズ・グレイの油彩画がかかっていた。

「見た感じ、なにもかもがすばらしいじゃない。《南部インテリアマガジン》が写真を撮ろうと躍起になるのもわかるわ」

「写真をのせるだけではないらしい」ドレイトンはいつパニックを起こしてもおかしくない状態だった。「いくつかの写真には文章も添えるというのだ」

「そりゃそうよ。雑誌なんだから読者の関心を惹く必要があるもの」

「それで編集者から、この家の歴史についていろいろと聞かせてほしいと言われているのだよ。それと、わたしがどのような修復作業をおこなったのかも」

「だって興味深いじゃない。それに、そういう情報は、自宅を歴史的な正確性をたもちつつ改装しようとしている人たちにとっていいヒントになるし」

ドレイトンは当惑の表情を浮かべた。「そう思うかね？」

「ええ。それにきっとすべていい方向に運ぶわよ」セオドシアはドレイトンにもおすそわけするつもりで、ありったけの元気を声にこめた。「最初はどこを撮影したの？」

「キッチンだ」

「息をのむほど豪華なキッチンね。銅の流し台と、ティーポットのコレクションをおさめたすてきな戸棚はとくに見映えがするわ」

「中国のファミーユローズ柄のティーポットを手前の真ん中に置いてみたのだよ」ドレイトンは少し自慢げに言った。

「いいじゃない。あれは本当にすてきだもの」

「しかも乾隆帝（けんりゅうてい）の時代のものだからね」

バーバラ・レイトンがやってきて、セオドシアに自己紹介した。彼女は四十代なかば、黒いタートルネックに黒い細身のスラックスを合わせ、黒いフラットシューズを履いていた。ハニーブロンドの髪をうしろでまとめて小さなポニーテールにし、片耳に鉛筆をはさんだ姿は、まさに仕事中の編集者そのものだ。

簡単なあいさつを交わしたあと、バーバラは言った。「撮影はとても順調に進んでいます」

「すばらしい写真が撮れそうね」セオドシアはため息交じりに言った。「きっと家も喜ぶわ」

「被写体がいいですからね。どのお部屋もすてきに復元してありますもの。ここのハートパイン材の床なんか最高にすてきです」バーバラはドレイトンにまばゆいばかりの笑顔を向けた。

ドレイトンはヘッドライトに照らされた鹿のような顔をしていたが、セオドシアに肘で突かれてわれに返った。

「ありがとう」ドレイトンはバーバラに言った。

そのあと数分ほど撮影の様子を見ていたが、そこへカメラマンのウッディの声が飛んだ。

「いいぞ、いい感じだ。次の部屋に道具を持って移動しよう」彼が近づいてきたので、セオドシアはまた自己紹介をした。ウッディはひょろっとした体型で、ストーン・テンプル・パイロッツのレトロなTシャツと色あせたブルージーンズという恰好だった。真剣そのものの瞳は青く、砂色の髪を昔のサムライのようにきっちりとお団子にまとめている。

「もう終わったのかね？」ドレイトンは、期待するような響きをにじませてウッディに訊いた。

「いやいや、まだまだ。肝腎な部屋が終わってません。居間です」

「あとどのくらいかかるのかね？」

「必要なだけかかるのよ」セオドシアは言った。

「そうです」ウッディはそう言って、少し考えこんだ。「道具を移動させたら、少しテスト撮影をします」彼はドレイトンに目を向けた。「何枚かはあなたも入ってもらえると聞いてますが、それで合ってますか？」

「そうよ」バーバラが言った。「ドレイトンが入った写真も一枚か二枚はほしいもの。きっと読者の興味を惹くわ」彼女は片手をあげて、ふたりの見習いに合図した。「タビサ？　トーニャ？　どっちでもいいけど、わたしの撮影リストを持ってきてくれる？」

 うりふたつに見える見習いふたりはうなずき、バーバラの撮影リストを取りに駆け出した。

「わたしたちはあなたが着るジャケットを選びましょう」セオドシアはドレイトンに言った。

「そうしてください」ウッディが言った。「時間もありますし。スタイリストがマントルピースを飾る置物をいくつか見つくろいたいと言ってますので」

ドレイトンは二階へあがり、クロゼットをあさってジャケットを四着選び、それを持って下におりてきた。

「どれもほとんど同じに見えるけど」セオドシアは言った。ふたりでドレイトンの小さな書斎にジャケットを並べたが、どれも生地はツイードだった。

「まったく同じというわけではない。これはハリス・ツイード」彼はそう言って、べつのジャケットに手を触れた。「こっちのはドニゴール・ツイード。そしてこれは……」

「それもツイードでしょ」とセオドシア。

「そうだが、プリンス・オブ・ウェールズ・チェックという柄のツイードだ」

「これがいいわ」

「適当なことを言っているわけではあるまいね？　わたしに調子を合わせているのでは？」

「そんなことない。本当にとてもすてきだからよ」セオドシアは必死に真顔をたもちながら言った。

ドレイトンはジャケットに合わせてワイシャツとドレイクスの濃い茶色のシルクの蝶ネクタイを選んだ。

セオドシアはドレイトンの肩についた小さな糸くずをつまみ、蝶ネクタイの具合を直すと、まわれ右をさせて、居間へと押しやった。

ドレイトンの家の居間は小さいが気品にあふれていた。白大理石でできたフランス製の暖炉、房飾りのついた革のソファ、ジョージア王朝風のマホガニーのコーヒーテーブル、それにフランスの田舎風スタイルのサイドチェア。格子窓には分厚いビロードのカーテンがかかり、灰緑色と金色をあしらった中国産の敷物が床を覆っている。

そしてとんでもなくあわただしかった。

ウッディとアシスタントは照明とカメラのセッティングをほぼ終えていた。見習いたちは駆けずりまわってコーヒーの入ったカップを配り、そうかと思えば足をとめてマックブック・プロのスクリーンに見入っている。スタイリストはマントルピースに飾る小道具をあれこれ見つくろっていた。

「だめだ、それじゃでかすぎる」ウッディがレンズごしに言った。彼は腰をのばした。「もっと小さいほうがいい。色彩豊かでありながら、小さいものだ」

「燭台はどうでしょう？」見習いのひとり、タビサだかトーニャだかが提案した。

「もっと色がほしいな」ウッディは言った。

「連絡した骨董商はどうしたの？」バーバラが言った。「いいかげん、来てもよさそうなものなのに」

「中国の青と白の柄の花瓶なんかどうですか？」セオドシアは提案した。

「気になさらないで」バーバラは言った。「アンティークの専門家に頼んでありますから。

ねえ、トーニャ、悪いんだけど……」

「あたしはタビサです」

「……例のアンティークの人に電話してもらえる？　こっちに向かってるか確認してほしいの」

「外部の専門家を呼んだのか」ドレイトンがセオドシア相手に文句を言った。「うちの装飾品のなにが悪いというのだ？」

「そんなにかっかしないで」セオドシアはなだめた。「雑誌の人たちはこれまでのところ、極端に手をくわえていないんだから、小道具については好きなようにやらせておけばいいじゃない。その結果、マントルピースがとんでもなく安っぽく見えるようなら、そのときに抗議すればいい」

「そうだな」

「そうそう、その調子」セオドシアは彼の腕を軽く叩いた。

しかし、その二分後、セオドシアは正式に抗議するしかないという気持ちになった。というのも、よりによってアール・ブリットがやってきたからだ。

「お待ちしていました」バーバラはほっとした声で言った。「どんなすてきなものを持ってきてくださったの？」

「いかん」アール・ブリットが気泡緩衝材でくるんだ品の入った箱をコーヒーテーブルに置くのを見て、ドレイトンは小さく怒りの声を洩らした。「あの男だけはいかん」

「かっかしちゃだめ」セオドシアはそうなだめたものの、彼女自身もあの男の大きな耳をつかんで、裏口から引きずり出してやりたい気持ちだった。

ブリットがそっと緩衝材をはがすと、明朝時代の花瓶、真鍮とガラスの置き時計、それにアンティークのスタッフォードシャー犬の置物一対が現われた。バーバラはひとつひとつを盛大に褒めちぎり、ブリットのほうはそのたびに大げさなくらいにごまをすっていた。セオドシアとドレイトンはもうがまんできないとばかりに、なにがどうなっているのかと前に進み出た。

ところが、ウッディまで会話の輪に引きずりこまれたらしく、彼もにこやかに笑っている。「これよ、これ」バーバラはスタッフォードシャー犬の置物のうちひとつを手に取って、全員に見せた。「この子、かわいいでしょ？　しかも対になっているの」

「気に入ってもらえると思ってましたよ」ブリットはバーバラに笑ってみせると、セオドシアとドレイトンに視線を向けた。「やあ、どうも」鼻につくおもねるような声で言った。

「スタッフォードシャー犬の置物か」ドレイトンは食いしばった歯のあいだから言葉を絞り出した。

「ヴィクトリア朝時代の上等な焼き物でしてね。一対で三千五百ドルです」ブリットはドレイトンの自宅に招かれたという事実に気をよくしているようだった。「お部屋の雰囲気がワンランクあがりますよ」

「ばか高いワンコなんだな」ウッディが言った。

「落とさないように注意しないといけないわね」とセオドシア。

「本物だったらの話だ」ドレイトンはつぶやいた。


ウッディの求めるライティングを達成するには永遠にも思える時間がかかった。けれども、各種の光量調節用金網やキーライトの助けを借りて、ようやく準備が整った。それからウッディはひたすらシャッターを押しつづけた。あらゆる角度から居間を撮影した。

「もう終わりにできそう？」バーバラが訊いた。すでに夜の六時をすぎ、顔が疲れていた。見習いふたりはもう帰してある。アール・ブリットですら飽きて現場をあとにしていた。スタッフォードシャー犬の置物を必ず返却するようにと、スタッフにうるさいほど念を押して。

「あともう少し」ウッディは腰をのばし、ドレイトンに目を向けた。「コナリーさん？　その暖炉の前に立ったところを撮りたいんですが」

「いまかね？」ドレイトンは訊いた。

ウッディはうなずいた。「最後になっちゃいましたけど」

ドレイトンはまだ渋っていた。そこへセオドシアが割って入った。

「シックですてきよ」彼女はドレイトンにささやいた。「それと忘れないで。ここはあなたの家なんだし、これはあなたの晴れ舞台なの。だから、さっさと行って、粋な南部紳士らしくポーズを取ってきなさい」

ドレイトンは暖炉に歩み寄って、胸を張り、スタッフォードシャー犬の置物が写りこまないよう、その真ん前に立った。

　セオドシアはそれでいいと言うように親指を立てた。

「完璧です」ウッディが言った。「今度は少し顎を上向けて、そのままじっとして……はい、いいですよ。ほら、ごく自然に撮れてる」

　撮影が進むにつれ、ドレイトンの肩の力は抜けていった。最後には、胸のところで腕を組み、カメラをまっすぐに見つめ、完璧なポーズを決めた。

「これだ」ウッディが言った。「最高の一枚が撮れました」

「じゃあ、これでおしまいね」バーバラが満足と疲労の入り交じった声で言った。照明がいきなり消され、全員があたふたと道具をしまいはじめた。

　セオドシアはとりわけ喜んでいた。ドレイトンがあまりに及び腰で神経質になっていたからだ。それでも最後には、よくがんばった。

「とてもよかったわ」彼に声をかけた。「自然でありながら、とてもカメラ映えしてた」

「自分でもよくやったと思うよ」ドレイトンは言った。「ひとつ不満なのは、カメラマンがデジタルカメラを使っていたことだ。ちゃんとしたフィルムを使わないのは抵抗があるね。写真が〝入道雲〟とかいうもののなかにしか存在しないのはどうかと思う」

　セオドシアはこらえきれずに噴き出した。「クラウドのこと?」

「専門用語ではそう言うのかね?」

「デジタル撮影をそんなふうに決めつけちゃだめ。いい面だってあるんだから」

ドレイトンは鼈甲縁の半眼鏡をかけて、セオドシアの顔をのぞきこんだ。

「例をあげたまえ」

「たとえば、撮った写真をすべてその場で見られるわ。そこにあるウッディのパソコンで。彼はアングルや照明がぴったりか確認していたけど、気づかなかった？」

「ちょっと待ってくれたまえ。本当にこの場で写真が見られるのかね？」ドレイトンは訊いた。「どのくらい待てばいいのだね？」

「見たいなら、いますぐにでも」

「もう写真はできあがっているわけか」

「そうよ」セオドシアは言った。「来て。見せてあげる」

ふたりはサイドテーブルに起動した状態で置いてあるパソコンに近づいた。

「おやおや」ドレイトンは言った。「これはまた……悪くはない」

「冗談言わないで」セオドシアはマウスを持って、何枚かの写真をクリックした。「どれも最高にすてきじゃないの」

「気に入ってもらえましたか？」ウッディがそばまで来ていた。

「見せてもらった範囲で言えば……いやはや、ひじょうに気に入ったよ」ドレイトンは言った。

「どれもすばらしい出来映えだわ」

「全部、メールで送りましょうか？」ウッディが訊いた。「そちらで見てもらって、どれがよかったかバーバラに伝えたらどうでしょう」

ドレイトンはびっくりした。「これをメールでわたしに？　なんとまあ。どうすればいいのかわたしにはさっぱり……」彼は困惑したように肩をすくめ、セオドシアに目を向けた。「セオ……？」

「写真はわたしに送ってください」セオドシアは名刺を一枚出して、ウッディに渡した。「メールアドレスはその名刺に書いてあります」

ウッディはうなずくと、名刺をジーンズのポケットに突っこんだ。「わかりました。でも、一日かそこら、時間をください。明日はサヴァナまで行って、マンション・オン・フォーサイス・パークでひらかれる、ど派手で盛大な結婚式の撮影があるんです」彼は目をぐるりとまわした。「それがまたすごいんですよ。ぼくを雇った花嫁はどうかしていて、新婦付添の女性がなんと十二人もいるんだそうです」

ドレイトンの大事なフランスのフュレの置き時計が美しい音色のチャイムを七回鳴らす頃には、全員がいなくなっていた。けれどもテーブル、椅子、そしてソファはもとの場所にきっちり戻っていなかった。

「まずは家具の移動だな」ドレイトンはあたりを見まわした。

「安心して」セオドシアは言った。「わたしも元どおりにする手伝いをするから」

「それと、見たまえ。スタイリストがあれを忘れていったぞ」ドレイトンはマントルピースからまんまるの小さな目でふたりを見ている、スタッフォードシャー犬の置物をしめした。「どうやら、わたしがあの犬たちをアール・ブリットのもとに返さなくてはならないようだ」

「だったらいますぐ行きましょう」セオドシアは言った。ちょっとした考えがひらめいたのだ。

「どういうことだね？　もう……」ドレイトンはアンティークのパテックフィリップの腕時計に目をやった。「七時をすぎている。ブリットの店はしっかり戸締まりをしたあとだろうに」

「全部が全部、しっかりというわけじゃないかもよ」

「セオ……」ドレイトンはゆっくりとした問いかけるような口調になった。「教えてくれたまえ、いったいなにを考えているのだね？」

「このあいだ、ブリットさんはあの部屋に入らせまいと必死だった」セオドシアは嫌悪感たっぷりに鼻で笑った。「わたしの見るところ、あれは絶対に保管室だわ」

「たしかに、きみが入って見てまわろうとしたら、ブリットのやつはそうとう取り乱したものな」

「あそこにネイビー・ジャック・フラッグを隠しているのかもしれない」

「忍びこんだところを捕まったらどうする？」ドレイトンは訊いた。

セオドシアは天使のような笑みを見せた。「そのときは、スタッフォードシャー犬の置物を返しにきたと言えばいいの」

「小さな親切、か」ドレイトンは言った。「言い訳としては悪くない。というより、ひじょうに冴えている」

ケンタッキー・ダービーのお茶会

5月の最初の土曜日、ケンタッキー州ルイヴィルにあるチャーチル・ダウンズ競馬場のボックスシートでダービー見物ができれば最高ですが、このお茶会も引けを取りません。お招きするお客さまには大きくて派手な帽子をかぶっていただき、霜のついたグラスに本物のミント・ジュレップかミントティーを注ぎ、レモンを添えて出しましょう。メニューはブラウンシュガーのスコーン、ペカンとリンゴのサラダ、バーベキューソース味のプルドポークをコーンブレッドにのせたオープンサンド、バナナプディング・トライフルといったところでしょうか。それぞれが意中の馬を選べるよう、出走表をプリントアウトするのをお忘れなく！

23

アール・ブリットの骨董店の前に車をとめたところ、店内は煌々と明かりがついていた。

「ねえ、見て」セオドシアはドレイトンに言った。「誰かお店にいる」

「誰だろう。こんな時間だ、ブリット本人とは思えんが」

ふたりは車を降り――ドレイトンはスタッフォードシャー犬の置物を両腕でそっと抱えて――通りの左右に目をやった。ブリットのポルシェはどこにもなかった。

「店をまかされた従業員がなかにいるのだろう」ドレイトンが言った。

「うまいこと言ってなかに入れるか、ためしてみましょうよ。あなたも手を貸してくれるわよね」

「これがはじめてというわけではあるまいに」

ふたりがなかに入ると入り口のドアがちりんと鳴り、ウェーブのかかった灰色の髪の五十代とおぼしき女性をびっくりさせてしまった。女性はむずかしい顔でカウンターの上のものを見ていたが、梱包作業中なのを一瞬忘れ、怯えたような表情で振り向いた。

「まあ！」女性は叫んだ。「わたし、鍵をかけ忘れちゃったかしら。かけたと思ったのに」

あせった様子で、セオドシア、つづいてドレイトンを正面から見つめた。「申し訳ありませんが、本日の営業は終了しております。わたしはこれから大急ぎで……」

「ご心配なく」セオドシアは気さくで、無害なことをしめすように言った。「写真撮影でこちらのご主人にお借りしたスタッフォードシャー犬の置物を返しに寄っただけですから」

ドレイトンが一歩前に出て、犬をカウンターにそっと置いた。

女性の顔のこわばりがたちどころに消えて、笑みが浮かんだ。「そのかわいいワンちゃんはどこに行っちゃったのかしらと気になってたんですよ」それから秘密を打ち明けるみたいに声を落とした。「ミスタ・ブリットが売ったんじゃありませんようにとお祈りしてたんです。だって、いつもそばにいてほしいじゃありませんか。ミスタ・ブリットにいつも言われているんですよ。〝気をつけるんだね、ミセス・ウィンクルマン。商品に惚れこむのはやめたほうがいい。どれもすべて売り物なんだから〟って」彼女はほほえんだ。「でも、わたしは本当にこのワンちゃんが好きなんです」

「あなたがいてくれてよかった」セオドシアは言った。「おかげでかわいいワンちゃんたちをちゃんとおうちに帰せたんだもの」

ミセス・ウィンクルマンはぞんざいに手を振った。「ミスタ・ブリットに頼まれた荷物の梱包をしていたところだったんですよ。古いプランテーション・ハウスを全面的に修復しているボーフォートのお客さまが、アンティークの薪のせ台をふたつお買いになったんです。フェデックスの最終の収集に間に合わなくて、わたしが空港まで持っていくとミスタ・ブリットに約束しましてね。空港にあるフェデックスの事務所ならば、十時まで荷物を受け付けてくれるんですよ」彼女はそこで顔をしかめた。「でも、鋳鉄でできているので、とても重いんです。それで頑丈な箱に入れなくてはいけなくて」

これこそ、セオドシアが待ち望んでいたチャンスだった。

「梱包がすんだら、ドレイトンがあなたの車まで荷物を運ぶわ」セオドシアは提案した。

「喜んでお手伝いしますよ」ドレイトンもセオドシアがなにをたくらんでいるのか、手に取るようにわかったのだ。

「お願いできます？」ミセス・ウィンクルマンの顔がぱっと明るくなった。「なんてありがたいんでしょう！ この薪のせ台ときたらとんでもなく重たくて、おそらく送料が二百ドル近くかかるんじゃないかしら。いやだ、わたしったら……手のほうがおろそかになっちゃって。梱包はあと二分もかかりませんから。あとはテープでふたをして、送り状を書くだけです」

「急がなくていいですよ」セオドシアは言った。「なかを見せてもらっていますから」

セオドシアはネイビー・ジャック・フラッグ――あるいはなんらかの旗――がないかと目を光らせながら、カウンターから陳列ケースへと場所を移した。なにも見あたらなかった。油彩画、真鍮の小立像、アンティークの磁器、装飾用植木鉢、置き時計、古いブリキの看板はあったが、旗はひとつもなかった。もしかして、あの隣の部屋にあるとか？

ドレイトンに両の眉をあげて見せると、彼はそれを合図に行動を開始した。

「よろしければ、梱包のお手伝をしましょうか？」彼は訊いた。

「あら」ミセス・ウィンクルマンは言った。「いえ、もう……はい、これで運び出せます」

ドレイトンが箱を持ちあげると、ミセス・ウィンクルマンはきちょうめんなメンドリみたいに、せかせかと先にたって歩き出した。あけたドアを押さえてドレイトンを通してやり、自分の車――建物の前にとまっているフォード・フォーカス――へと案内した。

見ていると、ふたりは箱を後部座席に詰むか、トランクにしまうか決めかねているようだ。よしよし。ドレイトンが時間稼ぎをしてくれている。紳士的にふるまいながらも、しっかり時間稼ぎをしている。

セオドシアはまっしぐらにわきの部屋に向かった。取っ手を握り、まわしてみるが……なにも起こらなかった。

謎の部屋のドアは鍵がかかっていた。

ホーボー・バッグに手を入れ、頼みの綱のＶＩＳＡカードを出した。以前にもこれで鍵をあけたことがある。もちろん、デッドボルト錠だとクレジットカードという古い手は使えない。けれども、この鍵は見たところ……なんとかなりそうだ。

慎重のうえにも慎重に、カードを側柱とドアの隙間に滑りこませた。ゆっくりと位置をさだめ、カードを前後に動かした。かちりという小さな音が、聞こえたというより感触でわかった。ひょっとしたらこれで……だめ、失敗だわ。ドアはあいかわらず、あかなかった。

もう一度ためした。今度はカードをもっと奥に挿しこんで、さっきよりも力を入れずに前後に動かした。正面の入り口を絶えず気にしつつ、五秒、十秒、やがて二十秒が経過した。そしてやっと、不気味な古い寺院でインディー・ジョーンズが正しい石に触れたみたいに、ドアが大きくあいた。なかへどうぞと誘うように。

セオドシアは飛びこんだ。

そこはあきらかに保管室で、商品がぎっしり詰まっていた。あたらしく購入したものなのか、売れ残りなのかは判断がつかない。それはどうでもいい。セオドシアはやみくもに箱を次々と調べていき、戸棚の扉をあけ、山のように積まれたヴィンテージもののトップコートの下を探った。ない。

さて、あとはどうしよう？

あちこち見まわすうち、古いドーム型トランクがあるのに気がついた。膝をついてふたをあけると、なかには世紀の変わり目の頃の服を着た人形が何体も入っていた。世紀の変わり目と言っても最近のことではなく、そのひとつ前の世紀の変わり目だ。かびたトランクのなかから、人形の生気のない目がからかうように見あげている。

セオドシアはふたから手を離した。

正面入り口からかすかにベルの音が聞こえ、セオドシアはいきおいよく立ちあがった。あと数秒しかないと悟り、部屋から駆け出した。部屋のドアを閉めるのと同時に、ミセス・ウインクルマンが店内に入ってきた。

「なにかお気に召したものはありまして？」

セオドシアはいちばん手近にあった品に手をのばした。おかしな形をしたガラスのランプで、台のところに猿が巻きついている。「これがとても気に入ってしまって」

「それ、かわいいでしょう？」ミセス・ウィンクルマンは言った。

「見事な逸品だ」ドレイトンが調子を合わせる。セオドシアが驚いたことに、彼は真顔をたもっていた。

「お買い求めいただけるようなら、ブリットさんにお値段を訊いておきますけど」

「お願いするわ」セオドシアはミセス・ウィンクルマンに言った。「どうもお邪魔しました」

セオドシアはドレイトンを家の前で降ろした。

「わたしも一緒に家に入りましょうか？　家具を元どおりにするのを手伝うわよ」

「ありがたい申し出に感謝するよ。だが、それにはおよばない。きみは知らないかもしれないが、わたしはものの配置に関しては少々うるさくてね」

「ぜーんぜん知らなかった」セオドシアは笑いをこらえながら言った。

「わかった、わかった。からかわれていることくらいわかっているとも」ドレイトンは車を降りると、背を向けたまま手を振り、自宅のアプローチに消えた。

セオドシアは、深夜のドナルド・キングズリーの自宅の前を通りたい気持ちを抑えつつ、自宅への数ブロックを走った。

細い路地をがたがたと走って、自宅の小さなガレージに車をとめ、パティオを突っ切った。

裏口まであと半分というところで小さな生き物が光の輪のなかでうずくまっているのが見えた。セオドシアは興味を惹かれ、なんだろうと腰をかがめた。

ルリツグミだった。羽がびしょ濡れで、呼吸が荒い。

窓に突っこんだのかしら？　タカに出くわしたとか？

理由はなんであれ、このまま放っておくわけにはいかない。アライグマやオポッサムなどの小動物が来ておやつがわりに食べてしまうかもしれない。

セオドシアはバッグに手を入れ、スカーフを出した。それを鳥のわきにひろげると、両手で鳥をそっとすくいあげ、スカーフで包んだ。単に気を失っているだけなら、十分か十五分で意識が戻るだろう。

キッチンに入り、ルリツグミをボール紙の箱に寝かせ、上からティータオルをかけてやった。その様子を、アール・グレイが不安そうな顔で見守っている。

「小鳥さんは頭を打っただけよ」とアール・グレイに向かって言った。「たぶん、しばらくすればぴんぴんするわ」

アール・グレイはキッチンを出ていき、セオドシアは自分用にカモミール・ティーを淹れた。新聞を読み、キッチンのなかをうろうろしているうち、カウンターに置いた箱のことはすっかり忘れていた。十五分ほどたった頃、翼をばたつかせる音が聞こえた。

なかをのぞくと、ルリツグミはほぼ回復しているようだった。

よかった！

箱ごとドアまで持っていき、外に出て、ティータオルを取り去った。二秒後、ルリツグミは翼をひろげて舞いあがり、近くのマグノリアの木に飛び去った。

セオドシアは思わず笑みを浮かべ、気をつけるのよ、と心のなかで声をかけた。

24

金曜の朝、チャールストンの上空はあいかわらずまだらの灰色に覆われていたが、雨は霧雨にまで弱まっていた。このまま天気が上向いてくれれば、太陽がちらりとでも見えるかもしれない。大事なのは、〝ちらりとでも見える〟という点だ。

セオドシアはティーショップのなかをてきぱき動きまわり——ヘイリーは厨房にこもっているし、ドレイトンはずらりと並ぶお茶の缶を調べていた——うきうきとテーブルセッティングにいそしんでいた。ピンクのプレースマットをテーブルに置き、ロイヤルアルバートのオールド・カントリー・ローズ柄のカップとソーサーを出した。赤いバラと緑の葉という組み合わせがきょう一日を明るくしてくれると考えてのことだ。つづいて、ガラスのティーポット保温器と専用の小さなキャンドル、お皿、最後に中身を補充したクリーム入れと砂糖入れを並べた。シナモンのスコーン、茉莉花茶（ジャスミン）、新鮮なオレンジの香りがインディゴ・ティーショップに充満していくなか、忙しく働いているといい気分になってくる。

それでも、三人が殺された事件はいまもセオドシアの心に重くのしかかっていた。それはおそらく、アンジーには失うものがあまりに多く、その彼女にセオドシアは力を貸してほしいと頼みこまれているからだろう。徹底した正義の人であり、理にかなった結論を強く求めるセオドシアとしては、むしゃくしゃしてしょうがなかった。望んでいるような事態になっていないからだ。

セオドシアは入り口近くのカウンターに近づいた。「ゆうべのことは残念だったわね。せっかくなにかわかると思ったのに」

「残念だ」ドレイトンはオウム返しに言った。彼は素粒子物理学の新理論を考え出そうとするように、思索にふけっていた。実際には、アール・グレイとイングリッシュ・ブレックファストのどちらのお茶にしようか考えていた。

「どうするの?」セオドシアは訊いた。「お茶のことだけど」

「アール・グレイにしようと思っている。ヘイリーが言っていたが、けさはシナモンのスコーンとオレンジのブレッドを焼いているそうだから、ぴったり合うだろう」

「理想的な組み合わせよね」

どん! どん! どん!

「入り口のドアは鍵がかかっているのかね?」ドレイトンが訊いた。

「あけたはずだけど。《ポスト&クーリア》紙を取りに出たときに」

またもけたたましいノックの音が響き、ドアが数インチあいた。

「どちらさま?」セオドシアは声をかけた。

ドアがさらにあいてビル・グラスがいつになく気取った様子で入ってきた。カーキ色のカメラマンベストを着こみ、インディー・ジョーンズ風のソフト帽をかぶり、きざったらしい笑みを浮かべている。違法な発掘現場から追い出されたみたいな恰好だが、本人はまるで気にしていなかった。

「悪いけど、まだ営業前なの」朝早くから、この無作法な人を相手にしたくはない。

グラスはセオドシアの言葉を聞き流した。「ひじょうに興味深いニュースを耳にしてね」含みのある言い方だ。

セオドシアは首を横に振ったが、ドレイトンの好奇心に火がついてしまったようだ。

「どんなニュースだね？」

「警察はついさっき、チャールズ・タウンゼンドを釈放したそうだ。たしか、十分くらい前だったかな」

「なんですって？」セオドシアはその場で凍りついた。塩の柱に変えられたロトの妻のように立ちつくした。ただし、ロトの妻とはちがい、セオドシアはティーポットを手にしていた。

「というわけで、タウンゼンドは自由の身になった。鳥のように自由の身だ」彼は指を左右に振り、舌を鳴らす不快な音をさせながらカウンターまで行くと、カメラを置いた。「おれの聞いた話では、警察はタウンゼンドについて認識が誤っていたことを謝罪し、熱気球殺人事件の犯人についてはほかの線を追うと言っているそうだ」彼はセオドシアのほうを指差した。「だから用心したほうがいいぜ、ティー・レディ。凶悪な殺人犯がいまもこの町を闊歩してるってことだからさ」

「タウンゼンドが放免されたことをどうやって知ったのだね？」ドレイトンは訊いた。

「おれはマスコミの人間だぜ。情報を仕入れるのが仕事だ」

「マスコミなんかじゃないわ。下劣なゴシップ紙を出してるだけよ」

「でもハイソな連中は自分の写真をのせてもらいたがってる。正直に認めろよ、ハニー。あんたの特集記事をのせてやったら、うれしいだろ？」グラスは腕を大きくひろげた。「目に浮かぶようだ。ティーショップの経営者、不可解な殺人事件の解決に協力ってな」

「やめてちょうだい」

「痛いところを衝かれたんであわててやがる」グラスはセオドシアにウィンクした。「どうせ今回も秘密裏に動いてるんだろ？」

「なんの話かさっぱりわからないわ」

「われわれには素人探偵などやっている余裕はないのだよ」ドレイトンが見下すような口調で言った。「主催するお茶のイベントで手いっぱいなものでね」

「ああ、そうだろうとも」グラスは鼻で笑った。

セオドシアにしてみれば、チャールズ・タウンゼンドが放免されたという話はいいニュースではない。ハロルドの容疑はまったく晴れていないということだからだ。次に事情聴取に連れていかれるのは彼かもしれないからだ。しかも、そのまま放免されないかもしれない。

気の毒なアンジー。大事なB＆Bを担保として保釈保証人に取りあげられることになりそうだ。

グラスがセオドシアの顔の前で指を鳴らした。「おい、惑星Xにでも飛んでいっちまったのか？　おれにお茶の一杯でも出したらどうだ？」

「ドレイトン、グラスさんにお茶を一杯差しあげて」セオドシアは言った。「テイクアウトで」

「ふん、おれにいられちゃ迷惑ってわけか」

「さっきも言ったけど、わたしたちはとっても忙しいの」

たしかに店は忙しかった。ビル・グラスがいなくなると、ヘイリーが昂奮した様子で、明日のボザールのお茶会のメニューを見直しながら厨房から現われた。

「スコーン、サラダ、それとロブスターのビスクスープを出そうってことで話は決まってるけど、スープは単体で出すんじゃなく、ひと品添えようかなって思ってる。薄く切ったロンドン・ブロイルをのせたクロスティーニなんだけど」

「ロンドン・ブロイルのひとことでやられたよ」ドレイトンは言った。

「これなら唾液腺が刺激されることまちがいなし」ヘイリーは請け合った。「そしたら、メインとデザートもおいしく食べてもらえる」

「話を聞いているだけで、もうハートを射貫かれたわ」セオドシアは言った。

「シャンパンを出す予定に変更はないよね？　お茶だけじゃなく」ヘイリーはセオドシアに確認した。

「上等なのをひと箱、注文してあるわ。伝統的な製法でつくられた本物のシャンパンよ」

ヘイリーは今度はドレイトンに目を向けた。「パーティ用品のレンタル会社にシャンパングラスを忘れずに注文してくれた？」

「すべて手配済みだ。それとあいている時間に、と言っても、わたしにはあまりあいている時間はないのだが、ボザール様式に関する短い話も用意したよ」

「きっとみんな笑い転げるわ」ヘイリーはもごもごと言った。

「なんだって？」

「なんでもない」ヘイリーは言うと、そそくさと厨房に引っこんだ。

かぶりを振るドレイトンをセオドシアはにやにやしながら見ていた。

「お茶を飲むかね？」彼は訊いた。「日本の緑茶も淹れてあるが」

「いただくわ」セオドシアは言った。

ドレイトンはカウンターの下に手を入れ、カップとソーサーをひと組出した。おもしろいことに、ロイヤルアルバートのチェルシーバードの柄だった。

「それを見て思い出した。ゆうべ、ルリツグミを助けたの」

「なにをしたって？」

「なにかにぶつかったか、大きな肉食の鳥の攻撃から逃げてきたかしたルリツグミを見つけたの。とにかく家のなかに入れて、濡れた体を乾かしてやりながら意識が戻るのを待って、外に放してやったわ」

「鳥の恩返しの話によく似ているな」

「それ、聞いたことがないわ」

「中国にチェンという名の老夫婦がいて、ふたりは野生のお茶を採って生計をたてていた。ある日、ふたりは傷ついた一羽の鳥を見つけた。家に連れ帰り、元気になるまで世話をし、そして放してやった。数日後、けたたましい鳥の鳴き声が聞こえ、夫妻の質素な家のまわりの木に何千という鳥がとまっているのが見えた。鳥たちが飛び去ったあと、香り豊かな茶葉が庭いっぱいに残されていた。それも、ふたりが目にしたことがないほど上等なものだった。鳥たちが大量に茶葉を置いていってくれたおかげで、夫婦はそれを売って、茶の販売業を始めたのだよ。そのお茶は鳥の恩返しという名前がついているというわけだ」

「鳥の恩返しというお茶は本当にあるの？」

「ここにある缶がそれだよ」

「いい話ね」

ドレイトンはほほえんだ。「そう言ってくれると思っていたよ」


暖かくなったせいか、雨がやんだせいか、あるいはのどかな春が戻ってきたせいだろう。インディゴ・ティーショップは急に忙しくなった。

「B＆Bに宿泊している観光客がいらしてくれたのだろう」ドレイトンがセオドシアに言った。彼は福建省産の白毫銀針茶のほか、中国産のバラの工芸茶とアッサム・ティーをそれぞれポットに淹れているところだった。「大勢の人々が週末にこの町を訪れ、探索に出かけているようだ。天気が回復してくれて本当によかった」彼は人差し指で青白柄のティーポットを軽く叩いた。「セオ、このケルタサリ茶園のお茶は六番テーブルだ。だが、注意してくれたまえよ。このインドネシア産の紅茶はむずかしくてね、蒸らし時間はぴったり五分必要だ」

セオドシアはお茶を注ぎ、スコーンとティーブレッドを運び、お茶とハーブ・ティーに関する質問に答えた（そうです、当店のハーブ・ティーはカフェインフリーで、果物、花、それにハーブをブレンドしています）。また、追加のジャムやクロテッド・クリームを運びもした。十一時半になると、あらたなお客が殺到した——ランチのお客だ。

「これなら週の前半に落ちこんだぶんを取り戻せそうね」セオドシアはドレイトンに言った。

「うむ。だが、たった一日では無理だろう」彼は電話の近くに張りついてテイクアウトの注文を書きとめるかたわら、ポットにお茶を淹れ、蒸らし時間を計っていた。

ヘイリーが考えたランチメニューが複雑でなくて助かった。この日は海老のサラダ、ほっこりする野菜のスープ、リンゴとキバナスズシロを添えたチーズのグリルサンド、それに、ヘイリーがスコーン・スライダーと呼んでいる食べ物だ。

「スコーン・スライダーってなんなの？」セオドシアは注文のあったスープを受け取りながらヘイリーに訊いた。

「チェダーチーズの入ったスコーンに、ハムとホワイトチェダーチーズとハニーマスタードをはさんであるの」

「あなたが考えたレシピ？」

ヘイリーはおずおずとセオドシアを見た。「うん。気に入った？」

「尊敬しちゃうわ」

席がすべて埋まり、あざやかな黄色い乗合馬車があらたな大勢のお客を店の前で降ろす頃、デレインがやってきた。

彼女は運命の瞬間に向かって突き進むタイタニック号のように、待っているお客をかき分けながら進んだ。ただし、彼女を覆っているのは灰色の鋼鉄ではなく、あざやかなピンクのジャケットと白いスラックスだ。

「セ・オ・ド・シ・ア！」デレインは大声で呼んだ。「きょうはテーブルはいらないけど、テイクアウトのランチをふたり分もらっていくわ。それもいますぐ。お願いね（シル・ヴ・プレ）」

セオドシアは片手にティーポットを持ち、ランチのサラダをいっぱいにのせたトレイを腰のところで支えていた。「それはカウンターにいるドレイトンに言って。きょうはテイクアウトの注文はすべてドレイトンをとおしてもらうことになってるの」

デレインはサラダに目をやった。「そのおいしそうなものはなんなの？　海老のサラダ？それをちょうだい」

「だからドレイトンに言って」

セオドシアはサラダを運び、お茶を注ぎ、そのままカウンターに引き返してからデレインに尋ねた。「きょうはジャニーンとお店で食べるのね?」ジャニーンというのはデレインの店〈コットン・ダック〉で長いことこきつかわれているアシスタントの女性だ。

デレインが首を振るのと一緒に、垂れ下がるタイプのダイヤのイヤリングが頬をやさしくなでた。「ちがうわ。ジャニーンは今週、休暇を取ってるもの。ウォルターボロにいるお姉さんのお見舞いで」そこで鼻にしわを寄せた。「なんでも、腱膜瘤を切除するとかって話よ」そこで今度は表情を明るくした。「でもいまちょうど、姪が訪ねてきてるの。まあ、それで、しばらくいてくれたらいいなと思ってるわけ。そしたら、お店のほうを臨時で手伝ってもらえるじゃない」

「よかったわね、デレイン」セオドシアがカウンターに目をやると、六人のお客が待っていた。

「それでね、明日のボザールのお茶会に彼女も連れていってもいいかしら? 姪のことよ」

「もちろんよ」セオドシアはお待たせして申し訳ありませんと声をかけようと、入り口近くのカウンターに並んでいるお客の列に向かいつつ、肩ごしにデレインに言った。「明日は席に余裕があるから」

混雑は収束に向かい、一時半をまわる頃には、インディゴ・ティーショップのあわただしさも落ち着いていた。テーブルはいまも満席だが、立てつづけに来ていたテイクアウトの注文はおさまり、入り口の前に並んでいる人はひとりもいなくなった。

「大丈夫?」セオドシアはドレイトンに声をかけた。蝶ネクタイがゆがんで、ハーフマラソンを走り終えたばかりという顔をしている。

「まあな。しかし、まあ、まるで苦行だよ」ドレイトンはため息交じりに言った。

「きのう、撮影現場でも同じことを言ってたわ」

「そうかね？　ふむ、記憶にないが」

「素直に認めなさいよ、ドレイトン。あなたって人は本当に心配性なんだから」セオドシアは笑った。

「そんなことはない」

セオドシアは指を一本立てた。「そんなあなただけど、いつだって自分の役割をものの見事にこなしているわ」

「なんともありがたいお言葉だね」電話が鳴り、ドレイトンはまたため息をついた。「あらたなテイクアウトの注文でないといいのだが」

そうではなかった。

「きみに電話だ」ドレイトンは受話器をセオドシアに渡しながら言った。「アンジーのようだ」

「アンジー？」セオドシアは電話に向かって言った。

「急な話で悪いんだけど」アンジーは言った。「今夜、うちに食事に来てもらえないかと思って。少し遅めの時間、そうねえ、八時頃でどう？」

「ひょっとして例の件で相談でも……？」

「ううん、そんなんじゃないの。むしろ、感謝のディナー。危険を顧みずにわたしたちに尽くしてくれたことへのお礼よ」

「そんなこと、してくれなくてもいいのに」

「でも、そうしたいの」

「そう、とてもうれしいわ。今夜うかがうわね。楽しみにしてる」

切って十秒もしないうちに電話がまた鳴った。

「やれやれ」ドレイトンは受話器をひったくるようにして取ると、相手の言葉に耳を傾け、それからセオドシアに差し出した。「またきみにだ」

「もしもし？」セオドシアは言った。

チャールズ・タウンゼンドの怯えたようなかすれ声が耳に飛びこんできた。

「あなたにぜひともお話ししたいことがあります」

セオドシアは即座に身がまえた。「どうして？　なにがあったの？」ビル・グラスが言っていたとおり、タウンゼンドは釈放されたばかりのようだ。

「電話ではひとことも話したくありません。それに、あなたの店に顔を出すのもためらわれます。どこか近くで会えませんか？　人目につく心配のない場所で」

「ずいぶんと謎めかすのね」それになんだか、胸騒ぎがする。

「自分でもおかしなことを言っていると思いますし、それについては謝ります。でも、電話では話せないし、ほかの人がいる場所では絶対に話せません」タウンゼンドの言葉が決壊したダムのようにほとばしり出た。「先だっての晩のあなたはティドウェル刑事をとても気づかっていたし、ぼくにも親切にしてくれた。その前、ドレイトンさんと一緒に会いにきたときだって、ほかの人たちのように押しつけがましい態度はとらなかった。だから……だから、あなたのことは信頼できる気がして」

「どういう点で信頼できるのかしら」セオドシアは訊いた。なんだかおかしな話になってきた。

「ふたりきりで話がしたいんです」タウンゼンドはこわばった声を絞り出した。「どこかで会えませんか？　内密に」

「聖ピリポ教会の前でどう？」その教会はインディゴ・ティーショップから一ブロック行ったところにある。通りに出っ張るように建つ歴史的建造物で、チャーチ・ストリートの名前の由来となっている。

「人目につきすぎます。裏で会えませんか？」

「墓地のこと？」

「いいですね」とタウンゼンド。

セオドシアは腕時計に目をやった。「何時頃？」

「二十分後に来られますか？」

「そうねえ、うーん……わかった。じゃあ、そこで」

25

「ちょっと出かけてくる」

電話を切るとセオドシアはドレイトンに告げた。

「なにかあったのかね？」

ドレイトンはそっけなく尋ねた。棚にお茶の缶を戻しているところだった。もちろん、アルファベット順に並んでいる。それに色分けもされていた。

「チャールズ・タウンゼンドさんからだった。こっそりわたしに会いたいって」

ドレイトンは缶を戻す手をとめた。「それはどうにも引っかかるな」

「大事な話があるらしいの」

ドレイトンは片方の眉をあげた。「なんだって？　警察が拷問しても引き出せなかった話かね？」

「いくら警察でも、拷問なんかしないわよ」

「自供するつもりとか？」

「どうかしら。タウンゼンドさんはなにひとつ、はっきりしたことは言わなかった」

「わたしも同行したほうがよさそうだ」

「だめ。タウンゼンドさんにはっきり言われたの。まわりに人がいない場所で、わたしとだけ話したいって。ほかの人には言わないでほしいと、懇願すらされたわ」

「どこで会うのかね？」ドレイトンは訊いた。

「聖ピリポ教会の墓地で二十分後に」セオドシアは腕時計を見た。「えっと、いまからだと約十八分後ね」

「やはり、わたしも同行したほうがいいように思うが」

「ここの番号を短縮ダイヤルに登録しておくから。あやしかったり危険を察知したりしたら、急いで電話する」

ドレイトンはセオドシアをけわしい目で見つめた。「頭を殴られていたら、電話などできんだろう」

「そんなことにはならないって」

「そう願うよ」

セオドシアは聖ピリポ教会をぐるりとまわる道を急いだ。ここはゲイトウェイ遊歩道といって、四つの異なる教会の敷地をくねくねと抜け、チャールストン図書館協会の前を通り、ギブズ美術館の近くに出る通りの起点だ。通り沿いには花が咲き乱れ、噴水や彫刻作品をそなえた小規模の公園が無数にある。

けれどもきょうのセオドシアはほとんど寄り道をしなかった。これから聖ピリポ教会の真裏にある古い墓地でタウンゼンドと会うのだ。独立宣言に署名した准将たちが埋葬されている、歴史ある古い墓地で。

またそこは薄暗い場所で、濃い緑の苔に覆われ、傾きかけた墓石はぼろぼろの歯が並んでいるように見える。古い墓石の多くは半分ほど地面に沈み、霊廟のほとんどは経年劣化で欠けたりくぼんだりしている。スパニッシュモスをしだれさせたオークの巨木が、敷地全体をひんやりとした湿っぽい場所にしていた。

ここはチャールストンのなかでも、いわゆる心霊スポットのひとつだ。いくつかの〝幽霊ツアー〟はここに立ち寄るし、訪れる人たちは死者と交信をこころみるようながされ、さらには、写真を撮れば、この墓地でも有名な〝泣く女〟の霊のシルエットがうっすら写ると言われている。

しかも、ドレイトンを含む大勢が、ゆっくりと浮遊する人魂を目撃した場所でもある。

面取りした墓碑――名前も日付もフランス語で彫られている――のうしろに半分隠れるようにして、セオドシアはチャールズ・タウンゼンドの到着をそわそわしながら待った。頭上で木の枝がそよぎ、雨粒がぽつぽつと落ち、港のほうから吹く風の音がかすかなうめき声のように聞こえる。

セオドシアはたっぷり十五分待ったが、人っ子ひとり見かけなかった。観光客も、幽霊も、タウンゼンドも。

あとどのくらい待てばいいだろう？　セオドシアは決めかねていた。もう十分ほど待とうか。涼しくなってきたし、霧が次々と流れこんできて、あたりはこの世のものとは思えない雰囲気になってきていた。上空ではときどき雷が低くごろごろいっている。

チャールズ・タウンゼンドは神経過敏の気があるから、雇い主が殺されたことにくわえ、留置場に入れられたせいで気が動転したか、いらぬ心配をしすぎたのだろう。気が変わって来るのをやめたのかもしれない。

それならそれでいい。だったら、セオドシアは店に戻るだけだ。時間と体力は無駄にしたけれど、実害はなにもない。

なんの動きもないまま五分が過ぎた。

来そうにないわね。もしかして、忘れちゃった？　あるいは単に気が変わっただけ？

セオドシアは砂利を踏みしめながら、墓石をまわりこんだ。さらに二歩進んだところで……音が聞こえた。

足音だ。それもかなり急ぎ足の。誰かがこっちにものすごいいきおいで走ってくる。生きるか死ぬかの瀬戸際のように、セオドシアがいるほうに向かって駆けてくる。

タウンゼンドさん？

セオドシアは墓石のうしろにまた身を隠し、不安と動揺を感じながら、様子をうかがった。やっぱりだ。タウンゼンドの姿が少し見えた。両腕を大きく前後に振りながら、通路を駆けてくる。顔は消防車みたいに真っ赤で、呼吸が乱れて息を吸うのもむずかしいのか、頬がぱんぱんに膨れている。いったいどうしたっていうの？

セオドシアは立ちあがった。「チャールズ？　心配してたのよ、もう来ないんじゃ……」タウンゼンドはどうにかこうにか肩ごしにうしろをすばやく振り返り、それからセオドシアのほうに顔を戻した。まぎれもない恐怖の表情を浮かべ、ぐんぐん近づいてくる。

「危ない！」彼は叫んだ。「伏せろ！」

あらまあ。そうとう神経がまいっているみたいね、とセオドシアは心のなかでつぶやいた。

「落ち着いて」セオドシアは声をかけた。「あなたはちょっと……」

パーン！

死者をも目覚めさせるほどの威力がある、派手な銃声が響きわたった。

タウンゼンドが空中で身をよじり、痛みに顔をゆがめるのを見て、セオドシアの口から出かかっていた〝神経過敏〟という言葉が消えた。次の瞬間、彼の左肩から真っ赤な血しぶきがあがったが、ビデオをスロー再生しているみたいにゆっくりとした動きに見えた。

タウンゼンドはよろめきながら半歩進んだものの、そこで足をもつれさせた。その直後、急所を撃たれた鹿のように、その場にばったり倒れた。セオドシアは腰をかがめ、次の弾が飛んでくるのを張りつめた気持ちで待った。二発めは飛んでこないとわかると、急いで携帯電話を出した。手が震え、心臓が胸のなかで激しく暴れるのを感じながら、緊急通報の番号を押した。

およそ三分後、サイレンの音がかすかに聞こえたのをきっかけに、セオドシアは墓石のうしろからそろそろと出て、タウンゼンドの様子をたしかめた。彼は倒れた場所にそのまま横たわっていた。うつぶせで、全身が小刻みに震えている。肩からは盛大に血が流れ、片方の手の指が白い砂利のなかをカニのように動いていた。

息はあるけれど、重傷だ。

たちまちセオドシアはフル回転で行動を開始した。スカーフをもぎ取るようにしてはずし、丸めてタウンゼンドの肩に強く押しつけ、止血しようとした。

「助けて」タウンゼンドがかすれ声で訴えた。顔の向きを変え、うつろな目でセオドシアを見あげた。

「救急車を呼んだわ。サイレンが聞こえるでしょ？　もうちょっとの辛抱よ。もうじき助けが来るから」

「そうじゃなくて……」タウンゼンドはうめくように言ったきり、目を閉じた。

数秒後、制服警官がタウンゼンドをのぞきこんだ。その十秒後、救急隊員ふたりが医療器具と車輪つき担架を携え、現場に到着した。隊員たちはタウンゼンドの傷口を覆ったのち、標準的な救急活動手順にもとづいて生命反応をチェックした――気道、呼吸、血行。ひとりが携帯型の酸素吸入器一式を出して、タウンゼンドに酸素を吸入した。

救急隊員が手当てをするあいだ、T・モローの名札をつけた制服警官がセオドシアから事情を聞いた。セオドシアはできるかぎりのことを答えた。名前、なぜここにいたのか、なにを目撃したのか。最後に彼女は言った。「ティドウェル刑事に報告してください」

「バート・ティドウェルに?」モローは言った。「殺人課の課長の?」

「彼はこの件の担当なんです」セオドシアはタウンゼンドを指差した。「さっきここで撃たれたあの男性は、チャールズ・タウンゼンドさんで、例の熱気球墜落事件の容疑者なんです……いえ、だったんです」

モローはセオドシアを長々と見つめてから言った。「なんてこった。そいつは本当なんだろうね?」

セオドシアはうなずいた。「ティドウェル刑事に連絡してください。くわしいことは彼が話してくれるはずです」

救急隊員がタウンゼンドを救急車に乗せ、救急車がサイレンをけたたましく鳴らしながら発進してようやく、セオドシアは大きく息をついた。タウンゼンドはなにをあんなにぴりぴりしていたんだろう? あんな必死になって、なにを伝えようとしたんだろう? そしていったい、誰が彼を撃ったんだろう?

26

「チャールズ・タウンゼンドの話はどうだったのだね？」

店に戻ったセオドシアにドレイトンが訊いた。

セオドシアはカウンターのところで足をとめ、彼を見つめた。気持ちがざわついていて、ひどいパニック状態におちいっていた。

「どうした？」彼は言った。

「話は聞けなかった」

「思ったとおりだ」ドレイトンはしたり顔でうなずいた。「タウンゼンドは怖じ気づいたのだろう」

「そうじゃない。彼は撃たれたの」

ドレイトンの唇がぴくぴくと動いて笑ったような形になり、それから小さな含み笑いが洩れた。「そんな突拍子もない話をでっちあげなくてもいいのだよ、セオ。そもそも、あの男がやってくるとはまったく思っていなかったのだから。どうせ、あれだろう……くだらん駆け引きをしようとしただけだ」

セオドシアは声を荒らげた。「ドレイトン、彼は本当に撃たれたの。比喩とかそんなんじゃない。墓地で待っていたらタウンゼンドさんがわたしに向かって駆けてくるのが見えて、次の瞬間、鋭い破裂音がして彼の肩から血がどくどく流れ出したのよ」

ドレイトンは二度見するように頭を動かした。それでもまだ、セオドシアの言うことが信じられないのか、ためらいの表情を浮かべていた。「撃たれただと？」

「拳銃でね。わかるでしょ、バンバンっていうあれよ」

セオドシアの目の前でドレイトンの顔が半信半疑から茫然自失へと変化した。

「そいつは驚いた。全部話してくれたまえ！　起こったことをすべて！」

そこでセオドシアは説明した。墓地で待っていたこと、必死に走ってくる足音が聞こえたこと、タウンゼンドの顔が恐怖でゆがんでいたこと、散弾を受けた狩猟鳥のように彼の体がひきつったこと。

「それできみはどうしたのだね？」ドレイトンは訊いた。

セオドシアは肩をすくめた。「なにかできたと思う？　弾が当たらないよう墓石のうしろに隠れて、緊急通報の番号に電話したわ。警察の人が来るまでじっと隠れていた。そのあと救急車が到着した」

「撃った犯人の顔は見たのかね？」

「ううん、見てない。あなたも知ってるとおり、あの場所は薄気味悪いし、木で鬱蒼（うっそう）としているもの。それに、霧が出ていたからよけいに」

「タウンゼンドは……死んだのかね？」

「犯人は怪我をさせただけでいなくなった。命は取りとめると思う」

「セオ！」ドレイトンの目がアニメのキャラクターみたいに飛び出した。「まったく、ワイアット・アープのドラマの話でもするような口ぶりだな。だが……ちょっと待て、いまの話は本当にあったことなのだね？」

「誓ってもいい。顔を合わせる直前に、何者かがタウンゼンドさんを撃ったの。こんな話、いくら考えたって思いつかないわよ」

「誰が撃ったのだろうな？」

「あくまで当てずっぽうだけど、タウンゼンドさんがわたしと話すのを望まない人物の仕業じゃないかしら」彼女は不安を感じ、大きく息を吸って吐き出した。「その人物はあと少しで四人めを殺害するところだった」

セオドシアはまだ恐怖で震えていたが、それでもWCTV局を時間どおりに訪ねた。

「セオドシア・ブラウニングと言います。アリシア・ケリグさんにお会いしたいのですが」

彼女はスタイリッシュな白い受付デスクにすわってガムをかんでいる受付係に告げた。デスクだけでなく、ロビー全体が真っ白に統一されていた。白い椅子、テーブル、照明。色があるのは毛足の長い、紫とオレンジ色の大きな敷物だけだ。おそらく、インダストリアルシックな感じをねらったのだろうが、むしろ映画の『二〇〇一年宇宙の旅』のセットに見える。

「お約束はありますか?」受付係は訊いた。

「実は、こちらの〈アクション・オークション〉の短い宣伝をしてほしいということで、アリシアさんに呼ばれたんです」

「そういうことですか」受付の女性は端末のボタンを押した。「でしたら話はちがってきます。出演者の方ですね」

セオドシアは苦笑した。「それほどのものじゃないけど」

受付係はヘッドセットにぼそぼそつぶやいたのちに言った。「わかりました。そう伝えます」彼女はセオドシアに向きなおった。「Bスタジオの場所はおわかりになりますか? この廊下をまっすぐ行った先に……」

「わかると思うわ」

「アリシアがそこでお待ちしているそうです」

セオドシアは廊下を進みながら、壁にかかったアナウンサーたちの修正だらけのカラー写真を見ていった。『きょうのチャールストン』の愛想のいい司会者、ウェストン・キーズはファンデーションを一インチも塗って、ポマードを一ポンドもつけて写っている。夜のスポーツキャスターのひとりチップ・モンソンは歯は輝くほど白く、肌はゴルファーのように真っ黒に灼け、異様なほど髪の毛が多い。

ランチルームの前では警備員が椅子にだらしなくすわり、ドーナツを食べながら携帯電話に見入っていた。そのすぐ先がBスタジオだ。ドアに赤い大きな文字で〝関係者以外立ち入り厳禁〟と書いてあったが、かまわずなかに入った。

クリップボードを手に、イヤホンを装着したアリシアがいた。「よかった、来てくれたんですね！」と小声で言った。

へたをしたら来られないところだったわ、とセオドシアは心のなかでつぶやいてから言った。「また呼んでくれてありがとう」

「こちらこそ、すてきなものを寄付していただき感謝しています」アリシアは言った。ホワイトブロンドのベリーショートの髪、ピンク色のマスカラをうっすらつけた間隔のあいた目。華奢な体をタイトなジーンズと〝グッチ・ガール〟のロゴが入った白いTシャツが包んでいる。

テレビのプロデューサーというと神経質な中年のベテランで、すべてを計画どおりに進めることしか頭にないというイメージがある。どうやらそれは少々時代遅れらしい。とにかく……いいことだ。

セオドシアは巨大なスタジオをきょろきょろと見まわした。薄暗く、そこらじゅうにカメラやカメラ用の台車が置いてあり、足もとには太いゴムのケーブルがのたくっている。いちばん奥、煌々とライトが灯されているあたりにはテーブルが何列も置かれ、オークションに出された品物がこれでもかと並んでいる。万能調理マシン、サーフボード、旅行かばん、オリエンタルカーペット、自宅用ピラティス・マシンとおぼしきもの、アンティークの置き時計、調理器具一式、それにもちろん、セオドシアが出品したお茶とティーポット。はきはきした女性司会者がカメラに向かい、シマウマのような縞模様の旅行かばんセットの特徴を説明している。

「すてきなバカンスから帰ってきたあとは」女性ホストは甘い声を出した。「入れ子式になっているので、コンパクトに収納できます。さあ、いますぐ入札してくださいね！」

「これは生放送なの？」セオドシアは訊いた。

アリシアはうなずき、唇の前で指を一本立てた。「こちらへどうぞ。このあとがあなたの出番です」

セオドシアはアリシアのあとについて、〈アクション・オークション〉の品がのった長テーブルに向かった。番組の司会者は近づいていくふたりに気づき、商品の紹介をそそくさと終えた。「チャンネルはそのままで。次は想像を絶するほどすてきなお茶とティーポットをご紹介します！」

カメラがうしろにさがり、クレープソールの靴を履いた洋梨体型のカメラマンが言った。

「いったん、休憩だ、ジョージー」

司会のジョージーは一歩うしろにさがり、手で顔をあおいだ。「ふー。この照明の下にいると暑くて暑くて」歳は三十代前半だろう、極端にやせていて顔は異常なほど青白く、黒いロングヘアは片側だけスカンクのような縞が入っている。メイク担当が化粧直しに駆け寄ると、ジョージーは言った。「持ってきてるなかで、いちばん白くて明るいファンデを使ってちょうだい。唇以外に色は使わなくていいから」

ジョージーが口紅を塗り直したり、顔にこれでもかと白粉をはたいて仕上げたり、髪を盛大にふくらませてもらっているあいだに、音声担当がそっと近づき、セオドシアのジャケットの襟に小型のマイクをつけてくれた。

ジョージーはすっかりきれいになると、にこやかなテレビ用の笑顔をセオドシアに向けた。

「あなたがお茶の人？」

「ええ、わたしです」

「こっちに来て、わたしの隣に立って」ジョージーはそれからカメラマンをじっと見つめて言った。「フランキー、最初にわたしたちふたりを、そのあとティーポットに寄って撮影して」彼女はセオドシアに目を向けた。「品物の説明をしていただける？」

「このティーポットはシェリーが製造したもので、そのメーカーは……」

「待って。わたしに売りこむんじゃないの」ジョージーはおかしそうに笑った。「テレビの前の視聴者をその気にさせることだけを考えて」

「ええっと」

「あなたなら大丈夫」

「セオドシアさんには以前にもこういうことをしていただいてます」アリシアが言った。「お上手なんですよ」

二分後、セオドシアはどきどきしながらも必死に売りこんだ。テレビの前の視聴者にメロディーという柄のシェリーのティーポットについて語り、ドレイトンの手によるあらたなオリジナルブレンド、インペリアル・ウーロンとチョコレート・チェリー・パラダイスという二種類のお茶の魅力をたっぷり紹介した。

「その二種類のお茶は、あなたのお店でブレンドしているのですか？　インディゴ・ティーショップで？」ジョージーが訊いた。

セオドシアはうなずいた。「そうです。チャーチ・ストリートにある当店では、二百種類ものお茶をご用意しています」

エジプシャン・カモミール・スパイス・ティーについて話すことなく、セオドシアが出演するコマは終了した。

「よかったわ」ジョージーが褒めてくれた。

「お疲れさまでした」アリシアが言った。彼女はイヤホンに手をやった。「いまコールセンターから連絡があって、入札が入りはじめているとのことです」

「もう？」セオドシアが驚いていると、音声担当の男性の手がのびてきて、マイクをはずした。

「セオドシアさんはテレビの生放送が得意なようですね」アリシアが言った。「わたしたちなんか、死ぬほど怖くて。だからめったにやらないんです。もちろん、ニュースと天気予報はべつですけど。それだって録画でやれるなら、そうするところです」

「わたしだって生放送はどきどきするわ。綱渡りをしているみたいな感じ」てのひらが汗でじっとりしていて、心臓はまだ高鳴っている。といっても、いい意味でだ。

「本当にありがとうございました」アリシアはセオドシアと並んでスタジオ内を突っ切った。

「また近いうちにお会いしたいです」アリシアが廊下に出るドアを急いであけると、男性が入ってきた。「あら、四四五番の方ですね」彼女はペンをノックし、男性に向けた。「アンティークの置き時計を出品された方でしょう？」

「そうです」男性の声が聞こえ、セオドシアは驚いて目を向けた。

「トッド・スローソンさん？　なにをしていらっしゃるんですか？」

スローソンは大儀そうにほほえんで、アリシアを指差した。「そこの彼女が言ったとおり、わたしは四四五番なんです」

「あなたもオークションになにか寄付なさったんですね？」

「ビーダーマイヤー様式の置き時計を」アリシアが答えた。「さてと、出番の予定は……」彼女は手もとのクリップボードに目を落とし、スローソンの袖をつかんだ。「まもなくです！」

テレビ局の建物を出たところで、突撃レポーターのデイル・ディッカーソンと鉢合わせした。セオドシアはそつなく愛想のいい笑みを向けたが、ディッカーソンはこぼれんばかりの笑顔になった。

「なにをしに来たんだい？」ディッカーソンの声が響いた。髪も服もばっちり決まっていて、いつでもカメラの前に立てそうだ。

「おたくの〈アクション・オークション〉にちょっとだけ出演したの」セオドシアは答えた。

「なにか寄付してくれたのかい？」

「ティーポットをね」

「きみって本当にいい人だな」ディッカーソンは出口をふさぐようにして立ち、なんとしてでも逃がすまいとした。「こうしてまた会えてうれしいよ」

ディッカーソンがなれなれしくしてきたときから、彼がセオドシア自身に関心を抱いているのか、それともネタになりそうな話を聞き出そうとしているのかが気になっていた。

「会えてよかったわ」セオドシアは言うと、彼のわきをすり抜けようとした。

「なあ、そんなに急いで帰らなくたっていいじゃないか。時間があるなら、コーヒーでも一杯……じゃない、紅茶でも一杯飲んでいかないか？　なんなら、場所を変えて一杯やってもいいんだよ」

「悪いけど、もう帰らないと」

ディッカーソンが顔を近づけてきた。不快なほどそばに寄られたわけではないけれど、距離を詰めてきたのはたしかだ。「また会いたいな」

「またってどういうこと？　いままでだって、会ったと言えるほどのおつき合いはしていないと思うけど」

「言ってる意味はわかってるくせに。ぼくらには真のつながりがあると感じるんだ」

「ミスタ・ディッカーソン」セオドシアはおおげさなくらい堅苦しい口調をよそおった。

「熱気球の事件のことでわたしから情報を引き出そうとしていらっしゃるのかしら？」

「とんでもない！」

セオドシアはほほえんだ。「そうとしか思えないけど」

ディッカーソンはこれ以上ないほどがっかりした顔をした。

「じゃあ、また今度」そう言いながら顔がゆがんだのは、気を持たせたくはないが、だからと言ってあまり失礼なこともしたくなかったからだ。

安堵のため息をつきながら、セオドシアは駐車場に入っていき、自分のジープに乗りこんだ。エンジンをかけようとしたそのとき、携帯電話が鳴った。

あわててバッグから出した。「もしもし？」おそらく、ドレイトンからで、テレビ出演がどうだったか尋ねようというのだろう。

大はずれ。ティドウェル刑事からだった。

「新展開がありまして、あなたも興味を持たれるかと」ティドウェル刑事は前置きもあいさつもいっさいなしで始めた。「自白がありました。いささか昂奮気味ではありますが、とにかく自白であることに変わりありません」

「いったいなんの話？」セオドシアは言葉がうまく出てこなかった。ティドウェル刑事はなにを言っているのかしら？「誰が自白したの？」

「あなたのお友だちのチャールズ・タウンゼンドです」

セオドシアは電話を胸のところまでおろした。なんてこと、そうだと思っていた。タウンゼンドこそ熱気球の墜落を引き起こし、三人を殺害した犯人にちがいない。今週ずっと、その考えが潜在意識の周辺をぐるぐるまわっていた。でも、わたしはそれにちゃんと耳を傾けてこなかった。なにもしてこなかった。

セオドシアはすぐに気を取り直して言った。「タウンゼンドさんが熱気球を墜落させたのね？　彼がドローンを突っこませたんでしょう？」

「いえ、そうではありません」

「ちょっと待って。なんだか混乱してきたわ。だったら、タウンゼンドさんはなにを自白したの？」

「それがこみいってましてね」ティドウェル刑事は言った。「マーシー医療センターまでご足労願います」

27

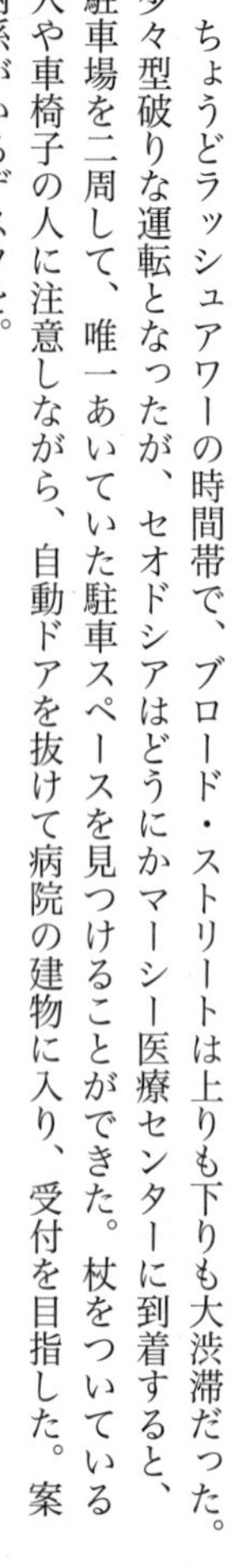

ちょうどラッシュアワーの時間帯で、ブロード・ストリートは上りも下りも大渋滞だった。少々型破りな運転となったが、セオドシアはどうにかマーシー医療センターに到着すると、駐車場を二周して、唯一あいていた駐車スペースを見つけることができた。杖をついている人や車椅子の人に注意しながら、自動ドアを抜けて病院の建物に入り、受付を目指した。案内係がいるデスクを。

けれどもチャールズ・タウンゼンドの病室番号を尋ねようとしたところ、黒髪の私服の警察官がセオドシアに気づいて駆け寄った。彼は顔を近づけると訊いた。「ミス・ブラウニングですか？」

セオドシアはぎくっとして背筋をのばした。「そうですけど」

「四一五号室にお連れするよう、ティドウェル刑事から言づかっています」

「その四一五号室というのが……？」

「はい、そうです」

セオドシアは用務職員ふたりとランドリーカート一台とともにエレベーターで上にあがる

途中、チャールズ・タウンゼンドはティドウェル刑事になにを語ったのだろうと考えていた。もしかして、きょう墓地でわたしに話そうとしたのがそれだったの？　洗いざらい話そうとしたの？　でも……その内容は？

タウンゼンドがドン・キングズリーを含む三人を殺害した犯人でないなら、いったいどんな重罪を告白したのだろう？　セオドシアには想像もつかなかった。スピード違反の切符を切られたのに罰金を払っていない？　大学進学適性試験でカンニングをした？　履歴書に事実と反することを書いた？　たしかにタウンゼンドはかなり若いから、本人にしてみれば、それもかなりの大罪なのかもしれない。

実際、ことはそうとう深刻らしかった。というのも、ティドウェル刑事はタウンゼンドの片腕を病院のベッドの手すりに手錠でつないでいたからだ。

怪我をしていないほうの腕よね、きっと。まさかティドウェル刑事はとんでもないサディストだったりして。

セオドシアが病室に入っていくとティドウェル刑事は立ちあがった。タウンゼンドは彼女のほうに顔をしかめ、腕を動かしてがちゃんという鈍い音をさせた。

「けっこう、やっと来ましたな」ティドウェル刑事は言った。「そろそろかと思っていました」

「これでもせいいっぱい急いだのよ。刑事さんはご存じないかもしれないけど、いま外はラッシュアワーの時間なの」

「時間を無駄にしている余裕はありませんので、さっそく本題に入らせてもらいます」ティドウェル刑事は言った。

「その本題というのはいったいなんなの？」

ティドウェル刑事はセオドシアをじっと見つめた。「こちらの若きミスタ・タウンゼンドが撃たれたと知ったときの衝撃を想像できますかな。しかも、あなたに会いに行く途中の出来事だったというではありませんか」

セオドシアは冷静に彼の視線を受けとめた。「友人として会いにくるとは思っていなかったわ」

「ええ、そうでしょうな」ティドウェル刑事は言った。「しかしながら、あなたはこの事件をめぐる異様ともいえる状況に何度も関わってきました。しかも、わたしにとっては大きな悩みの種となったこの事件に、自分は最初から関わっていると言いつのっておられるので、本人から直接自白をお聞きになったらいいと考えたわけです」

「その本人がぼくというわけですね」タウンゼンドは唇をなめ、ようやく口をひらいた。感情が高ぶっているのか声が震え、安物の白いシーツのせいか、顔がやつれてひどく青白い。淡いブルーの入院着の丸い襟ぐりから、大きな絆創膏の一部がのぞいていた。

「肩の具合はどう？」セオドシアは訊いた。タウンゼンドに気を許したわけではないが、気の毒だとも思っていた。

「最悪です。死ぬほど痛くて」

ティドウェル刑事はふたりの会話を聞き流した。「さて、あなたから話をしてもらいましょうか、ミスタ・タウンゼンド。あなたが発する耳に心地よい声はひとつ残らず録音しますからそのつもりで」ティドウェル刑事は小さなテープレコーダーをかかげ、タウンゼンドの顔の前で振ってみせた。それからボタンを押し、マイクに向かって時刻、日付、場所、およびこの場にいる三人の名前を吹きこんだ。録音したものを再生すると、刑事の声は甲高く響いたものの聞き取るのに支障はなかった。「けっこう、ちゃんと動きますな。ミスタ・タウンゼンド、お願いします。あなたの聞くも涙語るも涙の物語を話してください。どんなささいなことも省略しないように。それと、言っておきますが、われわれをはぐらかしたり、同情を買おうとはしないことです。そのような作戦はわたしにはききませんのでね」

わたしにもよ、とセオドシアはひとりつぶやいた。

タウンゼンドは苦労してベッドの上に起きあがった。「せめて手錠をはずしてもらえませんか」

「それはできません」ティドウェル刑事はテープレコーダーのつまみのひとつに指をかけて待った。

セオドシアは窓とベッドのあいだに置かれた、品のないピーチ色のプラスチックの椅子に腰をおろした。タウンゼンドがなにを自白するにせよ、はやく聞きたくてうずうずしていた。

「ぼくは人殺しじゃありません」タウンゼンドはどうにか聞き取れるしわがれた声で話を始めた。映画『仮面の男』に出てくるあの人物みたいだ、とセオドシアは思った。長年にわたって地下牢に閉じこめられ、二十年間もひとことも発していなかったような声だった。

「つづけてください」ティドウェル刑事はうながした。

「ドン・キングズリーのもとで働くのは楽しかったんです。いい人だし、本物の紳士でした」タウンゼンドはそこで咳きこみ、水の入ったコップに手をのばし、長々と飲んだ。コップを戻すときに手が震え、水が顎を伝って入院着にまで垂れた。それからようやくつづきを話し出した。「ミスタ・キングズリーはコレクションに関する仕事を、しだいにぼくにまかせるようになっていきました。本物ばかりを揃えた美術館を設立したいと夢を語っていました。とても胸が躍る話で、そこにぼくの将来があると思っていたんです。だから、熱気球が爆発して、生存者がいる望みはまったくないとわかったとき、大げさでなく愕然としました。自分も死んでしまったように感じたんです。どうすればいいのか、誰に頼ればいいのかまったくわからなくて」タウンゼンドの顔には玉のような汗が浮き、耐えきれない痛みを耐えているかのように目が泳いでいた。

「テープはまわっていますよ」ティドウェル刑事がうながした。

「そのあと」タウンゼンドはつづけた。「数時間ほどたってから、屋敷に戻り、部屋から部屋へと歩いてまわりました。心にぽっかり穴があいたようなむなしさを感じてました。それに自分にはなんの望みもないような、人生が終わってしまったような気持ちにもなってました。そのとき……」

「そのとき？」セオドシアは椅子にすわったまま身を乗り出した。

タウンゼンドの顔にずるがしこそうな表情が浮かんだ。「そのとき、自分でもなぜあんなことをしたのかわかりませんが……旗をおろして屋根裏に隠したんです。奥のほうの埃だらけの場所なら、誰にも見つからないだろうと思って」

「要するに、あなたはミスタ・キングズリー所有のネイビー・ジャック・フラッグを盗んだわけですな」ティドウェル刑事は言った。

タウンゼンドはうなだれ、蚊の鳴くような声で認めた。「はい」

「もっと大きな声でお願いします」

「はい、ぼくは旗を盗みました」タウンゼンドは言った。

「じゃあ、なくなったネイビー・ジャック・フラッグはあなたの手もとにあるの?」セオドシアは訊いた。

タウンゼンドは無念そうに首を横に振った。「そこからがひどい話でして。ぼくの手もとにはもう旗はありません。盗まれたんです!」

セオドシアは立ちあがった。「いったいどういうこと? 誰が盗んだの?」この新事実に大きなショックを受け、ほとんど叫ぶような声になった。

「誰が盗んだかはわかりません!」タウンゼンドは怒鳴り返した。「何者かが屋敷に押し入って、ぼくに銃を突きつけたんです。旗を渡さなければ殺すと脅されたんです。だから渡しました。そうするしかなかったんです。ぼくがどれほど怯えていたか、言っても信じてくれないでしょう」

「強盗に入られたのはいつのことですかな？」ティドウェル刑事が訊いた。

「ご存じのはずです」タウンゼンドは首をすくめ、ぎこちなくてばつの悪そうな顔をティドウェル刑事に向けた。「水曜の夜です。刑事さんが頭を殴られ、ミス・ブラウニングと一緒に裏口に現われる少し前でした」

「というわけです」ティドウェル刑事はセオドシアに言った。

セオドシアは目をぱちくりさせた。「驚いた。でも不思議なこともあるものね」セオドシアは呆気にとられていた。こんな話が飛び出すとは予想もしていなかった。

「いくら訊かれても、盗んだやつが誰かはわかりませんよ！」タウンゼンドは泣きそうになりながら叫んだ。「犯人は目出し帽を、黒いスキーマスクの一種みたいなのをかぶっていたから、顔も髪も見えなかったんです。しかも声を変える道具を使って話していたし」

「ボイス・チェンジャー？」セオドシアは言った。「実際の声を変えてごまかしていたのね」

「そうです！」タウンゼンドは怒鳴った。

病室のドアがあいて、看護師が顔をのぞかせた。「大丈夫ですか？」

「なんでもありません。どうかご心配なく」ティドウェル刑事は言った。すわっていた椅子をタウンゼンドの近くまで寄せ、硬い表情で尋ねた。「ミスタ・タウンゼンド、屋敷の外を調べていたわたしの後頭部を殴ったのはあなたですかな？」

「なんですって？」タウンゼンドは面食らった。「まさか！　きっと旗を盗んだのと同じ人物ですよ。ぼくを脅したあと、裏口から急ぎ足で出ていったから、刑事さんと鉢合わせしたにちがいありません！」

「なんとも混沌とした話になってきましたな」ティドウェル刑事は言った。

「思った以上に強く殴られたせいじゃない？」セオドシアは椅子にすわり直した。「ちょっと話を整理させてね。あなたは……銃を持った人物に脅された。そしてネイビー・ジャック・フラッグを差し出した。その後、その謎の人物は駆け出していき、逃走の途中でティドウェル刑事の頭を殴ったということね？」

「そんなところでしょう」タウンゼンドは言った。「その筋書きで合っているように思います」

「わたしがティドウェル刑事を連れて裏口を訪れたとき、どうしてなにも言ってくれなかったの？ よろける足の刑事さんと訪ねて、助けを頼んだときに。あのときにわかっていれば、なにかできたのに！」

「怖くて、まともにものが考えられなかったんですよ！」タウンゼンドは大声で言い返した。「殺すと脅されたんですから」

「まさか、誰かをかばっていたりしないでしょうね？」

「とんでもない！」

「つまり、捨て身の殺人犯はまだそのへんにいるということですな」ティドウェル刑事は言った。「そして、殺人犯が窃盗犯であることもこれではっきりしました」

「ええ、簡単に言えばそういうことね。つまり、振り出しに戻ったわけ」そう言いながらも、セオドシアの頭のなかをとりとめのない考えが次々と浮かんでは消えていった。ただし、なんらかの形で……どこかで……さらにもうひとりの人間が関係していたら話はべつだけど。

ディナーに間に合うよう〈フェザーベッド・ハウス〉まで行く時間は充分あった。入り口から五十フィートほど離れた縁石に車をとめ、降りずにしばらく考えていた。エンジンが冷えていくカチカチという音を聞きながら、チャールズ・タウンゼンドが病院のベッドで話した内容をアンジーとハロルドに告げるべきか悩んだ。

ロビーに入っていったときもまだ悩んでいた。

「チェックインでしょうか？」フロントにいた若い女性が訊いてきた。

セオドシアは手を胸のところに持っていった。「セオドシア・ブラウニングといいます。今夜アンジーとハロルドと一緒にディナーをいただくことになっているの」

「ああ、はい」若い女性は言った。「おいでになることはアンジーから聞いています。こちらへどうぞ」

セオドシアは女性の案内で、宿泊客がシェリーを飲み、ソファや椅子でくつろぎ、チャールストンの歴史に関する膨大な蔵書をながめているひろびろとした優雅なロビーを抜けた。

「こちらです」若い女性は言った。「朝食ルームのなかです」

「ありがとう」セオドシアは言った。白いリネンのかかったテーブルには三人分の食器が用意されていた。キャンドルがほのかな光を放ち、静かな音楽が流れていた。

「セオ」うしろからアンジーの声がした。「来てくれて本当にうれしいわ」

セオドシアは振り返り、アンジーを心をこめて抱擁した。「こちらこそ、お招きいただいてうれしいわ。とてもすてきね」

「お相手の方がこっちにいれば、彼もお招きしたのに」

「ピートは明日戻ってくることになってるの」セオドシアは言った。

「楽しみなんでしょ」

「それはもう」

部屋の奥のドアがきしみながらあき、前菜のトレイを持ったハロルドが入ってきた。「ちょうどよかった」彼は言った。「マッシュルームの詰め物が焼きあがったところなんだ」

全員が席に着くと、アンジーは赤ワインを注ぎ、ハロルドはパン粉とロマーノチーズを上に散らしたマッシュルームの詰め物を配った。

すてきなディナーだった。アンジーがふた品めの料理――ハロルドいわく〝セグンド〟――として、レモンと生ハーブのソースであえたエンジェルヘアー・パスタを持ってきた。つづいてメインディッシュの豚ヒレ肉のグリルとブロッコリーニが出された。肩のこらない明るい話題で盛りあがった。行方のわからないドローンの話は出なかった。熱気球の墜落で亡くなったドン・キングズリーほか二名の話も、ハロルドが〈シンクソフト〉にあっさり解雇された話も出なかった。

「すばらしいおもてなしだわ」セオドシアは言った。「いつもはわたしが料理を出して、厨房に引っこんで次のを取ってくる側なのに」

「ハロルドはフードサービスマネージャーとしてもなかなかのものなのよ」アンジーが言った。「宿の朝食メニューを一新してくれて……」

「クレープをメニューにくわえたんだ」ハロルドは言った。「つくってみたら、そんなにむずかしくなかったからね。大事なのはブルースチールのフライパンを使うことと、正しい方法でシーズニングすることなんだ」彼は首をすくめた。「シーズニングと言っても、クレープの味つけじゃなくてフライパンに油をなじませることだけど」

「それに食料の発注も一手に引き受けてくれているの」アンジーはしめくくった。

「夜のワインとチーズのサービスはいまもつづけているみたいだけど？」セオドシアは訊いた。

「そっちはテディのテリトリーだから、わたしは手を出さないようにしている」ハロルドは声をあげて笑った。

ハロルドがデザートのラズベリーのトルテを出したときに、ようやく犠牲者の出た気球の墜落事件の話が持ち出された。

「あなたがしてくれたことすべてに感謝するわ」アンジーはセオドシアに言った。「あのおそろしいティドウェル刑事に立ち向かって、ほかの容疑者を探そうとしてくれたでしょ。でもひとつ訊きたいの……あらたになにかわかった？」

セオドシアはタウンゼンドが墓地で撃たれたことや、その後、病院のベッドで思いがけない新事実を告白したことを話そうとした。けれども、すぐに思い直した。これは黙っていたほうがいい。そう決めて、首を横に振った。

「残念だけど、あなたたちと同じで、五里霧中よ」

旗が二度めの盗難にあったことは言わないでおこう。なぜなら、けっきょく、目出し帽をかぶっていたのが誰かなんてわからないのだから。拳銃を持っていたのが誰かも。

セオドシアが裏口から駆けこむと、アール・グレイがぱっと立ちあがった。

「ミセス・バリーからごはんをもらった？」アール・グレイ専用のステンレスの犬用ボウルに目をやると、ドッグフードが数粒、残っていた。「ああ、よかった。来てくれたんだわ」

愛犬はセオドシアに歩み寄り、鼻を押しつけた。〝ねえ、なでて。いいでしょう？〟と言っているようだ。

「もう、本当にかわいいんだから」セオドシアは甘い声を出した。アール・グレイの顔を両手で包みこみ、耳を引っ張ってやる。「めちゃくちゃ好きだって、前に言ったかしら？」

「クゥーン」もう一度言って。

「おやつにジャーキーを食べる？」戸棚からおやつの袋を出してアール・グレイに一本あげたとき、電話が鳴った。

ピート・ライリーだった。

「なんだか、近くにいるように聞こえるわ」セオドシアは言った。「早い便に乗れたの？

もしかして、もうチャールストンに帰ってきてるの？」だったらいいのに。

「きみのもとに帰った場面を想像するのも数に入れていいのなら」

「うれしいけど、本当に帰ってきてくれるほうがずっといいわ」

「でも、いまはホテルの部屋で荷造りをしているよ」

「じゃあ、明日には確実に帰ってくるのね？」

「こっちを三時に出る便に乗る予定だ」

「そう、それまでのがまんね」セオドシアは眉根を寄せた。「ということは、こっちに着くのはかなり遅い時間になるのね」

「遅い時間に夕食を食べるのがおしゃれなんじゃないのかな？」ライリーは訊いた。

セオドシアはひとりほほえんだ。「いったいなにをたくらんでいるの？」

「家に帰る途中で〈ハリス・ティーター〉で食材を買いこんで、得意のホタテのバター焼きをつくるのもいいなと思ってさ」

「いいわね」ライリーが料理研究家のイナ・ガーテンじゃないことはわかっている。だけど、彼はすり鉢とすりこぎを持っているし、おいしいクラブケーキをふるまってくれたこともある。だから、彼が刑事としての能力だけじゃなく、料理の腕前にもめぐまれている可能性は充分にある。

「明日の夜九時頃、ぼくの家においで」ライリーは言った。「そのときまでにすべて準備しておくから。ワインを冷やしたり、キャンドルに火を灯したり、雰囲気を盛りあげることをすべてやっておく。アール・グレイも連れておいで。彼にも会いたくてたまらないよ。もちろん、きみに会えるほうがずっと楽しみだけど」

「ふー、一瞬わたしはアール・グレイのおまけかと思っちゃった」セオドシアはそこで少しためらった。殺人ドローン事件にどっぷり浸かっていることは告げたくないけれど、ティドウェル刑事が彼に第三者としての意見を求めたかどうかは気になるところだ。「ちょっと訊きたいんだけど……例のドローンの件はどのくらいまで話を聞いているの？」

「ちょこちょことはね。ノートパソコンでいくつかの報告書にアクセスして、ざっと目をとおした。このあと、警察の報告書や事情聴取の調書をすべて読むつもりだ。あらたな目で見れば、なにかわかるかもしれないから」

セオドシアはうなずいた。もっとも彼には見えないけれど。「幸運を祈るわ」

「明日の夜会おう、スイートハート」

セオドシアは二階にあがってのんびりとした。ゆったりした服に着替え、アール・グレイの二階用ベッド（そう、彼は二カ所にベッドがあるのだ）をふわっとさせ、ほしくて買ったもののまだ読んでいない膨大な本の山に指を這わせた。

外では木々が大きく揺れ、稲妻が夜空を切り裂いている。嵐がふたたび接近してきていた。窓の外に目をやると、またも稲妻が光り、地上を写真のネガのような、殺風景なモノクロの世界に変えた。そのとき、自分を見あげている顔が見えた気がした。しかしすぐに、あたりは完全な闇に包まれた。しばらく不安な思いで窓のそばに立っていると、次の稲妻が家のわきの庭を照らし出した。誰もいなかった。

気のせいよ、と自分に言い聞かせる。単なる気のせい。

やわらかな肘掛け椅子にどっかりと腰をおろし、テレビのスイッチを入れた。深夜のニュースの放送中で、しかもティドウェル刑事が映っている。数時間ほど前におこなわれたらしき記者会見の場で、市長の隣に立っていた。ティドウェル刑事はしゃちほこばっていて、少しもうれしそうには見えない。それを言うなら、その場にいる全員がとりたててうれしそうでもなかった。ティドウェル刑事も、市長も、それに、写真に写ろうとじりじり位置を変えている広報担当も。

ティドウェル刑事が行方不明の旗の件をテレビでしゃべったかどうかが気になるが、おそらくそれはないだろう。それは話をややこしくするだけだ。第一、マスコミが強く求めているのは、熱気球墜落事件の詳細な捜査状況なのだ。

むっつりとした顔ながら、ジャッカルの群れに取り囲まれたかのように（実際、そうだったわけだが）少し取り乱した様子の市長は、三人が殺害された事件は数日のうちに解決すると断言した。

市長のその言葉にティドウェル刑事はあからさまに顔をひきつらせた。そんな簡単な話ではないとわかっているのだろう。

セオドシアも同感だった。

シップ&シーのお茶会

飲み物（シップ）を飲みながら赤ちゃんを見る（シー）というシップ&シーは、もともと南部でおこなわれていましたが、いまやアメリカ全土にひろまっています。この特別なお茶会は、新しくママになった女性が赤ちゃんを家族やお友だちにお披露目するためのもの。ですから、気の置けない会にするのが一般的で、ビュッフェ形式にするのがスマートです。ジャムを添えたクリームスコーン、チキンサラダや卵のサラダをはさんだサンドイッチ、小ぶりに切り分けたレモンケーキなどをサイドボードに並べ、お客さまに自由に取っていただきましょう。お茶は暑い時期ならばスイート・ティー、涼しい時期ならおいしく淹れたアール・グレイがいいでしょう。

28

驚いたことに、お日様が顔を出した。まあ、土曜の朝にトータルで五分ほどゲスト出演してくれたというほうが正しいかもしれない。それでも、劇的な改善と言っていい。空はときおりうっすらと青い部分が顔を出し、これまでにくらべて格段に明るかった。チャールストン港から吹いてくるそよ風は心地よく、ほんのり暖かさも感じられた。

ドレイトンとヘイリーとともに早朝からポートマン邸にやってきたセオドシアは、天気がいくらか持ち直したことで、きょうのボザールのお茶会は幸先がいいような気がしていた。

「金色のテーブルクロスなんて、本当にふさわしいのかな」ヘイリーが言った。三人はダイニングルームに集まって、ひとつのテーブルにクロスをかけ、ドレイトンが考案したセッティングの確認をしていた。

「完璧ではないか」ドレイトンは言った。「ぴったり合っている。これにブロケードのプレースマットを敷き、中央には八角形の鏡を置いてその上に白いバラの大きなブーケをのせる予定だ」

「茶器とかキャンドルとかもあるんでしょ？」ヘイリーは訊いた。

ドレイトンはほほえんだ。「きみの好きな智天使(ケルビム)をかたどった金めっきの燭台に白いキャンドルを立てるつもりだ」

ヘイリーは顔をしかめた。「あの不気味にほほえむ小さな天界人なんか登場させたら装飾過剰になっちゃう」彼女はブロンドの髪を耳のうしろにかけ、ドレイトンをにらみつけた。「ちょっとやりすぎなんじゃない？」

「単なる置物ではなく、装飾品のひとつと考えてくれたまえ」ドレイトンは言った。「そのふたつには大きな違いがある。きょうわれわれが表現しようとしているのは、金箔やゴールドをふんだんに使った、豪華絢爛(けんらん)なイメージだ。ボザールというテーマに忠実なテーブルコーディネートにしたいのだよ」

ヘイリーは口をゆがめた。まだ納得していない様子だ。

「そうは言っても、あたしにはオーストリア＝ハンガリー帝国のできそこないにしか見えないけど」

「きみの好みはシャビー・シックだものな」ドレイトンはくすくすと笑った。「今度、レトロな柄のリネンとペンキが飛び散った木の椅子を使うときには、きみの知識をあおぐと約束するよ」

セオドシアはセーヴル焼きの食器の梱包を解きながら、ドレイトンとヘイリーの言葉の応酬に少したじたじとなっていた。ふたりは言い争っているというより、たがいに屁理屈を言っているのに近い。リアリティ番組の『リアル・ハウスワイブズ』を見ているようなものだ。

「ふたりが金の重ね塗りをしているあいだに、あたしは厨房の仕事を始めてるね」ヘイリーは言った。

「手伝いましょうか？」セオドシアは訊いた。きょうのお茶会は三人全員にとって、かなりの大仕事なのが気になっていた。

「平気」ヘイリーは自信たっぷりに答えた。「そろそろミス・ディンプルが来る頃だもの。でも心配しないで。手伝ってほしくなったら大声で呼ぶから」

ヘイリーがいなくなると、セオドシアは言った。

「ゆうべあったことを話しておきたいの」

「うん？」

ドレイトンは一心不乱に銀器を磨いていた。正確に言うなら、すでに一度磨いたものを、やわらかい布でひとつひとつ、よりまばゆく輝くまで磨きあげていた。

「昨夜のことを話しておくわ」

ドレイトンは食器を磨く手をとめて、セオドシアを見つめた。「ゆうべ、なにがあったのだね？」

セオドシアは病院に呼び出されたこと、チャールズ・タウンゼンドが旗を盗んだと告白するのを聞いたことを話し、その後、旗が彼の手から奪われた詳細ないきさつを説明した。

「タウンゼンドのもとから盗まれたというのは本当なのかね？　それも、銃を突きつけられて？」

「本人はそう言ってる」さらにセオドシアは、そのあとのことも話した。病院を訪れたあと、アンジーとハロルドの家まで急ぎ、ディナーをごちそうになったことを。

「波瀾万丈の夜だったようだな」ドレイトンは言った。「しかし、ひとつ教えてくれたまえ。タウンゼンドが告白した内容をアンジーとハロルドには話したのかね？」

「ううん、話してない。それはべつの問題という感じがするから」

「熱気球の墜落事件とはべつということだね？」

「そう」

ドレイトンはしばらく考えていた。「つまり、タウンゼンドは気球の墜落を知ってわが身を憐(あわ)れみ、ネイビー・ジャック・フラッグを盗んだ……」ドレイトンはいったん言葉を切った。「しかし数日後、旗は彼の手から奪われた」

「タウンゼンドさんはそう言ってるし、とても筋がとおっていると思う」

ドレイトンは片手をあげた。「そして、きのうタウンゼンドを追いまわして撃った犯人は、彼が旗を盗まれたいきさつをきみに打ち明けるんじゃないかと不安になったわけか」

「でしょうね。タウンゼンドさんはそうはっきりとは言わなかったけど」セオドシアは顔をしかめた。「だとするとひょっとして……」

「わたしが思うに」とドレイトン。「ここで問題なのは、きみが関わっていることを、第三者、おそらくは殺人犯に知られてしまったことだ。それはとてもまずい」

「そんなのわかってる」

「これで、熱気球を墜落させたのはタウンゼンド以外ということになったわけだ」

セオドシアは頰に手をやった。「わたしもそれを考えてたの。三人が殺害された事件に関するかぎり、タウンゼンドさんの容疑は晴れたことになる」

「だが、旗の窃盗についてはクロだ。彼が盗んだあとに盗んだ人物同様」

「もしかしたら殺人犯が戻ってきてタウンゼンドさんを銃で脅して旗を奪ったのかもしれない。だって、それが当初の目的だったんでしょうから。ネイビー・ジャック・フラッグを不正に入手することが」

「なんだかどんどん複雑になっていくな」ドレイトンは言った。

「そうね。だから、わたしはティドウェル刑事の忠告を受け入れて、退場しようかと思ってる」

「調査から退場するということかね？」

「そう」

ドレイトンは首を振った。「それはいかん」

「どうして？」

「あの旗をなんとしてでも見つけなくてはならないからだ。ネイビー・ジャック・フラッグを。あれは神聖にして侵すことのできない歴史の一部なのだから、犯罪者があれで利益を得るなどということは絶対に許せない。あの旗が無事に戻ったあかつきには、ヘリテッジ協会に寄贈するようトーニーを説得したいものだ」

「盗んだのがトーニーだったらどうするの?」セオドシアは訊いた。

ドレイトンは顔をくもらせた。「その場合は問題だな」


イベント・コーディネーターのミス・チャットフィールドは、飾りつけの終わったテーブルを見て、いかにも感心したような顔をした。

「すばらしいですね」ミス・チャットフィールドは手を叩かんばかりにして喜んだ。「とても優雅だし気品にあふれているわ」

「こちらのすばらしいお屋敷を構成している要素のひとつひとつをきわだたせるよう、テーブルを飾りつけてみました」ドレイトンはメレンゲのようにこってりしたお世辞を述べた。

「ところで、そこのしゃれたイーゼルにはなにを飾るのかうかがってもよろしくて?」ミス・チャットフィールドは訊いた。ドレイトンは木製の借り物のイーゼルを三つ持ちこんだが、それをダイニングルームの隅にさりげなく置いていた。

「油彩画です」セオドシアが答えた。ミス・チャットフィールドがその質問を発したとき、ちょうど、そのなかの一枚を運び入れたところだった。

ドレイトンが駆け寄って手を貸した。「わたしも手伝おう。金めっきの額は見るからに重そうだ」

ドレイトンが包み紙をそっとはがして、絵をイーゼルに立てかけると、ミス・チャットフィールドは目を見ひらいた。絵が部屋のシャンデリアの光を受けて輝いた。

「まあ、すてき。それにしても、なにひとつ手を抜かずにやってくださったんですね」ミス・チャットフィールドは言った。「絵はギブズ美術館で借りたのかしら。それとも……？」

「チャーチ・ストリートのドルチェ画廊で借りました」セオドシアは答えた。「オーナーのトム・リッターが、十九世紀後半のボザール時代の雰囲気がよく出ている三点を選ばせてくれたんです」

「あなた方のお茶会はすばらしいだけでなく、夢のあるものになりそうですね。さて、わたしはちょっとカメラを取りにいってきますね。このテーブルセッティングを写真におさめておきたいの。ここでイベントを開催しようと考えている今後のお客さまにとって、いいヒントになるでしょうから」

絵を運び終え、セオドシアが茎の長い白バラをシルバーのティーポットにせっせといけていると、ヘイリーがお皿を持って厨房から出てきた。ミス・ディンプルも一緒だ。約束の時間どおりに来てくれたらしい。

「ティーポットを花瓶がわりにしてるのね」ヘイリーはテーブルを見わたしながら言った。黒いブラウスとスカートに着替え、フリルがたっぷりついた白いエプロンをかけていた。

「おもしろいかなと思って」セオドシアは言った。「これだけ大きなティーポットはほとんど使う機会がないし」

「とっても豪華ですねえ」ミス・ディンプルがにこにこと言った。「その絵も本当にすてきですよ。パリの画廊にいるような気持ちになります」

「心の準備はできているかな、ミス・ディンプル？」ドレイトンが訊いた。「きょうは大忙しになりそうだが」

「いつでもOKですよ」ミス・ディンプルはゆっくりと片目をつぶってみせた。飾り気のない黒いワンピースの上からフリルがいっぱいついた白いエプロンをかけている。

「そのお皿にのっているのはなあに」セオドシアはヘイリーに訊いた。「なんだかとてもおいしそう」

「デザート用のクッキーを見てもらいたくて」ヘイリーはみんなに見えるよう、お皿を傾けた。「ふちに金色の生地を絞り出して、真ん中に砂糖細工のナポレオンビーをあしらってみたんだ」

「これは砂糖細工部門にエントリーすべきよ、絶対」セオドシアは言った。

ヘイリーはうなずいた。「うん、そのつもり。なかなかの出来でしょ？」

「なかなかどころじゃありませんよ」ミス・ディンプルが言った。

ドレイトンとミス・ディンプルはそこかしこでテーブルセッティングの微調整をおこない、ヘイリーはセオドシアを手伝ってブーケを仕上げた。

すべて完了し、皿、ティーカップ、クリスタルが完璧にセッティングされ、光を受けてきらきら輝いているのを見て、ドレイトンは大きくうなずいた。満足だった。「よし。それでは、全員の時計を合わせよう」

「どうして？」ヘイリーが訊いた。「橋でも爆破するの？」

セオドシアとミス・ディンプルは大声で笑い出し、ドレイトンは笑うまいと必死でこらえたが、うまくいかなかった。

「受けた？」ヘイリーはドレイトンに言った。「すっごく受けたよね？」

「ああ、受けたとも」ドレイトンは認めた。

「料理を出すほうは手伝いがいる？」セオドシアはヘイリーとミス・ディンプルに訊いた。そろそろ十一時になる頃だった。十二時になったらお客がやってくるだろう。

「ううん」ヘイリーが答えた。「ミス・ディンプルとあたしで全部できる」

「厨房をのぞかせてもらっていい？」

「いいわよ」ヘイリーは言った。

ふたりについて厨房に入るとスコーンが焼きあがり、ロブスターのビスクスープがぐつぐついっていた。ヘイリーのクッキーにあらためて見とれていると、セオドシアの携帯電話が鳴った。

「お客さまからのキャンセルの電話でなければいいんですけど」ミス・ディンプルが言った。

セオドシアは電話に出た。「もしもし？」

「セオドシア！」キンキンした大声が耳に飛びこんできた。「いますぐこっちに来てちょうだい！」

「どちらさまですか？」

「トーニーよ。トーニー・キングズリー。あなたの力が必要なの。どうしていいかわからないの！」

「トーニー、わたしもいまどうしていいかわからないくらい忙しいの。あと一時間したら、五十七人……六十人近くのお客さまを超がつくほど豪華なボザールのお茶会にお迎えすることになっているのよ。ええ、あなたが大変な問題を抱えているのはよくわかる。でも、頼るのはほかの人にしてもらえないかしら。わたしにそんな余裕は……」

「お願い！」トーニーは懇願した。「冷静なあなたでなきゃだめなの。とんでもない非常事態なのよ……それこそ生きるか死ぬかの瀬戸際なの。だって、いましがた届いたの……とんでもなく気味の悪いものが。少なくとも、わたしにはそうとしか思えない」

「悪いけど、なんの話かさっぱり」気の毒だけれど言っていることが支離滅裂だ。

「あなた、熱気球殺人事件の真相を突きとめたくないの？」トーニーは金切り声をあげた。

そのひとことで、セオドシアは電話を切るのを思いとどまり、神経のたかぶったわがまますぎる女性からの取るに足りない電話と片づけるのをやめた。「ええ……まあ。もちろん、突きとめたいですけど」

「だったら来て！」

涙にくれたトーニーは、もうじき豪勢なB&Bになる建物の正面玄関でセオドシアを出迎えた。グッチのものとおぼしき刺繍をほどこしたピンクのクレープ地のワンピースを着ていたが、顔はまだらに赤くなり、髪はメデューサのように乱れ、そうとう激しく泣いていた。

「来てくれたのね！」トーニーは叫んだ。「ああ、よかった！」

「なにがあったの？」トーニーの用件を聞き出したら、力になってくれる人にバトンタッチするつもりだった。そしたらお茶会に戻ろう。「気味の悪いものが配達されてきたという話ですよね」

「気味が悪いどころじゃないわ。おぞましいの！」トーニーは叫んだ。「あんなの、むごすぎる！」

「なんだかわからないけど、送り返せばいいのよ。電話してみました？　フェデックスだか……」

「それができないのよ！　ちゃんとした宅配業者が届けたものじゃないんだもの」トーニーはわめいた。

「いつ届いたの？」セオドシアは訊いた。

トーニーは激しく首を振り、そのいきおいで歯がかたかた鳴った。「知らないわ。けさ見たらあったの。最近は荷物がこれでもかというくらい届くから、いちいち覚えてないわ」

「その謎の荷物を見せてもらったほうがよさそうね」

トーニーは指を振ってしめした。「そこよ。控えの間のなか。イタリア製のタオルウォーマーが届いたと思って、段ボール箱ごとそこまで引きずっていったの。あんなものが入ってるなんて……」

トーニーについて控えの間に入ると、部屋の中央に大きな段ボール箱が置いてあった。茶色いテープがはがされ、一部が破りあけられていた。

トーニーは箱を指差した。「どうすればいいのかわからなかった……わからなくて」彼女は泣きながら訴えた。「あなたならどうにかしてくれるでしょ」

セオドシアはトーニーを横目でちらりと見てから箱に歩み寄った。あの箱の中身のせいでトーニーはすっかり取り乱している。ううん、取り乱したなんていうものじゃない。どう見ても死ぬほど怯えている。いったいなにが入っているのだろう？

セオドシアは大きく息をついてから、身を乗り出した。上ぶたを折り返し、大きな箱のなかをおそるおそるのぞきこむ。まるで目のまわりを真っ赤に塗って凶暴な歯をむき出しにした怒れる道化師が飛びかかってくるとでもいうように。

それより始末が悪かった。

入っていたのは粉々になった金属の山だった。

「それって、わたしが思っているものかしら？」トーニーが少女のようなびくびくした声で訊いた。

セオドシアはショックが大きすぎてトーニーの質問に答えられなかった。心臓が胸骨のなかでどくんどくんいうのを感じながら、箱のなかをひたすら見つめた。トーニーの声が百万マイルも離れたところから聞こえるなか、急にずきずきしはじめた頭痛と闘い、落ち着きを取り戻そうとした。というのも、最初にちらりと見ただけで、中身がなにかわかったからだ。けれども、それがここに配達された理由は見当もつかない。届けた人物にも心あたりはなかった。

「ドローンだわ」セオドシアは言った。喉がからからで、首にコードを巻かれたみたいにぎゅっと締めつけられた感じがした。「凶器のドローンだわ」

29

警察本部内の関門をいくつも突破し、ティドウェル刑事につないでもらうまで永遠とも思える時間がかかった。けれども、いったん刑事と話を始め、トーニーのもとにとんでもないものが配達されたことを告げると、ティドウェル刑事は即座に警戒態勢に入った。

「箱のなかのものに手を触れてはなりません」刑事は怒鳴った。「家のなかに誰も入れてはならないし、敷地内から誰ひとり出ていかせてはなりません。聞こえましたか、ミス・ブラウニング。わたしの言っていることを理解しましたか？」

「一点のくもりもなくはっきりと」セオドシアは言った。「じゃあ、こっちに来てくれるのね？」

「ええ、行きますとも……いますぐ向かいます」さらにいくつか怒鳴り声がしたのち、電話は叩きつけられるように切られた。

およそ十分後に到着したティドウェル刑事は、パトライトを点滅させ、サイレンをけたたましく鳴らしていた。

「困るわ、もう」トーニーはぶつぶつ言いながらカーテンを引き、正面側の窓から外をのぞいた。「ご近所さんにどう思われることか」

「いまはそんなことを心配してる時じゃないわ」

ベランダからとどろくような足音が聞こえ、ふたりは大急ぎで玄関に出た。

「どこにあるんです？」ティドウェル刑事は開口一番、そう訊いた。顔は真っ赤、顎の肉がゆさゆさと揺れ、鼻の穴が小刻みに震えている。オポッサムの集団のにおいを嗅ぎつけた猟犬みたいだ。

「ついてきて」

セオドシアは先にたってティドウェル刑事と連れの制服警官ふたり、それに有能なる鑑識捜査官のアーチー・バンクスを控えの間に案内した。最後尾にトーニーがつき、めそめそ泣き言を言いながら、四インチのピンヒールで必死についてきた。

ティドウェル刑事は段ボール箱のなかをのぞき、しばらく思案していたが、やがてうしろにさがった。「全部写真におさめてくれ」と大声で指示を飛ばした。「指紋もだ。送り状はもちろんだが、箱のなかの微細証拠を片っ端から調べるように」

チームは即座に気をつけの姿勢を取り、仕事に取りかかった。

「家の前に犯罪現場のテープを張りめぐらせたほうがいいでしょうか？」警官のひとりが訊いた。

「だめよ」トーニーがこばんだ。

「頼む」ティドウェル刑事は無視して言った。ぎょろりとした目が室内のあちこちに移動し、最後にセオドシアとトーニーのところでとまった。「おふたりから話をうかがいます」宣言ではなく、有無を言わせぬ命令だった。

「こちらへ」

セオドシアは刑事を連れて中央廊下を突っ切り、第二の控えの間に入った。こちらはルイ十四世とマリー・アントワネットにも想像できないほど多くのブロケードの家具で埋まっていたが、少なくともすわる場所はあった。

三人が四百ドルはするシルクとビロードのクッションに腰をおろすと、ティドウェル刑事は唇をなめてから口をひらいた。

「いきさつを説明してください。なにひとつ省略しないように」

セオドシアはトーニーをうながすようにうなずいた。

「トーニー？　さあ、話して」

言葉がとぎれたり、ときどきしゃくりあげたりしながら、トーニーは箱が玄関に置かれていたこと、それを引きずるようにしてなかに入れたこと、あけてみたらおぞましいドローンの残骸が入っていたことをティドウェル刑事に説明した。

「ヒーター付きのタオルラックかと思ったのよ」彼女は震える声で言った。

「タオルラック、ですか？」ティドウェル刑事は怪訝そうな顔をした。「ヒーター付きの？」

「すてきだと思わない？」セオドシアは言った。

ティドウェル刑事は相手にしなかった。

「何者かがとんでもない騒動を起こそうとしたようですな」彼は厳しい目つきでトーニーをまっすぐに見すえた。「ミセス・キングズリー、段ボール箱がおたくの玄関に魔法のように現われたというあなたのお話はまぎれもない真実なのでしょうな？」

「刑事さんにうそなんかつくものですか！」トーニーは甲高い声で言い返した。

「たいていの容疑者はとんでもないうそをつくものですがね」ティドウェル刑事はつぶやいた。「あなたがそうではないとはかぎらんでしょう」

「わたしは容疑者なの？」トーニーは驚きのあまり口をあんぐりさせた。

「あなただって彼女の声を聞いていれば」セオドシアは言った。「トーニーがどれほど取り乱していたか、自分の目で見ていれば……」

「もうショックで頭がどうかなりそうだったのよ！」トーニーは叫んだ。その言葉を強調するように、額を指で叩いた。

「しかし、ひょっとするとあなたは女優なみに演技がうまいのかもしれないではないですか」

「ばかなことを言わないでよ」トーニーは言った。「演技なんかへたくそだもの。ハイスクールの三年のときにミュージカルの『ガイズ&ドールズ』をやったときなんか、演劇のラングズワイアット先生に役をおろされたくらいなのに」

ティドウェル刑事は椅子に背中を預け、トーニーを見つめた。彼女の浮世離れした性格をようやく理解したようだ。

「いや、あなたが演技しているとは思っていませんよ、ミセス・キングズリー。だが、何者かが……それも十中八九、ご主人を殺した犯人と思われますが……捜査の状況を詳細に追っているのです。しかもわれわれを愚弄し、目をくらませようとしている」

「でも、いったい誰が？」セオドシアは訊いた。「最初に疑っていたチャールズ・タウンゼンドでないのはたしかよね。だって彼にはドローンの残骸を届けるなんてできなかったもの。いまも入院中なんだし……」

「チャールズが入院しているですって？」トーニーは愕然とした。「なにがあったの？」

「撃たれたの」セオドシアは答えた。

トーニーは信じられないというように目を丸くし、瞳孔が小さくなったように見えた。

「撃たれた？　チャールズが撃たれたの？　なんてこと、次はわたしかもしれないじゃない。犯人がわたしまで撃とうとするかもしれないわ」彼女はすすり泣きをこらえるように、手で口を覆った。「わたし、撃たれて死にたくなんかない」うそ偽りのない不安の叫びをあげた。

「あなたがねらわれることはないでしょう」ティドウェル刑事はざらざらした頬を手の甲でこすった。その表情からは、不安で頭のなかがいっぱいな様子がうかがえる。「まずはタウンゼンドからあらためて話を聞く必要がありますな。共犯者がいないともかぎりません」

「タウンゼンドさんの話は信頼できないということ？」セオドシアは訊いた。「ゆうべは信用していたじゃない」そこで腕時計に目をやった。ボザールのお茶会が始まって、シークレット・シッパーが現われるまであと十五分しかない。もう帰らなくては。

　ティドウェル刑事は肩をすくめた。「その質問には、まだはっきりした答えはありません。いまも捜査中ですので」

「だったら、もっと捜査のピッチをあげてほしいわね」セオドシアはいくらかとげとげしい口調で言った。「それと、部下の人に刑事さんのクラウン・ヴィクトリアを移動させるよう指示してもらえる？　わたしの車が出せないの」


「いったい全体なにがあったのだね？」

　セオドシアがようやくポートマン邸に戻ると、ドレイトンが訊いてきた。

「どこに雲隠れしていたのだ？　放浪の吟遊詩人にかどわかされたのかと思ったぞ。もうどれほど心配したことか」

　ドレイトンはそうとう取り乱していたらしく、蝶ネクタイが曲がっていた。

「あとで話す」セオドシアは約束した。急いだせいで息が切れ、お茶会のことが心配でたまらなかった。「でも、大変なことがあったのよ」

　ドレイトンは穴があくほどセオドシアをにらみつけた。

「ひじょうに深刻で、例の殺人事件と関係があるという意味で大変ということかね？」

　セオドシアはうなずいた。

　ドレイトンは両手を腰に当てた。「ならば、ただちに全部話してもらいたい」

「わかった」セオドシアは譲歩した。「こういうことなの。何者かが殺人に使われたドローンを箱詰めしてトーニーのB&Bに送りつけたの」

ドレイトンの口があいたが、言葉はひとことも出てこなかった。しばらくして彼は咳払いすると、声をひそめて言った。

「セオ、いくらなんでもそれは冗談だろう？」

「冗談なんかじゃない。駆けつけた先はそこだったんだもの」セオドシアはドレイトンの蝶ネクタイを直してやった。

「ではそこで……つまり……自分の目でドローンを見たのかね？」

「めちゃくちゃになった金属の破片が大量に箱に入っていただけだけど、あれだけ破片があれば、それがなにか、というかなんだったかはわかったわ。ドローンよ」

ドレイトンはとたんに昂奮で目を輝かせた。

「熱気球を墜落させるのに使われたドローンかね？　トーニーのご主人と同乗者の命を奪ったドローンかね？　セオ、まさか冗談を言っているのではないだろうね」

「この目でちゃんと見たわ。ぴかぴかの金属がたくさん、粉々に壊れていた。だから、ドナルド・キングズリーさんを乗せた熱気球を墜落させたドローンよ、きっと」

「なんともすごい話になってきたな。いったいなぜ……誰が……？」ドレイトンは適確な言葉を求めてしどろもどろになった。「トーニーが遠回しに夫の殺害を告白したという可能性はないのかね？」

「それはわたしも考えた。本当よ。でも、ドレイトン、あなたもトーニーの顔に浮かんだ表情を見ればわかると思う。彼女はすっかりうろたえていた。かわいそうに、激しいショックを受けていたの！」

「素人ばなれした演技力の持ち主ということもある」ドレイトンは言った。

「ティドウェル刑事も同じことを言ってたわ」

「刑事さんもいたのかね？」

「わたしが電話で呼んだのよ。ほかにどんな選択肢があったというの？」セオドシアは言った。

「現時点ではないだろうな」ドレイトンは考えこんだ。「トーニーにドローンを送りつけるとは、アール・ブリットがやりそうなたちの悪いいたずらだな」

セオドシアは指で拳銃を撃つまねをした。

「それは思いつかなかった。でも、たしかにそうね。いかにもブリットさんがやりそうな、人を見下した不愉快な行為だわ」

ふたりはトーニーがドローン襲撃の黒幕で、アール・ブリットが実行犯だとする説についてあれこれ検討した。それから、トッド・スローソンあるいはハロルド・アフォルターが犯人である可能性を話し合った。けれども、たしかな結論にはいたらず、あれこれ推理している時間がなくなった。十二時ぴったりに呼び鈴——教会の鐘のような旋律を響かせるチャイムだった——が鳴ったからだ。セオドシアとドレイトンが応対に出る頃には、パステルカラーのワンピースやスーツで着飾り、頭に手のこんだ帽子やヘッドドレスをのせた六人の女性が、期待に胸をふくらませて待っていた。

ドレイトンは即座に上品な主催者モードになった。お客をひとりひとり出迎え、妖精の粉のように愛嬌を振りまいた。それからご婦人方と腕を組んで、豪華なダイニングルームへと案内した。もちろん、彼が演出した〝テーブル風景〟には盛大な感嘆の声があがり、彼は熱のこもった褒め言葉を謙虚な態度で受け取った。

それが終わると、また玄関に戻り、次のゲストの一団を出迎えた。ドレイトンが歯の浮くようなお世辞を並べたてるのを横目で見ながら、セオドシアは参加者の名前にチェックを入れていった。ヘイリーとミス・ディンプルが前菜をちゃんと人数分用意したか確認しておきたかった。ドローンのこともっといろいろ考えたいところだけれど、現実がそれを許してくれない。いつものことだ。

六つの大きな丸テーブルに全員が着席し、ドレイトンとミス・ディンプルがお茶を注いでいると、ようやくデレイン・ディッシュが顔を出した。彼女はセオドシアをむんずとつかまえ、メイクが崩れないよう、いつもの音だけのキスをすると、さっそくポートマン邸を褒めちぎりはじめた。

「すてきなお宅じゃないこと?」デレインは例の大げさでわざとらしい口調で言った。「しかも、ずいぶんと大勢いらしてるじゃないの。あら、まあ、テーブルの飾りつけを見てごらんなさいよ。きらびやかでゴージャスだわ!」

「すべてドレイトンの指揮のもとで仕上げたのよ」セオドシアは言った。

「そうそう、セオ」デレインはふと思い出したように言った。「ニューヨークにいる、あたしの大事な姉のナディーンを覚えてる?」

「もちろん覚えてるわ」この前、チャールストンに来たとき、ナディーンはちょっとした問題を露呈した。ありていに言えば、盗癖があったのだ。セオドシアは不安になってあたりを見まわした。「まさか彼女が……あなた、ナディーンも連れてきたの?」お願いだから、ちがうと言って。

「残念だけど、ナディーンは来られなかったの。いま法律の問題で手が離せないんですって。でも、この前も言ったけど、ナディーンの娘を連れてきたわ」デレインは振り返り、若い女性を前へと引っ張った。「セオ、紹介する。こちらが、あたしのかわいい姪のベティーナ」

「会えてうれしいわ」セオドシアはほっとしながら言った。とりあえず、燭台が盗まれる心配はしなくてよさそうだ。ベティーナはまばゆい茶色の目と波打つ茶色い髪をしていた。骨張ってはいるものの好感の持てる顔立ちで、淡いピーチ色のタイトなニットドレスを着ているせいでほっそりした腰骨がくっきり見えている。

「すてきな服ね」セオドシアは言った。

ベティーナはほほえんだ。「ありがとう」

「ベティーナは〈コットン・ダック〉であたしの右腕として働いてもらうことになってるの」デレインは説明した。「ニューヨークのファッション工科大学を卒業してマーケティングの学位を持ってるんだから。この子にはものすごく期待してるのよ」

ベティーナはかわいらしく頬を赤くした。「はじめまして、ミス・ブラウニング。デレインおばさんからいろいろ聞いています。ふたりはとても仲のいいお友だちなんですってね」

そうかしら？　セオドシアは心のなかでいぶかった。

「でも、小売のこととなるとわたしは素人同然で。これまで得た知識は授業で教わったことがほとんどですけど、デレインおばさんは経験豊富なプロなんです」彼女はデレインの腕をつかみ、うれしそうに見つめた。「だからファッションの販売戦略や商売について大事なことをすべて教えてもらえるんじゃないかと、いまから期待しているんです」

「忘れちゃったの、ベティーナ？　あたしのことはデレインと呼んでって言ったでしょ」デレインの口調は少し冷ややかだった。「あなたと同世代のつもりでいるんだから」彼女は小さく身を震わせた。「正直言って、おばさんなんて呼ばれると昔の人みたいな気がしてくるわ」

きょうのボザールのお茶会はシャンパンが飲めるお茶会とも銘打っていた。そこで、もちろん、さっそくシャンパンのコルクが抜かれる音があがった。

ドレイトンはうやうやしい仕種でシャンパンを注ぎ、いま使っているフルートグラスと、昔ながらのクープグラスというカップ形のグラスの違いを説明した。

「クープグラスは長年にわたってシャンパン用のグラスとして使われてきました」ドレイトンは言った。「やがて、賢明なるガラス職人がフルートグラスを考案しました。背が高く、口が細いグラスは空気と接する面が少なくなるため、炭酸が抜けにくいという特徴があります」

「要するに、泡が多くなるのね」ひとりの女性が笑いながら言った。

「いかにも」ドレイトンは言った。「クープグラスはすばらしき伝統として長年親しまれてきましたが、それはシャンパンのボトルをサーベルで切り落とすサーベリングという技も同様です」彼はボトルを手に取り、見えるようにかかげた。「サーベリングはナポレオンの将校たちが勝利を祝おうとしたのが始まりです。彼らがそれぞれのサーベルを抜いて、ボトルの側面にすばやく刃を走らせたところ、かちゃんという音とともに上端が切り落とされたというわけです」

聴衆から昂奮のにじんだつぶやきが洩れた。

ドレイトンはさらにつづけた。「そのあと、充分に注意しながらボトルに口をつけて飲んだのであります」彼はほほえみながら背筋をぴんとのばし、バレエ教師のようにかかとをきちんとつけた。「もちろん、もうひとつのシャンパンについてもお話ししておかなくてはなりません。しばしばお茶のシャンパンと呼ばれるダージリンです」

ドレイトンのその言葉を合図に、セオドシアとミス・ディンプルがテーブルをまわり、お茶のおかわりを注ぎはじめた。

「いまお注ぎしているのは、着席していただいたときに出したお茶です。春摘みのダージリン・ファーストフラッシュは軽くさわやかな口あたりと花の香りが特徴となっています」ドレイトンは小さくお辞儀をした。「さて、お茶、シャンパン、そして知識でほろ酔いかげんになったところで、この会の主催者を紹介しましょう。ミス・セオドシア・ブラウニングです」

ひときわ大きな拍手があがるなか、セオドシアは部屋の中央に進み出た。

「みなさま、第一回ボザールのお茶会にようこそ。インディゴ・ティーショップではなく、こちらの優雅なお屋敷で開催することにしたのは、いかにもフランスにいるような気分でお茶会を楽しんでいただこうと思ったからです」彼女は数フィートほど離れた場所にすわる友人のヘレン・ウィンダーにほほえみかけた。「しかも、ポートマン邸の厨房はとても大きいので、いつもより品数を多くお出しすることができるのです」

たちまち熱っぽい拍手があがった。

「ではさっそく始めましょう」セオドシアはつづけた。「ひと皿めはイチゴのバターとクロテッド・クリームを添えたエッグノッグのスコーン。つづいて、ローストしたペカン、ドライクランベリー、ブルーチーズ、洋梨のスライスをトッピングした春の青野菜のミックスサラダ、名づけてサラダ・ジョセフィーヌをお出しします。つづいて、おしのぎのアミューズブーシュとして、小さなカップに入れたロブスターのビスクスープにクロスティーニを添えてお出しします。メインディッシュのチキン・フランセが入る余裕も残しておいてくださいね。グリルした鶏の胸肉にトマト、バジル、アイオリソースで味つけをしたもので、それを軽く焼いた小さなバゲットにのせてお出しします。そしてデザートには……」セオドシアはそこで間を置いた。目がきらきら光っている。「それについてはのちほど紹介することにいたしましょうか」

そしてお茶会が始まった。

セオドシアとミス・ディンプルはスコーンを出し、ドレイトンはお茶を注いだり、プロらしく各テーブルに目を配り、ヘイリーは厨房にこもりきりでサラダを和え、それを皿に盛りつけていた。

サラダとロブスターのビスクスープを出し終える頃には、セオドシアは手応えを感じていた。

「やったわね」とドレイトンに言った。「すべてがおもしろいくらいにうまくいってる」

「だが、誰がシークレット・シッパーかわかったかね？　蜜蜂の巣みたいなヘッドドレスを頭にのせたブロンド女性だろうか？」

「ぐるっとまわってお客さまと話してみる。ぴんとくるかもしれないわ」

「こういう超がつくほどすてきなお茶会は毎年やる予定なの？」セオドシアが近づいていくと、友人のボニー・トレイシーが訊いた。

「すてきな秋のお茶会をここでやったらどうかしら」べつの友人からも声があがった。

「あら、わたしはクリスマスのお茶会をやってほしいわ」店の常連客のひとり、ミセス・ポメロイが言った。

「でも、わたしたちはインディゴ・ティーショップに行きたいわ」ジル・ビアテクが割りこんだ。「娘のクリステンとわたしはあの店がいちばん好き。とってもすてきで居心地がいいんですもの」

「どうぞ心配なさらず」セオドシアはきっぱりと言った。「これからもインディゴ・ティーショップでは特別なお茶会を開催する予定ですから。一週間に一、二回は」

それを聞いてお客は納得したようだ。けれどもシークレット・シッパーが誰かはまだわからなかった。ふーむ。

30

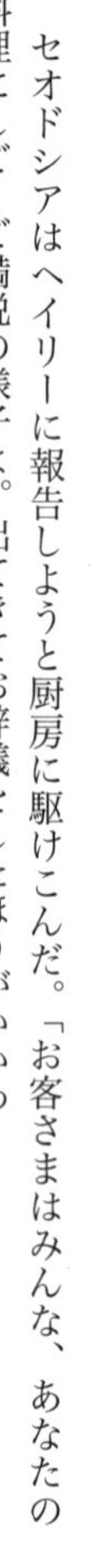

セオドシアはヘイリーに報告しようと厨房に駆けこんだ。「お客さまはみんな、あなたの料理にしごくご満悦の様子よ。出てきてお辞儀をしたほうがいいわ」

「お辞儀はセオがやっておいて」ヘイリーは仕事の手を休めずに言った。「クリスタルのボウルにチョコレートムースをすくい入れて、クッキーとお花の砂糖漬けを添えなきゃならないんだもん」そこでコンロから顔をあげた。「デザートはなにか、お客さまに言っちゃった？」

「まだよ。びっくりさせるために秘密にしておいたほうがいいと思って」

「なら、いいの」

ダイニングルームでは、ドレイトンとミス・ディンプルがジンジャーブレッド・オレンジ・ティーを注いでまわっている。ドレイトンの有名なオリジナルブレンド、特別に用意したデザート用のお茶だ。

「ご存じのように」ドレイトンは演説をするように声を大きくした。「ボザール様式はパリのエコール・デ・ボザールという美術学校と密接に結びついております。この古典主義スタイルは、十九世紀後半のパリを席巻していた華やかさと結びつき、ヨーロッパおよびアメリカに急速にひろまりました。この絶妙なバランスと結びついた豪華絢爛な装飾は建築、造園、絵画、および室内装飾における基本原則となったのです」

それを合図にセオドシアは大きなシルバーのトレイを手に、ダイニングルームに入った。「本日のボザールのお茶会のデザートとして、昔ながらのチョコレートムース、特製のシュガークッキー、エディブルフラワーの砂糖漬けを召しあがっていただきます」彼女はみんなに見えるよう、トレイを慎重に傾けた。「さてここでうかがいます。これ以上にエレガントで、退廃的で、リッチなものはこの世にあるでしょうか？」

言うまでもなく、デザートは大好評を博した。パルフェボウルの底までスプーンでこそげ、何人かの人は自宅に持ち帰ってあとで食べようと、クッキーをアルミ箔にくるんでしゃれたバッグに入れていた。

最後のお茶のおかわりを注ぎながらデレインのそばを通りかかると、セオドシアは腕をつかまれた。「もう、すばらしいのひとこと」デレインは満足そうに言った。「会場もめちゃくちゃすてきだし」

「理想的な会場でしょ？」

デレインはまつげをぱちぱちさせた。「女性なら誰だって、こういうところで結婚式をあげたいと思うわ」

「ところでうまくいっているの？」セオドシアはデレインがいまもトッド・スローソンに首ったけなのか気になって訊いた。「トッドとの未来をいまも夢見てる？」わたしのなかでは、彼はいまも容疑者という扱いだけど。

「さあ、どうかしら」デレインは顔をしかめた。「おかしなものよね。ほしいものが手に入ったとたん、どうでもよくなっちゃうことってあるでしょ？」

本気で言ってるの、デレイン？

セオドシアはデレインの肩をやさしく叩いた。「あなたは賢い人だもの。いずれ自分で答えを出せると思うわ」

お客がいなくなり、テーブルの上が片づけられ、お皿が食器洗浄機に入れられ、あるいはミス・ディンプルによって手洗いされると、ドレイトンはポートマン邸の居心地がいい図書室で安楽椅子に崩れるように腰をおろした。

「こういうことをやるには歳を取りすぎたな」ドレイトンは言った。「近い将来、もっと若い男を見つけてもらうことになりそうだ」

「そういう人ならもういるわ」セオドシアはほほえみながら言った。

ドレイトンは天を仰いだ。「言わんとしたことはわかっているくせに。ティーショップで仕事をする人間のことを言っているのだよ。きみの右腕となって大きなイベントを仕切る人間のことだ」

「わたしの勘違いでなければ、きょうのあなたは元気いっぱいのエナジャイザー・バニーそのものだった。午前も午後も駆けずりまわって、飾りつけをし、お客さまを出迎え、お茶を注ぎ、料理を運び、そのうえ、お茶やお茶の淹れ方に関する種々雑多な質問に答える余裕まであったんだもの。超人並みのパワーだわ」

「たしかにそうだが、それでも……」ドレイトンはセオドシアのうしろに目をやった。「おや、ずいぶんとおいしそうなものがやってきたぞ」

ヘイリーとミス・ディンプルが図書室に入ってきた。ふたりとも満面の笑みで、ヘイリーが手にしているトレイには、金色のシャンパンをなみなみと注いだフルートグラスが四個のっている。

「みんな、がんばったからご褒美にと思って。宴(うたげ)のあとの一杯よ」

「成功を祝う泡の一杯だな」ドレイトンはぱっと顔を輝かせた。「シャンパンが少し残っていてよかったよ」

「セオが野菜室に一本隠しておいてくれたおかげ」ヘイリーは言った。

四人はそれぞれシャンパンのグラスを手に取り、高くかかげた。

「なにに乾杯しましょうか?」ミス・ディンプルが訊いた。

「みんなのバイタリティーに」ヘイリーは言った。

セオドシアはほほえんだ。「すばらしい友人に」

「天使がわれらを守り、天がわれらを受け入れてくれますように」ドレイトンが祈りを捧げた。

四人はグラスを合わせ、ひとくち含んだ。

「んまあ、なんておいしいんでしょう」ミス・ディンプルが言った。「しかも元気が出てきましたよ」その言葉に全員がくすくす笑った。

セオドシアがリネンのナプキンとテーブルクロスを集めていると、エプロンのポケットのなかで携帯電話の着信を知らせるメロディが鳴った。出して画面に目をやったとたん、頬がゆるんだ。カメラマンのウッディ・ホヴェルがドレイトンの自宅の写真をメールで送ってくれたのだ。

「いまわたしの携帯になにが届いたと思う?」セオドシアは図書室に入っていき、チャールストンの海事遺産について書かれた本をぱらぱら読んでいるドレイトンに声をかけた。

彼は顔をあげた。「苦情の電話でもあったのかね?」

「大はずれ。あなたの家の写真が届いたの」セオドシアは指で操作しはじめ、最初の何枚かに目をこらした。とてもよく撮れている。

「おそるおそる尋ねるが」ドレイトンが言った。「出来はどうだ?」

「なにをばかなことを言ってるの」セオドシアは次から次へと画像を見ていきながら言った。

「すばらしい写真ばかりよ」

「本当かね?」ドレイトンの声にはまさかという響きがにじんでいた。

「自信を持ちなさいよ。自分の家がとてもすてきなのはわかっているくせに。これで《南部インテリアマガジン》の読者全員が魅了されることまちがいなしだわ。ほら、見て」セオドシアは手のなかの携帯電話をドレイトンに渡した。「自分の目でたしかめてごらんなさいな」

ドレイトンは数枚の写真に目をとおしながら、声は出さずに口だけを動かしていた。気に入ったのかしら？　それとも気に入らなかった？

「なかなかよく撮れている」としばらくたってから言った。「この二枚など、暖炉とその上にかかった海を描いた絵を完璧なまでにとらえている」

「ほらね。この撮影は絶対にうまくいくって言ったでしょ。ほかの写真も見てみて」彼女は写真のスクロールの仕方をドレイトンに教えた。

ドレイトンはこわごわスクロールしながら、ときどき感想をつぶやいた。「うん、これはいい写真だ。おやおや、これはあまり出来がよくないな。おや、これはひじょうにいい」

「ダイニングルームの写真を見て」セオドシアは言った。

ドレイトンは画面を指でタッチしたが、なにも変わらなかった。「頼む、かわりにやってくれたまえ。こういうものには不慣れでな」

セオドシアは自分のｉＰｈｏｎｅをいったん返してもらい、ダイニングルームの写真が現われるまでスクロールした。それをドレイトンに渡した。「ねえ、すばらしいでしょ？　テーブルの上のリモージュの磁器、炎がゆらめくキャンドル、天井からさがったクリスタルのシャンデリア……」

「たしかに、雰囲気たっぷりで優雅な感じが出ている」

「だから、なにも心配することなんかないって言ったじゃない。どの写真も雑誌にのせれば見映えがしそう」

「こいつはなんだろう？」ドレイトンは画面の端のほうを人差し指で触れた。

「どれ？」

「ダイニングルームの窓になにかついている。カーテンのすぐ左側だ。ぼんやりした汚れのようなものが見える。残念だな。これがなければ、いい写真なのに」

「ちょっと見せて」セオドシアは携帯電話を返してもらい、写真に見入った。それから二本の指で画面をピンチし、画像を拡大した。

「写真をそんなふうに大きくできるとは知らなかったな。さっきのおかしな汚れは見えるかね？　消すことはできるだろうか？　エアブラシで吹きつけるのはさすがに時代遅れだとわかっているよ。だが、デジタル技術ではなんと言うんだったかな……フォトシェイプする？」

「フォトショップする、よ。でも、これは汚れじゃないわ。むしろ……」セオドシアは息を大きく吸いこみ、ゆっくりと吐き出した。

「なんだね？」ドレイトンが訊いた。「どうした？」

「頭が完全におかしくなったと思われそうだけど、これは人の顔だと思う。あなたの家の外から、なかをのぞこうと窓に顔をくっつけているみたいに見える」

「いったい誰がそんなことを？」

「ものすごく好奇心の強い人とか」あるいは、わたしたちに危害をくわえようとした人かも。

「誰の顔だろう」

「わからない。こんなに小さいと、わかれというほうが無理だわ」

「もう少し大きくできるかね？」

「できるだけやってみる」セオドシアは画面にタッチして、もう少し大きくしてみた。「少しはわかるようになったかしら」携帯電話をドレイトンに渡す。

ドレイトンは食い入るように見つめた。「そうとは言えんな。ふむ、女性の顔のようだが」

「わたしにもう一度見せて」

「トーニーだろうか？」ドレイトンは訊いた。

セオドシアは首を横に振った。それはないだろう。それにアンジー・コングドンでもなさそうだ。

「気味が悪いではないか。何者かが家の外からわたしたちをうかがっていたとは、考えただけでもぞっとする」

「この写真の画質をあげるなら、インディゴ・ティーショップに戻って、ｉＭａｃの画面に表示させないと」

ドレイトンは顔をしかめた。「それは面倒だな」

けれどもセオドシアの頭のなかで蜂の羽音のようなうなりがあがり、警報音がけたたましく鳴りはじめた。

「そんなことないわ、ドレイトン。もっとよく見たほうがいい。なんとなく落ち着かないの」

「いい意味で落ち着かないのか、それとも悪い意味でかね？」ドレイトンは訊いた。しかしすぐ真顔になった。「ちょっと待ってくれたまえ。まさかマダム・ポポロフが言っていた幽霊とはこのことだろうか？」

「さあ、どうかしら。それを突きとめようとしてるんじゃない」

31

インディゴ・ティーショップの店のほうは真っ暗だったが、奥のオフィスでは明かりが煌々と灯り、セオドシアとドレイトンが彼女のパソコンに見入っていた。セオドシアは窓に映った顔を画像がぼやけない範囲でできるかぎり拡大した。

「やはりひどくぼんやりして見えるな」ドレイトンが言った。

「拡大しすぎたかもしれないわね。少し小さくしてみましょう」彼女はマウスを使って画像を処理した。「さあ、どうかしら。あらあら、ねえ、耳を見て。アール・ブリットさんじゃない？」

ドレイトンはいくらか縮小された画像に目をこらした。「わたしはトーニー・キングズリーではないかと思っていたのだがね。髪の毛がそんな感じだ。もしも彼女だとしたら、午前中、きみに真っ赤なうそをついてだましたことになる」

「その場合、トーニーが殺人犯ということよね」セオドシアは言った。「自分の夫だけでなく、あの熱気球に同乗していた無関係のふたりも殺したことになる。でも……」頭のなかが完全に混乱していた。「だとすると、トーニーはティドウェル刑事をまんまとだましたわけ

ね。だって、あのとき刑事さんは彼女の話を信じたみたいだったもの」

「トーニーは刑事さんを手玉に取ったのかもな」ドレイトンは椅子に背中をあずけ、考えこんだ。「もちろん、画像は断定できるほど鮮明なものではない。ほかの人間ということも充分に考えられる」

セオドシアは唇をかんだ。「はっきり言ったらどう？」

「わかった。アンジー・コングドンの顔かもしれないと思ったのだよ。心理的に追いこまれ、ハロルドをかばおうとするあまり……彼の容疑を晴らすなんらかの方法を探していたのかもしれないではないか」

「変装した男の人だとは思わない？　アール・ブリットさんかトッド・スローソンさんがかつらかなにかをかぶっていたのかも」

「突飛すぎる気もするが」とドレイトン。「論外というわけでもないな。われわれの動きを逐一追っているのだとすれば」

「わたしたちが調査しているから、でしょ」セオドシアはゆっくりと言った。

「突っこむべきでないところに首を突っこんでいると思われたのだろう。われわれが関わっているのは、多くの人が知っているのだし」

「リストに入れるべき人間がもうひとりいる」

ドレイトンは怪訝な顔でセオドシアを見た。「誰だね？」

「ブルックリン・ヴァンス」

「あの美人の博物館関係者のことか？」ドレイトンは蝶ネクタイに触れた。「なんでまたそんなことを言い出すのだね？」

「あの美人の博物館関係者もネイビー・ジャック・フラッグを手に入れようとしていたから」

ふたりは画面に表示された顔をじっと見つめ、いったい誰だろうかと首をひねった。あまりに真剣に目をこらしたせいで、ついには目がしょぼしょぼしてきたところでセオドシアは言った。「ねえ、これはやっぱりブルックリンだわ」

「ふむ」ドレイトンは椅子の背にもたれ、前方をじっと見つめた。頭のなかのマイクロプロセッサーがかたかた音をたてながら動きはじめたようだ。

「いまのは、いい意味の〝ふむ〟なの？　それとも悪い意味？」セオドシアは訊いた。ドレイトンが自分の意見を話半分に聞いているのか、それとも慎重に思案しているのかわからなかったのだ。

ようやくドレイトンは口をひらいた。「いやな予感がする」

「わたしも」セオドシアも同意した。

「とてつもなく見込み薄と思われるが……」

「でも見込み薄と思われることでも、ときには……」

「たしかにそうだ」ドレイトンは言った。「つまり、もしかすると……ひょっとすると……ブルックリンかもしれない」

「でも、彼女だと名指しする前に、非難めいたことを言う前に、確認をとらなくちゃ」

ドレイトンはセオドシアにあいまいな表情を向けた。「どうやって彼女の話の裏を取るのだね？」

「ブルックリンはジョシュア・ヴァンス大佐の娘だと言っていた。そうよね？」

「そうだな。だが、ヴァンス大佐の評判はたしかなものだ」

「ええ。だから電話してみましょうよ」

「いま、この場で？　大佐に迷惑がかかるようなことはしないほうがいいと思うが」

「ドレイトン、大佐に電話しなきゃだめよ。ブルックリンを疑っているのなら――ふたりともそれについては意見が一致してるのよね？――確認するしかないもの」

「どうやって電話番号を調べるのだね？」

「インターネットよ」セオドシアは言った。「ストーカーの大親友の」

何度かクリックしただけで、ジョシュア・ヴァンス大佐の電話番号がわかった。

「なにを訊けばいいのだろう？」ドレイトンは番号をダイヤルしながら小声で尋ねた。渋っているどころではなく、そうとう怖じ気づいていた。

「娘さんと連絡を取ろうとしていると言えばいいのよ。緊急の用件があると。そうね……娘さんの勤め先であるウィルミントンの博物館にある作品に関することだ、とか」

「そのアプローチならよさそうだ」

セオドシアが息を詰めて見守るなか、ドレイトンは名乗り、ヘリテッジ協会の美術品について手短に説明し、ブルックリン・ヴァンスのことを尋ねた。ドレイトンはしばらく相手の話に耳を傾けたのち、大佐に長々と礼を言い、わずらわせて申し訳なかったと謝ってから電話を切った。

「それで？」セオドシアは訊いた。すっかりやきもきしていた。

ドレイトンは顔に驚愕の表情を浮かべてセオドシアを見つめた。「大佐に娘さんはいないそうだ」

「思ったとおりだわ！」セオドシアは大声をあげた。「キーストーン博物館なんてものも存在しないわ、きっと」

「それも確認を取らないといかんな。なにしろ、ヴァンスという名字はほかにもあることだし」

「それはどうかしら。でも、いちおう確認しましょう」セオドシアはグーグルでノース・カロライナ州ウィルミントンのキーストーン博物館を検索した。なにもヒットしなかった。公式サイトを見つけようとした。それもまた空振りに終わった。

「なにもないのかね？」ドレイトンは訊いた。

「ひとつも」

「博物館がまだオープンしていないせいでは？」

「でも、少しくらいなにか情報が出てきてもいいはずよ。地元の新聞に記事が出たと思うもの。新しい博物館はかなりのビッグニュースのはずでしょ。ひとりくらい報道する人がいたってておかしくないわ」

「たしかにそうだ」

「ちょっと待って。ブルックリンから名刺をもらったんだった」

「まだ持っているのかね？」

セオドシアは財布に手を入れた。「ええ、ほら、あった」

「その番号に電話してみたまえ」ドレイトンは言った。「誰が出るかたしかめよう」

セオドシアは番号を押し、呼び出し音に耳を傾けた。けっきょくブルックリンは信頼のおける人なのかもしれない。

相手が電話を取った。

「〈ナポリ・ピザ〉です」

セオドシアは電話を切った。「〈ナポリ・ピザ〉ですって」その声が耳にうつろに響いた。

「では、電話番号はでたらめだったわけか」

「本人の経歴は偽物だし、話していたこともでたらめ」自分が感じている気持ちが怒りなのか、それとも殺人事件が一部とはいえ解決したことによる奇妙な安堵感なのか、自分でもわからなかった。

「それで、このあとどうするのだね？」ドレイトンはセオドシアが主導権を握ってくれるものと思いこんでいた。

けれどもセオドシアは、次の一手をどうすべきか決めかねていた。「ティドウェル刑事に連絡してもいいくらい証拠が集まったと思う？」

「証拠があるとは言いがたいな」ドレイトンは言った。「わかっているのはブルックリンが食わせ者だということだけだ。それ以外は、勘と推測をよりどころにしているにすぎない」

「でも、この写真がある」セオドシアはパソコンの画面を軽く叩いた。「やけに気味の悪い画像だけど、とにかくこれがわたしたちを正しい道へと導いてくれるはず」

「彼女は旗の存在を知っていたの」セオドシアはブルックリン・ヴァンスへの疑惑を手短に伝えると、ティドウェル刑事にそう訴えた。また、写真におぼろな顔が写っていたことも伝えた。その顔は、見れば見るほど、ブルックリン・ヴァンスにしか見えないということも。

「しかも、彼女は美術界に関わっているという話ですな」ティドウェル刑事は言った。「ヴァンスという女性の話が出たのは覚えておりますが、あいにく事情を聞いたのはわたしではありませんので」

「ブルックリン・ヴァンスは美術の世界でキャリアを積んできたと言っていたわ。それで、ちょっと変な質問をするわね。刑事さんは以前、ＦＢＩの捜査官だったんでしょ。ＦＢＩには美術品強盗班のようなものがあるんじゃない？」

「ＦＢＩの献身的な美術犯罪チームのことですかな？」

「本当にあるのね？　よかった。その人たちの力を借りる必要があるの。刑事さんの力もね」セオドシアは少し間を置いた。「ところで、いまなにをしているの？」

「おいしいドライ・マティーニを飲もうかと思っておりました」

「とりあえずマティーニはあきらめて、うちの店に来てもらえる？　問題の写真を見てほしいの。とても大切なことなのよ」

長い沈黙が流れ、ようやくティドウェル刑事は答えた。「そうせざるをえないようですな」

二十分ほどすると、ティドウェル刑事がノートパソコンを抱えてインディゴ・ティーショップに現われた。サイズの合っていないカーキ色のスラックスに、体型のとおりにふくらんだ茶色のジャケットという、いかにも非番らしくくたびれた装いだった。土曜の夜に呼び出されるのは不愉快だとばかりに口を真一文字に結んでいるが、実際、不愉快に思っているのはまちがいない。

「インターネットにつなぐ必要があります」刑事は開口一番、そう言った。

「わたしのオフィスへ」セオドシアは先に立って薄暗いティーショップを抜け、オフィスに入った。

ドレイトンがあわてて立ちあがった。「おいでいただき感謝します」

ティドウェル刑事は肩をすくめ、ひとことうなっただけだった。

セオドシアはこれがそっけない言葉の応酬にならないことを願った。

だが、そうはならなかった。

「お気づきかと思いますが」コードやらプラグやらをごそごそいじったあげく、ようやくノートパソコンがインターネットにつながるとティドウェル刑事は話しはじめた。「ドン・キングズリーの自宅からネイビー・ジャック・フラッグがなくなったとわかった時点で、FBIの盗難美術品データベースで確認をしています」

「でも、そのときは旗はヒットしなかった」セオドシアは言った。「盗まれてまだ時間がたっていなかったから。昨夜、チャールズ・タウンゼンドさんが告白するまで、そのあとにもう一回盗まれたなんてわかっていなかったわけだし」

「わざわざ指摘していただき感謝しますよ」ティドウェル刑事はおどけたように言った。彼がセオドシアのデスクチェアに腰をおろすと、サイドレールがはちきれそうになり、椅子が低いうめき声をあげた。

椅子が二度と使えない状態になりませんように、とセオドシアは心のなかで祈った。

ティドウェル刑事は肉づきのいい指でパソコンのキーを打ちはじめたが、ほとんど雨だれ式と言っていいほどぽつんぽつんという打ち方だった。彼はFBIのサイトを呼び出し、パスワードらしき数字と文字を長々と入力した。しばらく画面の中央でボールがくるくる回転していたが、やがて、じゃじゃーん、専用エリアに入っていた。

「盗まれた美術品を調べるの？　それともFBIでつかんでいる容疑者を調べるの？」セオドシアは訊いた。

「容疑者に決まっているでしょう」ティドウェル刑事は言った。「データベースに登録されている女性の数はそう多くないでしょうから」

驚いたことに、百人近くもいた。

「パラメーターを使って絞らなくてはなりませんな。年齢、髪の色、そういった要素のことです」

「年齢は三十から三十五といったところかしら」セオドシアは言った。「髪の色は黒」

「判明している最後の住所は？」

セオドシアは肩をすくめた。「ウィルミントンかしら？　なんとも言えないわ。それだって偽装しているでしょうし」

「人は経歴をでっちあげるにしても、若干の真実をベースにすることが多いのですよ」ティドウェル刑事はさらにいくつかクリックして、粒子の粗い五枚の写真を表示させた。「この候補の顔をよく見てください」

セオドシアとドレイトンは刑事の幅ひろい肩ごしに身を乗り出し、画面を見つめた。

「あっ」セオドシアの口から声が洩れた。思わず、息をのみそうになった。そのなかの一枚は髪が短いのをべつにすれば、ブルックリン・ヴァンスに、もしやと思うほど似ていた。

「どれが目にとまったのですかな？」ティドウェル刑事が訊いた。

「真ん中の女性」

「これがミス・ヴァンスだと？」ドレイトンはティドウェル刑事のパソコンに表示された写真に目をこらした。

「ねえ、見て」セオドシアは自分のパソコンの画面に映っている不鮮明な人影をしめした。

「二枚の写真はまったくちがって見える。ＦＢＩの写真のなかの彼女の髪は色が明るくてコシがないけど、いまは黒いし、長さもうんと長くなっている。でも、頰骨の曲線や、とがり気味の顎を見て」

「おやおや、たしかに。きみの言うとおりだ」ドレイトンは思わず大きな声を出した。「ほぼ一致している」

「おふたりは、『キャッチ・ミー・イフ・ユー・キャン』という映画をご覧になったことは？」

「レオナルド・ディカプリオが詐欺師を演じた映画ね」セオドシアは言った。「銀行のルーティング・システムを探りあてて、何百万ドルも現金化したんでしょ。偽の小切手を使って」

「偽の身分証明書もです」ティドウェル刑事は手をのばし、少しためらってから画面に触れた。「まずまちがいなく、彼女が犯人でしょう」

その後、三人はティールームに移動し、ドレイトンがインディアン・スパイス・ティーを淹れ、セオドシアは冷凍庫にあった残りもののラズベリーのスコーンを温めて皿に盛り合わせた。

「これで、殺人犯はブルックリンと考えてよさそうだけど、どうやって彼女を見つけるの？」セオドシアは訊いた。

　ティドウェル刑事はカップのお茶を吹いて冷まし、わずかに口に含んだ。

「ブルックリン・ヴァンスはあきらかにチャールストンの外に出たと思われます。これまで彼女はどこに滞在していたのでしょう？」

「見当もつかん」ドレイトンが言った。「干し草の山のなかで一本の針を探すようなものだな。彼女がまだチャールストンにいるとすればだが」

「では、その干し草の山を俵ひとつ分にまで狭める必要がありますな」ティドウェル刑事は言うと、スコーンをひとつ手に取って、大きくがぶりとやり、考え事をしながら口をもぐもぐ動かした。

「ひょっとしたら……ひょっとしたらだけど、ブルックリンは〈フェザーベッド・ハウス〉に泊まっていたのかもしれない」セオドシアは言った。

「それはなんの根拠もなく、なんとなくひらめいたのですかな？　それともわれわれの知らないなにかをご存じなのですか？」ティドウェル刑事は訊いた。

　セオドシアは数日前の光景を思い起こそうとした。それは記憶という海の底から浮かびあがり、しばらく泳ぎまわっただけで、ふたたび闇へと沈んでいく。セオドシアは必死に集中し、それが表面に向かってゆっくり浮かびあがるのを待った。「ええと、はじめてブルックリン・ヴァンスを見たとき、彼女はトーニー・キングズリーのB＆Bを出て、〈フェザーベッド・ハウス〉の方に向かっていたわ」

「ブルックリンがそこに宿泊していたのなら」とドレイトン。「状況は彼女にとって有利だったのではないかな。ありとあらゆる噂や重要な情報を得られたわけだから」

「おもな容疑者が誰かとか、警察の目がハロルドに移ったこととか？」セオドシアは言った。

「それと、アンジーがどんな情報をあらたに入手したか、とか」

「葬儀のあとの昼食会を思い出すといい。ブルックリンが急にアール・ブリットと親密になったではないか」ドレイトンは言った。

そのことならよく覚えている。「賭けてもいいわ、ブルックリンは捜査の一部始終を把握していたのよ」

ティドウェル刑事はスコーンの最後のひとかけらをたいらげ、舌鼓(したつづみ)を打った。けれども、いつものように、スコーンを食べて満足という顔はしていなかった。一杯食わされたというように、不機嫌だった。「灯台下暗しとはまさにこのことですな」

32

三人はティドウェル刑事が運転する旧型のクラウン・ヴィクトリアに乗って〈フェザーベッド・ハウス〉に向かった。車は安っぽいバーガンディー色で、スプリングがいかれ、エンジンオイルとこぼれたコーヒーのにおいがかすかにただよっていた。とはいえ、コーヒーはおそらくフレンチ・ローストと思われ、上等なにおいだった。

ティドウェル刑事はこの車を自分の子ども同然に大事にしていた。無線機がヒステリックに雑音や警告を発するなか、彼は前もって連絡を入れ、警官をふた組、アンジーのB&Bに派遣するよう要請した。目的地に着いてみると、制服姿のSWAT隊員が四人、外の歩道で待っていた。

制服が黒っぽいせいで、四人はこれからファルージャに大規模攻撃を仕掛けるSEALチームみたいに見える。もっとも、ブルックリンも銃を持っている危険人物だから、ある程度の攻撃力があったほうがいい。

セオドシアは〈フェザーベッド・ハウス〉の玄関ステップを駆けあがり、ロビーに足を踏み入れた。あたりを見まわすと、六人ほどの宿泊客がワインを口に運び、オードブルでいっぱいのテーブルに手をのばしている。このなごやかで静かなひとときを台なしにすることだけは絶対に避けたいと思ったが、そのとき、テディ・ヴィッカーズがチーズをのせた新しいプレートを出そうと、朝食ルームから現われた。セオドシアは彼に駆け寄ると、肩をつかみ、半回転させた。チーズがいくつか、床に落ちた。

「セオドシア?」テディは少しとまどった顔をした。

「テディ、ちょっと手を貸して!」セオドシアはかすれ声で言った。

テディはロビーのあちこちに目をやった。そこでようやっと、ティドウェル刑事、ドレイトン、それに武器を帯びた四人の警官がこそこそと入ってくるのを目にした。目立たないようにと努力はしているものの、まったくうまくいっていない。テディの顔に不安の色が刻まれた。

「どうかしたんですか?」テディは訊いた。「ハロルドのことじゃないですよね?」彼は落ち着きなく唇をなめた。「きみがここに来たのは……?」

「いくつかうかがいたいことがありましてね」ティドウェル刑事が人々を押しのけて前に進み出た。

「いいから、テディにFBIの写真を見せてあげて」セオドシアはうながした。「そうすれば、わたしたちのやってることが正しいのかまちがっているのかわかるから」

ティドウェル刑事は自分のノートパソコンをひらき、ダウンロードした例の写真をテディに見せた。

セオドシアは写真を指差した。

「この女性はここに泊まってる？　宿泊客のひとり？」

テディは表情をくもらせ、写真に目をこらした。

「うん……たぶん」

そこへアンジーがダイニングルームからやってきた。彼女はティドウェル刑事、セオドシア、テディ、ＳＷＡＴチームがいるのを見て、一歩うしろにさがった。肩をがっくり落とし、顔から表情を消した。

「ハロルドを逮捕しにきたのね？」彼女はおどおどと小さな声で言った。

「そうじゃないわ」セオドシアは言った。「ちょっとこの写真を見て。この人が容疑者で、しかもここにずっと泊まっていたんじゃないかと思われるの」

「なんですって！」アンジーは衝撃のあまり、床に根が生えたようになり、一歩も動けなくなった。

「どうかしたのかい？」いつの間にかハロルドがアンジーのうしろに来ていた。

「ミスタ・アフォルター、この写真を見ていただきたいのです」ティドウェル刑事は言った。

「この女性がこちらに泊まっていたか、教えていただきたい」

「なぜお客さまのことで質問なんかするんです？」ハロルドは苛立ったような、怒りが爆発する寸前のような声で言った。「もう充分、わたしたちを苦しめたじゃないですか」

「お願いだから、落ち着いて。見るだけ見てちょうだい」セオドシアはうながした。「この人物に見覚えがあるかどうかだけ知りたいの」

アンジーはようやく声が出せるようになった。

「待って、つまり殺人犯がわかったのね？　熱気球を墜落させた犯人が？」

「可能性のひとつというだけです」ティドウェル刑事は断定を避けるように言った。「まだ捜査は継続中です。しかし、なんらかの行動を起こす前に、この女性の身元を確認し、ここに宿泊しているかどうかを確認したいのです」

アンジーはハロルドに向き直った。

「あなたが見て。わたしは怖くてだめ」

ハロルドが進み出て、ティドウェルがしめした写真を見た。まばたきをし、画面を見つめる。やがて歯ぎしりしているのかと思うほど顎に力を入れた。

「ええ」彼は言った。「この女性はうちの宿に泊まっています」

「たしかなんですな？」ティドウェル刑事は訊いた。「この女性はブルックリン・ヴァンスといいますが？」

「5Cに宿泊している女性にまちがいありません。中庭の向こうに並ぶ、小さなゲストハウスのひとつです。宿帳の名前はブルックリン・ヴァンスではないと思いますが」そう答えるハロルドの声に、自信が少し戻ってきていた。

「なんという名前で泊まっているの？」セオドシアは訊いた。

ハロルドはテディ・ヴィッカーズにちらりと目をやった。

「テディ？　ちょっと見てきて……？」

テディは脚を折りそうないきおいでチェックイン・カウンターまで駆けていった。読書眼鏡をかけ、パソコンのキーを叩く。

「5Cの部屋ですよね？」彼はもったいぶって咳払いをした。「宿泊者の名前はゲイル・ウィンターになってます」

ティドウェル刑事が、ラッパのような鳴き声をあげるゾウと怒ったサイの中間のような声を出した。

おめかししてディナーに出かけようとしていた〈フェザーベッド・ハウス〉の宿泊客たちが固唾をのんで見守るなか、ティドウェル刑事率いるSWATチームはロビーをすさまじいきおいで駆け抜け、両開き扉を通り抜け、雨に濡れたテーブルやだらりとしたパラソルでいっぱいの中庭に飛び出した。一行は金魚池を迂回し、左に折れて小さな温室の前を通りすぎ、目的の宿泊棟に向かう道との分岐点で足をとめた。そこからは足音を忍ばせて5Cのドアに向かった。

ティドウェル刑事が頭ですばやく合図した。「準備はいいか？」

四人のSWAT隊員は一斉に銃をホルスターから抜いてかまえた。

ティドウェル刑事は手を差し出した。「鍵を」

テディがマスターキーを渡した。

ティドウェル刑事は鍵を錠前に挿すと力をこめてまわし、すぐに飛びのいた。四人の隊員が大声をあげながら部屋になだれこんだ。「警察だ！　手をあげろ！」

部屋はもぬけの殻だった。ブルックリン・ヴァンスの姿はなかった。

「いない」ティドウェル刑事はそう言い放つと、なかに入り、自分の目で室内を見まわした。

「入れ違いになったようだ」

「部屋代を踏み倒されたの？」セオドシアは訊いた。

「チェックイン時にクレジットカードを読み取り機にとおすようにしているんだ」ハロルドは言った。「もっとも、偽名で泊まっていたのなら、カードもおそらく偽造だろう」

SWAT隊員たちが室内の捜索をつづけているところへ、ドレイトンが顔を出した。「おやおや、派手な喧嘩でもあったみたいなありさまだな！」

5C棟は居心地のいいこぢんまりとしたコテージで、四柱式ベッド、クリーム色のすてきな衣装簞笥(だんす)、ピンク色のペイズリー柄の敷物をそなえている。それがいまはめちゃくちゃになっていた。シーツはからまり合い、濡れたタオルがあちこちに落ちている。ダウンケットはよじれて床に落ち、クロゼットの扉が大きくあいて、ハンガーがそこらじゅうに放り投げられていた。

「争うような音を聞いた人はいますかな？」ティドウェル刑事は訊いた。

「いや、ちがうんです。こういうのはよくあることですから」テディはあわてて説明した。

「女性がひとりでお泊まりのときは、部屋をひどく荒らされるのが普通なんです。みなさん、ものすごく散らかしますよ」

「いまの話は本当なのかね？」ドレイトンがアンジーに訊いた。

彼女はうなずいた。「残念ながら」

「ブルックリンの服はなくなってる？　荷物は？」セオドシアは訊いた。けれども、部屋をざっと見まわしただけで、ブルックリンだか誰だか知らないが、問題の女性客が部屋をからにして出ていったのが見てとれた。

「タオル以外はみんな持っていったみたい」アンジーが言った。「タオルもおみやげがわりに持っていく人もいるけど」彼女は顔をしかめ、ティドウェル刑事のほうを向いた。「それでどうするの？」

「いまわれわれにできるのは、法執行機関に連絡することでしょうな」刑事は言った。

「地元の法執行機関に？」セオドシアは訊いた。

「地元だけでなく、州警察、ＦＢＩ、場合によっては税関・国境警備局にも」刑事は言った。「この女性は三人の殺害を画策した可能性がひじょうに高い。なんとしてでも捕まえなくてはなりません」

「しかし、なぜいつまでもチャールストンにとどまっていたのだろうな」ドレイトンが訊いた。

ティドウェル刑事は肩をすくめた。

「ゲームのつもりだったのでしょう。われわれ警察を挑発しておもしろがっていたのかもしれませんな」

「チャールストンに滞在しつづけたのは、煙幕を張って、ほかの容疑者に捜査の目を向けさせるためじゃないかしら」セオドシアは言った。「ブルックリンは頭のいい人よ。常に動静をうかがい、集められるかぎりの情報を集めていたのよ」

「でも、熱気球が墜落したあとで、町を離れてもよかったはずでしょ」とアンジー。

「それなのよ」セオドシアは言った。「ブルックリンはチャールストンを出るわけにはいかなかった。そんなことをしたらものすごく不審に思われるに決まっているもの。だから、事件のあとも残って騒ぎを引き起こしたり、捜査状況を克明に追ったりしていたんだと思う。そのうち、タウンゼンドさんに目をつけるようになり、それが見事に当たった。トーニー、スローソンさん、アール・ブリットさん、ここにいるハロルドなど、関係者全員を徹底的に調べ、ひとりひとり除外していったのかもしれない」

「彼女がわたしのドローンを盗んだ犯人なのか？」ハロルドが訊いた。

「そうでしょうな」ティドウェル刑事は言った。

セオドシアとドレイトンは外に出て、パティオのへりのあたりでＳＷＡＴ隊員たちが撤収作業に入る様子を見ていた。ティドウェル刑事は電話で鑑識職員を手配し、ひとりの隊員が宿泊棟のドアに黄色いテープを張りわたし、ほかの隊員たちは無言で所在なくうろうろしていた。派手な銃撃戦にならなかったせいか、やけにおとなしく、少しがっかりしている様子だ。

「元気を出したまえ」ドレイトンはセオドシアに言った。「きみはブルックリンを追いつめたのだよ。きっと彼女はきみに感づかれたのを察したのだろう」

「でも、間に合わなかった」

ドレイトンは目を上に向けた。「それでよかったのだよ」

33

セオドシアは複雑な思いを抱えて帰宅した。ひじょうに危険なブルックリン・ヴァンスを捕らえることができず、すっかり気落ちしていた。もう少しのところだったし、完全にブルックリンを追いつめていたにもかかわらず、彼女は町を出たあとだった。

一方、ピート・ライリー刑事を乗せた飛行機が一時間前に到着した。いま頃は自宅アパートメントの電気をつけ、キッチンカウンターに買い物袋を置いていることだろう。ふたり分の絶品もののディナーの準備にかかろうとしていることだろう。セオドシアがそこに足を踏み入れたら、彼はきっと腕を大きくひろげて出迎え、やさしくキスをしてくれるはずだ。

セオドシアはいくらか疲労を感じつつ——きょうは奇妙で忙しい一日だった——アール・グレイを裏庭に出してやり、自分は着替えようと二階にあがった。

なにを着ていこうか迷った。ジーンズとセーターでアップタウンカジュアルにする？　それとも、黒いワンピースでダウンタウンシックな装いにする？

ウォークイン・クロゼットに入って、あれこれ探しまわり、殺人事件の容疑者の追跡モードからギアを入れ替え、いつもの自分に戻ろうとした。服のラックをしばらくひっかきまわしたのち、黒いセーターに黒のスラックス、上からキャメル色のジャケットをはおることにした。この恰好なら、〝お帰りなさい〟と〝キスしてほしい〟と〝はやくごはんを食べさせて〟の三つのメッセージをいっぺんに伝えられると思ったのだ。

化粧室に入り、自分の髪と向き合った。風、やまない雨、それに強烈な湿気のせいで、髪はべつの生き物になっていた。たいていの女性があこがれるボリュームたっぷりのこの髪だけど、セオドシア本人はこれまでずっと苦労させられてきた。鳶色の髪を静電気が発生するほどブラッシングしてから、ピンでとめ、まとまりがないながらもいい感じに見えるシニヨンに結った。それからマスカラをつけ、両の頰に色つきの保湿乳液をつけてすりこみ、スイカ色のリップグロスを唇に塗った。

さあ、準備OK。出発しなくちゃ。

セオドシアは鼻歌を歌いながら、FBIはどのような形でブルックリン・ヴァンスの捜索をおこなうのだろうと考えながら、アール・グレイのリードといい子にしていたときにあたえるおやつを少し手にして裏口に向かった。

アール・グレイはパルメットヤシの下のほうの枝に頭を突っこんでいた。

「なにを見てるの？」

セオドシアは愛犬に訊いた。鳥の巣を見つけたのでないといいけれど。昨年、ムクドリのつがいが、庭のツゲの下のほうの枝に巣をつくったのはいいが、アール・グレイはそのつがいをひどく怖がらせてしまったことがあった。あのときは、かわいそうな母鳥が巣のなかの卵を抱きながら、はやく孵って親子でもっと安全な家に移ろうと祈る姿が目に浮かんだものだ。

アール・グレイは茂みから顔を出すと、セオドシアに向かって尻尾を振った。機嫌がいいらしい。わたしと同じで。

さてと、とセオドシアは心のなかでつぶやいた。自分もそろそろ本気で気持ちを切り替えよう。これから向かうのはピート・ライリーのアパートメントで、そこでは彼が絶品もののディナーをつくって待っている。ホタテのバター焼きはきっとおいしいだろうけれど、どんな料理でも、たとえ、ツナ缶をあけただけでも、彼なしで夕食を食べるのにくらべたらはるかにいい。この一週間、ライリーに会いたくてたまらなかった。自分でもこんな気持ちになるとは思っていなかった。

それに話したいことが山ほどある。ドローン殺人事件、歴史的価値のある旗、容疑者たち、タウンゼンドが撃たれたこと、ブルックリン・ヴァンスが殺人事件の首謀者であるのはほぼ確実なことを説明するだけで、何時間でも話していられるだろう。

ひとつ心配なことがある。ブルックリン・ヴァンスの捜索にピート・ライリーがくわわることになったら、彼から邪魔をしないよう言われるだろうか？

ありうる。

その場合は言うことを聞く？

いまはまだなんとも言えない。

セオドシアは腰をかがめ、アール・グレイの首輪にリードをつけた。あいにく、また雨が降りはじめていた。暖かさが消え、冷たい雨がぱらぱら音をたてている。いったん家のなかに戻って、かぶるとクマのパディントンみたいになるレインハットを取ってこようかとも思ったが、やめておいた。雨のなかをライリーの家まで歩くのも悪くない。頭がすっきりするだろう。

アール・グレイと一緒に雨に濡れたパティオを進み、家のわきを通る玉石敷きの通路をたどった。急激に冷えた空気と暖かな空気とが接触して発生した霧が足もとで渦を巻き、真っ暗なせいで十フィート先も見通せない。上の木の枝から雨粒がぽたりぽたりと落ち、風が空気をかき乱す。荒れた大西洋から運ばれてくる潮のかすかなにおいさえ感じ取れるほどだ。

それだけではない。

セオドシアはうなじの毛が逆立つのを感じた。脳のうんと奥のほうにある、動物的な勘とも言える部分がなんらかの動きを察知した。

誰かいるの？　わたしを監視しているの？

通路のわきの植えこみの奥のほうで、がさがさというかすかな音がし、つづいて、〝チ・チ・チ〟というすばやい音が聞こえた。鳥が発する警戒の声によく似た音だ。

さらに甲高いぶうんという音が耳を満たすにおよび、セオドシアは足をとめた。高速で回転するミキサーのような音だった。たとえて言うなら、隣の人が裏庭でピッチャー一杯分のブランデー・アレクサンダーをこしらえている感じ。

こんな雨のなかで？　ありえない。あの音はむしろ……

一歩うしろにさがった直後、鋭い風に髪があおられると同時に、ドローンが頭からわずか二インチのところを飛んでいった。もし、うしろにさがっていなかったら、不審な音に気づいていなかったら、ドローンの直撃は避けられなかっただろう。

アール・グレイのリードを強く引っぱり、腰のところまで引き寄せた。そこで身をかがめた。怯えながらも、理性を失うまいと自分に言い聞かせた。なぜなら、理性を失わないことが……命を守ることにつながる。

機械仕掛けの大型の猛禽類（もうきん）のようなドローンが舞い戻ってきて、ふたたびセオドシアとアール・グレイの頭上すれすれのところを飛んでいった。縄張りを守ろうというのか、アール・グレイがリードをぐいぐい引っ張りはじめた。うなり声をあげ、怒りに顔をゆがめた彼はドローンに飛びかかって、叩き落としてやるとばかりに頭を上向けた。

「だめ！」セオドシアは叫んだ。

愛犬のリードを強く引き、もう一度、自分のほうへ引き寄せた。しゃがんだ姿勢から両膝をつき、アール・グレイの頭と胸を腕で抱えこむようにしてかばった。

けれどもドローンは攻撃の手をゆるめようとはしなかった。またもいきおいよく向かってくると、セオドシアを挑発しようというのか、上下左右に小刻みに動いた。

「やめて！」セオドシアは見えない敵に向かって怒鳴った。もっとも、相手が誰かはほぼ察しがついている。

ブルックリンだ。

霧が次々と流れこむなか、前方の通路に目をこらした。あたりは漆黒の闇に包まれている。通路沿いに植わって目隠しがわりになっている高木と低木が、皮肉にも襲撃者の絶好の隠れ場所になっている。

バッグから携帯電話を出して、助けを呼ぶことができれば……。

「たいして有能な素人探偵じゃなさそうね」ブルックリンの声が茂みのどこかから不気味に響いた。「まったくあなたときたら、いつもいつも邪魔ばかりするんだから。他人の人生を詮索してばっかり。でも、これが最後よ！」

セオドシアは必死で目をこらした。

ブルックリンはどこにいるの？

「あなたなのはわかってるのよ、ブルックリン！　あきらめることね。警察があなたを探してるわ」セオドシアは大声を出した。

「降参して、こんな楽しいことをあきらめろと言うつもり？」ブルックリンが言い返した。

闇とこぬか雨と霧のせいで、数歩先もほとんど見えない。セオドシアはまばたきして目から雨を払い、退却すべきか、這ってでも前進すべきか悩んだ。アール・グレイのことを考えてやらないと。通りに出れば、大声で助けを呼べるかもしれない。裏庭に退却したら、恰好の標的になりかねない。どうするべき？

「おすわり」小声でアール・グレイに指示した。「すわりなさい」アール・グレイはおとなしくしゃがんだ。「そのまま動いちゃだめよ」

セオドシアはなにも考えずに四つん這いになり、玉石敷きの通路をそろそろと進みはじめた。砂利がてのひらに食いこみ、スラックスの膝がたまった水を吸って濡れる。

一フィート半ほど這い進んだところで、左膝が硬いものにぶつかった。痛みに顔をゆがめ、体が大きくよろけてあやうくバランスを崩して顔から倒れこむところだった。反射的に両手をのばして体を支えた……つもりだったのに、道をふさいでいるものに体当たりした。

なにかしら？

あわただしく手探りする。ささくれだったり、すり減ったりした木だった。

これってもしかして……。

シェップが家の側面に立てかけた木の梯子だった。隣には、熊手のようなものもある。雨樋の掃除をしてくれたようだが、まだ全部済んでいないのだろう。

助かったわ、シェップ。

セオドシアは即座に心を決め、いきおいよく立ちあがった。梯子をつかんで力ずくで持ちあげ、自分の前に立ててドローンから身を守る盾にした。これだけ暗ければ、ブルックリンもこっちがなにをしているかわからないにちがいない。

少量のアドレナリンが血管を駆けめぐるのを感じながら、セオドシアはこの膠着状態にけりをつけてやると心に誓った。

　ドローンが自分に向かって飛んでくるのが見えると、梯子を力いっぱい押しやった。梯子は一瞬ぐらぐら揺れ、それから前方に倒れた。セオドシアは息を詰め、梯子が的に当たりますようにと祈った。

　当たった。

　木の梯子はドローンにぶつかって倒れ、行く手をさえぎった。ドローンはローターを高速回転させながら、蚊が網戸にぶつかるように、どっしりした梯子に激突した。エンジンの回転速度が急激にあがり、甲高い悲鳴のような音に変わった。ドローンは旋回したりよろめいたりしながら、無謀にも梯子に襲いかかった。そして、コースを大きくはずれた。

「ちょっとやめて！　いったいなにしてんのよ？」ブルックリンが大声でわめいた。

　正常に作動しなくなったドローンは近くの茂みに突っこみ、セオドシアは梯子を押しやった。それから今度は家に立てかけてあった熊手を手に取り、槍を持った兵士のように振りまわしながら駆けていき、とがった先をブルックリンに向かって突き出した。うまい具合にブルックリンの鎖骨のすぐ上に当たった。

「ううっ！」

　ブルックリンは目を丸くしてあえぎ、うしろによろけた。必死に両腕を振り動かし、近くの枝をなんとかつかもうとしたが、うまくいかなかった。そのまま濡れた玉石の上に仰向けに倒れこんだ。両手の指を鉤爪のように曲げ、必死で息をしようとしている。ようやく呼吸ができたときは、断末魔の叫びのような音をともなっていた。

どうしよう。わたしのせいで死んじゃった？

そうではなかった。ブルックリンは死んでいなかった。冷徹非情の人殺しの例に洩れず、彼女は体を起こし、立ちあがろうともがいていた。

そこからはアール・グレイがあとを引き継ぎ、ブルックリンに全速力で飛びかかった。力強いうしろ足でジャンプすると、あざやかに宙を飛んだ。前脚がブルックリンの胸にかかると、ラインバッカーがフィールドランナーを一撃するように、全体重をかけて彼女を押し倒した。

今度こそブルックリンは起きあがらなかった。けれども声は出せたので、大きな悲鳴をあげた。

「この小汚い犬をどけて！」ブルックリンはマムシのように黒々とした冷徹な目でにらみつけた。「その汚らわしい生き物にかむなと言ってよ！」

「じっとしていなさい、アール・グレイ」セオドシアは命じた。木の梯子をつかんでブルックリンのほうまで持っていく。「この梯子を上に……」梯子を押しやると、うめき声が洩れ、また悲鳴があがった。

「これでよし、と。もう動けないわ」セオドシアは満足して言った。

墜落したドローンはいまも茂みのなかで、自動で動く不格好なサラダスピナーみたいにローターを回転させている。葉っぱをずたずたに刻み、芝生を掘り起こし、緑の破片を次々に宙に飛ばしていた。

セオドシアは気にしなかった。

悠然と携帯電話を出し、緊急通報の番号に電話をかけた。

34

　およそ三分後、警官ふたりを乗せたパトカーが到着した。それに遅れること一分、ティドウェル刑事も姿を現わした。

　ティドウェル刑事は運転席から降りると、前庭を突っ切り、滑りやすい玉石敷きの通路を慎重に進んだ。セオドシアの前まで来たところで、ぴたりと足をとめた。木の梯子の下で大の字になっているブルックリンは、拷問を受けたのちにさらし台にくくりつけられた中世の人を思わせる。セオドシアは梯子の上にすわっていた。アール・グレイはその隣で、ご褒美のおやつをむしゃむしゃ食べていた。

　ティドウェル刑事の口もとが引きつり、それからほんの少しだけゆがんだ。

「ミス・ブラウニング、もうこういう形でお会いするのはやめにしたいものですな」

「彼女が襲ってきたのよ」セオドシアの声は震え、ところどころかすれている。ひどく疲れた様子で、いまにも倒れそうだ。「ブルックリンがわたしを殺そうとしたの」彼女はしゃくりあげそうになるのを必死でこらえた。「わたしの大事な犬を殺そうとしたの」

　ブルックリンは地面に寝かされたまま、怒りくるってわけのわからないことをぶつぶつ言

っている。セオドシアとティドウェル刑事の話が耳に入るや、今度は十倍もの音量でぎゃーぎゃー騒ぎはじめた。

「起こして！」ブルックリンはがらがら声で近所じゅうはおろか、死者さえ起こしかねないほどの大声でわめいた。「このいかれた女はわたしを殺そうとしたうえ、体の自由を奪ったんだから！　この女のせいであやうく背骨を折るところだったし、そこの犬にはかみつかれたのよ！　そのみすぼらしい犬っころは狂犬病かもしれないじゃないの！」

アール・グレイは許可を求めるようにセオドシアを横目で見た。セオドシアは首を横に振った。だめよ。

ティドウェル刑事が歩み寄って梯子を蹴ると、端から端まで激しい振動が伝わった。「狂犬病なのはあなたのほうでしょう」彼は冷酷な声で言った。「衝動をコントロールできない人間に対し、法律はどのような対処をするかご存じですかな？　なんの罪もない三人を冷酷非道に殺害するような人間に対して？　牢屋に閉じこめるのです」

「ここから出して！」ブルックリンはまた叫んだ。泥まみれの指で梯子の段をつかみ、乱暴に揺すった。「肋骨（ろっこつ）が折れて痛いの！　全身ずぶ濡れで凍死しちゃうわ！」

「あなたに必要なのは暖房のきいたパトカーに乗せてもらうことだわ」セオドシアは言った。「そしたら、すぐに元気になるわよ」

そう言ったとき、べつの車が家の前の縁石にとまった。車のドアが乱暴に閉まり、足音が駆け足で近づいてきた。

「警察無線で全部聞いてたぜ！」ビル・グラスが霧のなかから現われた。息を切らし、目がぎらぎらしている。「殺人犯を捕まえたんだって？」

「まさか、われわれには捕まえられないと思っていたわけではないでしょうな」ティドウェル刑事が言った。

「マジかよ！」グラスは梯子の下敷きになったブルックリン・ヴァンスに気づくなり、素っ頓狂な声をあげた。「あの気取った女博士が犯人かよ」彼がティドウェル刑事のほうを向くと、刑事はそうだというようにうなずいた。それからグラスはセオドシアをまじまじと見た。「口紅を塗ってるんだな。似合ってるぜ」

セオドシアは弱々しくほほえんだ。

ビル・グラスはようやく落ち着きを取り戻したらしく、カメラを持っているのを思い出した。「いやはや、たまげた。こいつはとんでもないハッピーエンドだ」彼は言いながら、カメラをかまえた。「何枚か撮らせてもらうぜ！」

「やめて！」ブルックリンが梯子の下という間に合わせの牢獄からわめいた。「撮らないで！」

グラスはまたセオドシアに目を向けた。「あの犬はあんたのか？　写真におさまる場所まで移動させてくれないか？　できるだけ凶暴な顔をしろと言ってやってくれ」

ティドウェル刑事をちらりと見ると、〝かまいませんよ〟というように肩をすくめた。

「いいわ」セオドシアはほとんどブルックリンの上に乗っかる位置までアール・グレイを移

動させた。

「その薄汚い犬をどけなさいってば！」ブルックリンがわめくのもかまわず、ビル・グラスは嬉々としてシャッターを押した。「やだ、こいつ、よだれを垂らしてる。犬くさい息が顔にかかって気持ち悪い！」

「完璧だ」グラスは言うとセオドシアを見つめた。「ぴったりの見出しを思いついたぜ」

セオドシアは片方の眉をあげた。

グラスはにやりとした。「〝鐘を鳴らせ、悪い魔女は死んだ〟」

「あと一枚撮ったら」ティドウェル刑事が言った。「ここから失せろ」

「はいよ」グラスのカメラが電子音でピントが合ったことを知らせ、シャッターがおりた。するど、昔のラジオドラマ『ザ・シャドウ』の主人公のように、彼はあっと言う間に立ち去った。

ティドウェル刑事はさっきからずっと立っている警官ふたりに合図した。ふたりとも目をみはり、笑いをこらえている。「もう連行していいぞ。手錠をはめて、武器と鍵の有無を確認しろ。そうそう、権利を読みあげるのを忘れるなよ」

警官たちはブルックリンを立ちあがらせ、プロらしい手つきでボディチェックをした。ひとりが彼女の財布とレンタカーの鍵を回収してティドウェル刑事に渡した。

「ご苦労」刑事は言った。

「彼女は何者なの？」セオドシアは訊いた。「財布をあければ、身分証の名前を確認できるすかな？」

わよね」

ティドウェル刑事は財布をひらき、中身をひとつひとつ確認していった。「どの身分証ですかな？」

「それ、本気で言っているの？」

「財布のなかには身分証が三枚入っております。どれも偽造でしょう」

「車のキーを貸して」セオドシアは言った。ティドウェル刑事はブルックリンの車のキーを渡し、セオドシアが大急ぎで通りに出てリモコンのボタンを押すのを見ていた。

銀色のビュイックのヘッドライトが光った。

「彼女の車のなかを調べないと」セオドシアは片手を車のドアにかけて引こうとした寸前、手をとめた。「捜索令状が必要？」

ティドウェル刑事は首を振った。「このような場合には必要ありません」

ティドウェル刑事を縁石のところで待たせ、セオドシアは車のなかをくまなく調べた。前の座席、グローブボックス、うしろの座席、座席の下。なにも見つからない。

次にトランクルームをあけたところ、スーツケースふたつと黒いナイロンのダッフルバッグのあいだに、ぴかぴかのステンレスのブリーフケースがおさまっていた。世界を股にかけるスパイが手首に鎖でつなぐようなブリーフケースだ。もっとも、そんなのは映画のなかだけの話だろう。

「施錠してあるようですかな？」ティドウェル刑事が訊いた。

セオドシアはブリーフケースを横に寝かせ、両方の留め金具に指をかけた。どちらもすぐにあいた。「施錠されてなかった」

「それで?」ティドウェル刑事は期待に胸をふくらませるように、かかとに体重を預けた。

セオドシアはブリーフケースをあけた。入っていたのは、赤と白の栄光に輝く、盗まれたネイビー・ジャック・フラッグだった。数え切れないほどの戦いではためき、何千人もが命を捧げた旗。国をひとつにまとめた旗。

この旗のために、つい先週、三人の命が失われたことも忘れてはいけないわ、とセオドシアはひとりつぶやいた。

「そこにあったんですな」ティドウェル刑事がうしろから声をかけた。

セオドシアはうやうやしく旗をひろげた。けれども雨に濡れないよう、トランクルームのふたの下から出さなかった。「たしかにこれだわ」

「それはわたしの旗よ!」ブルックリンが白黒のパトカーの後部座席から叫んだ。サイドウインドウをがんがん叩き、前の席と仕切っている金網を叩く。セオドシアはブルックリンの口から唾が飛ぶのが見えた気がした。これ以上昂奮したら、心臓発作を起こしてしまうかもしれない。

「そろそろ引きあげましょう」ティドウェル刑事が言った。

セオドシアがトランクルームを閉めかけたとき、タイヤがきしる音が聞こえ、おびただしい数のライトがうしろから照らしてきた。いったい何事かと振り返り、目を細くした。バンと乗用車、二台の車がちょうどやってきたところだった。警察の応援部隊？　それともFBI？

先頭の車からチャンネル8のデイル・ディッカーソンが飛び降りた。

「やあ、べっぴんさん」彼はセオドシアに声をかけた。それから両腕を大きくひろげた。「こっちに来て、ぼくをとろけさせておくれ。特ダネも頼むよ」

セオドシアは水を撥ねあげながら水たまりを駆け抜け、濡れた芝生の上を飛ぶようにしてディッカーソンめがけてまっしぐらに走った。最後の最後で彼の目の前を右折し、その風圧でディッカーソンはくるくるまわりそうになった。セオドシアは彼にほんの少しも目を向けなかった。

次の瞬間、彼女は地面を蹴って、ピート・ライリーがのばした腕に飛びこんだ。

「やっと来てくれた」セオドシアはライリーの頼もしい体に身を寄せながら言った。唇、鼻、頬に何度も何度もキスをされ、セオドシアは恥ずかしさのあまり首をすくめた。「ずいぶん時間がかかったじゃない」

「ホタテをグリルするのに忙しくてね」ライリーの表情は、もう絶対に放さないと言っているようだった。

「でも、どうして……？　ああ、そういうこと」セオドシアは振り返り、ティドウェル刑事を見つめた。刑事はカナリアをのみこんだばかりの太った猫のように悦に入った顔で立っている。一匹どころか二匹のみこんだようだ。「あなたが電話してくれたのね」とティドウェル刑事に言った。

「そうではありません。ここへ来るようライリー刑事に直接命令したのです」ティドウェル刑事は言った。「警察官による個人的な保護が必要とお見受けしましたので」

「おい、ぼくのことはどうしてくれる？」ディッカーソンは遊び場のいじめっ子にクッキーを取られたような、不機嫌な顔をしていた。

「ああ、ニュースのネタなら差しあげますよ」ティドウェル刑事は言った。

セオドシアはピート・ライリーの腕にしっかり抱きとめられながら、ティドウェル刑事と話をするため、ゆっくりと引き返した。

「なくなったお金の行方は？」セオドシアはティドウェル刑事に訊いた。「〈シンクソフト〉の所在不明の五百万ドルはどうなったの？」

「財務捜査の連中から報告がありましてね」ティドウェル刑事は言った。「いくつかの銀行口座を徹底的に調査し、金の動きを追ったそうです」刑事はアール・グレイの頭をなでた。「ドナルド・キングズリーが持ち出したようです。その金でヨーロッパの業者から旗を購入したのでしょう」

「残った金はどうなったんでしょう？」ライリーが訊いた。

「トーニーのものになったと見ている」ティドウェル刑事は言った。

「あらあら」セオドシアは言った。「これはたいへんな補償問題になりそうね」

「旗の所有者は誰ということになるんでしょうね？」ライリーが訊いた。

ティドウェル刑事のもじゃもじゃの眉があがった。「わが国に戻ってきたいま、当面は安全のため、警察の保管室に置かれることになるだろうな。そのあとは……なんとも言えん。地元の博物館が所蔵することになるかもしれんな」

ディッカーソンが近づいた。「どうもどうも」彼はセオドシアに言った。「あなたがひとりでヴァンスという女性を捕まえたとのことなので、ちょっとインタビューをお願いできないかな？」

セオドシアは首を横に振った。「これからふたりでディナーなの」

「だったら、そのあとは？」ディッカーソンは食いさがる。

「テレビレポーターさん、そんなことはあなたに関係ないでしょ」セオドシアはそう言うとほほえんだ。その目はピート・ライリー刑事だけをしっかり見つめていた。

シナモン入りハニーバター

✳用意するもの（1カップ分）✳

バター……½カップ

粉砂糖……½カップ

蜂蜜……½カップ

シナモン……小さじ1

バニラエクストラクト……小さじ1
（またはバニラエッセンス　少々）

✳作り方✳

1 バターをやわらかくしておく。
2 材料をすべてボウルに入れ、泡立て器を使ってふんわりするまで中くらいのスピードでかき混ぜる。
3 冷蔵庫で冷やし、食べる直前に出す。

※米国の１カップは約240ml

レモンケーキ・ミックスを使った超簡単スコーン

＊用意するもの（10〜12個分）＊

レモンケーキ・ミックス……1⅓カップ

バター……1本

卵……1個

牛乳……大さじ3

レモン果汁……レモン半個分

＊作り方＊

1 レモンケーキ・ミックスと小麦粉を合わせ、そこにバターを切るように混ぜ、ぽろぽろの状態になるまですり混ぜる。

2 **1**に卵、牛乳、レモン果汁をくわえ、全体がまとまるまで混ぜる。

3 小麦粉（分量外）を振った台に**2**の生地を置き、2.5cmの厚さまでのばす。

4 丸型で抜き、油を引いた天板に並べ、160℃のオーブンで約25分、全体がキツネ色になるまで焼く。

＊作り方＊

1 パスタは袋の表示どおりにゆでる。

2 パスタをゆでているあいだにソースパンにバター、レモン果汁、パセリ、マージョラムを入れて火にかける。沸騰させないように注意すること。

3 パスタがゆであがったら湯を充分に切り、大きなボウルに入れて、**2**のソースでよくあえる。

4 パスタがゆであがったら湯を充分に切り、大きなボウルに入れて、**2**のソースでよくあえる。

メモ：サイドディッシュなら4人前の分量だが、調理した鶏肉をくわえて、2人分のメインディッシュにするのもよい。

レモンと生ハーブのエンジェルヘアー・パスタ

＊用意するもの（4人分）＊

生のエンジェルヘアー・パスタ……約230g

バター……⅓カップ

レモン果汁……大さじ3

生のパセリ（みじん切りにしたもの）……大さじ2

マージョラム……小さじ¼

＊作り方＊

1 クリームチーズは室温でやわらかくし、冷凍ホイップクリームは解凍しておく。バナナはスライスする。

2 ミキサーでプディングの素と牛乳を混ぜ合わせる。

3 べつのボウルで練乳とクリームチーズをなめらかになるまで混ぜ、そこに解凍したホイップクリームをくわえる。

4 **2**と**3**を合わせ、なめらかになるまでよく混ぜる。

5 グラハムクラッカー・クラストにスライスしたバナナを並べ、**4**の生地を流し入れ、冷蔵庫でよく冷やす。

超簡単な
バナナ・プディング・ケーキ

＊用意するもの（パイ皿1つ分）＊

インスタントのフレンチバニラ・プディングの素

……1箱（約140g）

牛乳……2カップ

加糖練乳……1缶（約400g）

クリームチーズ……1箱（約225g）

冷凍ホイップクリーム……1箱（約340g）

バナナ（よく熟したもの）……7本

グラハムクラッカー・クラスト……1個

ヘイリーの
スコーン・スライダー

＊用意するもの（4人分）＊

チェダーチーズのスコーンなど甘くない食事用のスコーン……8個

スライスハム……8枚

スライスしたチェダーチーズ、またはミュンスターチーズ……8枚

ハニーマスタード……適量

＊作り方＊

1 ハムは温めておく。

2 スコーンをハンバーガーのバンズのように横半分に切って、その半量にハムとチーズをのせ、ハニーマスタードを塗る。残りの半量でサンドし、1人につき2つずつ出す。

ヒント：グリーンサラダを添えれば、おしゃれなランチの一品になる。

チェダーチーズとピメントのティーサンドイッチ

＊用意するもの（14個分）＊

ホワイトチェダーチーズ……225g

マヨネーズ……大さじ2

サワークリーム……大さじ2

ピメント（みじん切りにしたもの）……大さじ3

黒コショウ……小さじ¼

サンドイッチ用のパン……14枚

＊作り方＊

1. ホワイトチェダーチーズは細かくおろしておく。
2. 中くらいの大きさのボウルにおろしたチーズ、マヨネーズ、サワークリーム、ピメント、黒コショウを入れてよく混ぜ合わせる。
3. **2**をサンドイッチ用のパン7枚に塗り、残りのパンでサンドする。
4. パンの耳を切り落とし、斜めに半分に切る。

＊作り方＊

1 ホタテはペーパータオルで水気を取り、塩とコショウで薄く下味をつける。

2 大きめのフライパンを中火にかけてサラダ油を熱し、ホタテを片面につき2分くらい、しっかり色づくまで焼けたら皿に移す。

3 フライパンに残った油をていねいに拭い、バターとワケギを入れて1分ほど加熱し、そこへレモン果汁と刻んだパセリをくわえる。

4 温めた皿4枚にホタテを3個ずつ盛り、**3**のソースを上からかける。

ヒント：ライス、サラダまたはお好みの野菜と一緒に出すのがお勧め。

ライリー刑事の
ホタテのバター焼き

＊用意するもの（4人分）＊

生のホタテ……12個

海塩……適量

黒コショウ……適量

サラダ油……¼カップ

バター……大さじ3

ワケギ（みじん切り）……小さじ¼

レモン果汁……レモン半個分

イタリアンパセリ（みじん切り）……⅓カップ

✳作り方✳

1　バターはさいの目に切って、やわらかくしておく。

2　大きめのボウルに中力粉、砂糖、塩、ベーキングパウダーを入れて合わせ、そこに**1**のバターを切るようにして混ぜ、ぽろぽろの状態にする。

3　べつのボウルに卵を割りほぐし、サワークリームとエッグノッグをくわえて混ぜ合わせる。

4　**3**を**2**にくわえ、全体がまとまるまで混ぜる。まとまりが悪い場合は、エッグノッグを少し足すとよい。

5　**4**の生地を丸くのばして、約1cmの厚さにする。

6　**5**を10〜12等分に切り分け、油を引いた天板に並べ、175℃のオーブンで約25分、全体がキツネ色になるまで焼く。

トッピングのヒント：粉砂糖½カップとエッグノッグ大さじ2を混ぜ合わせたものをスコーンの上からたらすとよい。

エッグノッグのスコーン

＊用意するもの（10〜12個分）＊

中力粉……1½カップ

砂糖……½カップ

塩……小さじ¼

ベーキングパウダー……小さじ2

バター……大さじ6

卵……1個

サワークリーム……¼カップ

エッグノッグ……¼カップ

フェザーベッド・ハウス特製
マッシュルームの詰め物

＊用意するもの（12個分）＊

生マッシュルーム……12個

サラダ油……大さじ2

玉ネギ（みじん切り）……¼カップ

クリームチーズ……1箱（約225g入り）

パルメザンチーズ（おろしたもの）……¼カップ

黒コショウ……小さじ¼

＊作り方＊

1 マッシュルームは軸と笠を分け、軸の部分を細かく刻む。

2 フライパンにサラダ油を入れて熱し、刻んだマッシュルームの軸と玉ネギのみじん切りを炒め、充分火がとおったら、コンロからおろして冷ます。

3 **2**をボウルに移し、クリームチーズ、おろしたパルメザンチーズ、黒コショウと合わせ、もったりするまで混ぜる。

4 **3**をスプーンでマッシュルームの笠に詰め、油を引いた天板に並べ、175℃のオーブンで約20分焼く。

リンゴとルッコラ入りのグリルチーズサンド

＊用意するもの（4個分）＊

パン……8枚（リンゴ、シナモンレーズンなど、フルーツの入った食パンならなんでも）

バター……適量

リンゴ……（薄くスライスしたもの）½カップ

ルッコラ……1カップ

スライスチーズ……4枚（チェダーでもスイスでもお好きなものを）

＊作り方＊

1 パンは8枚とも片面にバターを塗る。そのうちの4枚をひっくり返してバターを塗った面を下にし、そこにスライスしたリンゴ、チーズ、ルッコラをのせる。

2 残りの4枚のパンをバターを塗った面を上にして**1**にのせてサンドし、175℃に熱したホットプレートに並べて両面を5分ずつ焼く。

3 **2**をオーブン用シートに移して175℃のオーブンに入れ、チーズが溶けるまで5分ほど焼く。斜めに切って温かいうちに出す。

＊作り方＊

1　クリームチーズをやわらかくし、生クリーム、クルミ、ピーマン、玉ネギ、レモン果汁、塩、コショウをしっかり混ぜ合わせる。

2　サンドイッチ用の食パン10枚に**1**の具を塗り、その上に残りの10枚の食パンをのせてサンドする。

3　パンの耳を切り落とし、斜めに半分に切る。

クルミとクリームチーズのティーサンドイッチ

＊用意するもの（20個分）＊

クリームチーズ……340g

生クリーム……大さじ1

クルミ（細かく刻んだもの）……½カップ

ピーマン（みじん切りにしたもの）……大さじ1

玉ネギ（みじん切りにしたもの）……大さじ1

レモン果汁……小さじ1

塩・コショウ……適量

サンドイッチ用の食パン……20枚

column and recipe illustration by GOTO Takashi
artwork by KAMIMURA Tatsuya (base on shape)

訳者あとがき

翼を持たない人間が空を飛ぶには飛行機やヘリコプターといった乗り物に頼るしかありませんが、そのなかでも熱気球は優雅な空中散歩という言葉がぴったりの、ロマンあふれる乗り物です。単なる移動手段ではなく、アウトドア・アクティビティという側面も持ち、日本でも各地で飛行技術を競う競技会がひらかれたり、体験イベントがおこなわれていますね。〈お茶と探偵〉シリーズ第二十作となる『アッサム・ティーと熱気球の悪夢』は、そんな熱気球ラリーでセオドシアとドレイトンが体験搭乗をしている場面から始まります。心躍る冒険が大好きなセオドシアは空からの眺めを満喫しますが、アウトドアとは無縁のドレイトンは一刻もはやく下界におりたい様子。そんなとき、ドローンがどこからともなく現われます。趣味で観客の誰かが飛ばしているのだろうと思った矢先、ドローンはセオドシアたちが乗っているのとは別の熱気球に突っこんでいき、球皮を切り裂きます。熱気球は炎をあげながら墜落し、パイロットを含む搭乗者三名が命を落とします。

一部始終を見ていたセオドシアの証言から、特定の気球をねらった殺人事件だったことがわかり、警察が捜査を開始します。亡くなった三名のうち、犯人のねらいはドナルド・キングズリーという男性だったようです。キングズリーは〈シンクソフト〉という地元のＩＴ企業の最高経営責任者で、美術品のコレクターでもありました。熱気球墜落事件と時を同じくして、彼のコレクションのうち、ネイビー・ジャック・フラッグというアメリカの初代国籍旗の所在がわからなくなっていることが判明。旗の窃盗と殺人事件は関係しているのか、それともたまたま同じタイミングで起こっただけなのか。

最初は事件とは距離をおくつもりだったセオドシアですが、親友のアンジーの婚約者に疑いの目が向けられるにいたり、独自に調査をすることに。離婚寸前だった未亡人、キングズリーの個人秘書、ネイビー・ジャック・フラッグを手に入れようと虎視眈々とねらっていたバイヤーたち。誰もがあやしく思えるなか、セオドシアはドレイトンを相棒にあれこれ調べてまわるのですが……。

今回、事件の鍵を握るのは所在不明の旗、初代のネイビー・ジャック・フラッグです。物語のなかでも説明がされていますが、独立戦争の時代にアメリカが使用していた国籍旗で、赤と白、十三本の横縞の上にガラガラヘビが描かれ、その下には〝わたしを踏みつけるな〟のモットーが添えられています。〝われわれの権利と自由を蹂躙するな〟の意味で、イギリスの圧政に敢然と立ち向かう意志をしめしています。その後は紺地に白い星が並んだ図柄の国籍旗がおもに使用されてきましたが、一九七五年には建国二百年祭で、また二〇〇二年から二〇一九年六月までは対テロ戦争の象徴として初代の国籍旗が復活しています。

事件とはべつに、一九三〇年代からいまにいたるまで、形を変えながらも書き継がれているナンシー・ドルーのシリーズにちなんだお茶会や、ボザール時代にヒントを得た豪華絢爛なお茶会の模様が描かれ、読者をこれでもかと楽しませてくれます。でも、わたしがもうひとつ気になったのは、セオドシアのいまの恋人でチャールストン警察のピート・ライリー刑事の料理の腕前。ひとり暮らしの男性なのに、すり鉢とすりこぎを持っていて、おいしいクラブケーキをふるまってくれたこともある、という描写にとても興味をそそられました。次巻以降にその腕前をわたしたち読者にも披露してくれるのか、いまから楽しみでなりません。

というところで、次巻の *Lavender Blue Murder* のご紹介……といきたいところですが、原書の刊行が二〇二〇年三月の予定で、このあとがきを書いている時点では読むことができません。書店のサイトなどの説明によれば、セオドシアとドレイトンがイギリス式の狩猟パーティにお呼ばれしたところ、ラベンダー畑でパーティの主催者が何者かに殺されます。未亡人の頼みでその屋敷に一泊するセオドシアですが、なんとその夜、屋敷が火事に見舞われ……という話のようです。またまたシリアスな事件のようで展開が気になりますね。楽しみにお待ちください。

二〇二〇年一月

コージーブックス

お茶と探偵⑳

アッサム・ティーと熱気球の悪夢

著者　ローラ・チャイルズ
訳者　東野さやか

2020年　1月20日　初版第1刷発行

発行人　成瀬雅人
発行所　株式会社　原書房
〒160-0022 東京都新宿区新宿1-25-13
電話・代表　03-3354-0685
振替・00150-6-151594
http://www.harashobo.co.jp
ブックデザイン　atmosphere ltd.
印刷所　中央精版印刷株式会社

落丁・乱丁本はお取り替えいたします。
定価は、カバーに表示してあります。
 ISBN978-4-562-06102-0 Printed in Japan